KB082955

예카테리나
서한집

예카테리나 서한집

발행일 2022년 4월 5일 초판 1쇄
지은이 예카테리나 2세
옮긴이 김민철·이승은
기획 김현우
편집 우하경
디자인 남수빈

펴낸곳 읻다
등록 제300-2015-43호. 2015년 3월 11일
주소 (04035) 서울시 마포구 양화로11길 64 401호
전화 02-6494-2001
팩스 0303-3442-0305
홈페이지 itta.co.kr
이메일 itta@itta.co.kr

ISBN 979-11-89433-51-2 03860

예카테리나 서한집

예카테리나 2세 지음
김민철·이승은 옮김

읻다

사진 제공처

5쪽 © The State Hermitage Museum / Государственный Эрмитаж

6쪽 © Musée Carnavalet, Histoire de Paris

7쪽 © Sanssouci Palace, Prussian Palaces and Gardens Foundation Berlin-Brandenburg

8쪽 © Musée du Louvre

9쪽 © Odesa Fine Arts Museum / Одеський художній музей

10쪽 © The State Hermitage Museum / Государственный Эрмитаж

11쪽 © Bibliothèque nationale de France

12쪽 © The State Hermitage Museum / Государственный Эрмитаж

13쪽 체슈메 해전 중 튀르크 해군의 말살

© The State Hermitage Museum / Государственный Эрмитаж

튀르크와 타타르에 대한 예카테리나 2세의 승리 알레고리

© The State Tretyakov Gallery / Третьяковская галерея

16쪽 © The State Tretyakov Gallery / Третьяковская галерея

일러두기

1. 예카테리나 2세가 날짜를 이중으로 표기한 편지는 여러 날에 걸쳐서 썼거나 구력과 신력을 나란히 적은 것이다. 러시아는 1918년까지 '구력'인 율리우스력을 사용했다. 18세기에 구력은 '신력'인 그레고리력보다 11일 느렸다. 신력이라고 표시하지 않은 채 단독으로 쓰인 날짜는 모두 구력이다. 단 각주에 쓰인 러시아 인물의 생몰년 및 재위 기간은 구력, 그 외 인물은 신력을 기준으로 했다.
2. 외국 인명·지명·작품명·독음은 외래어표기법을 따르되 관용적 표기와 동떨어진 경우 절충하여 실용 표기를 따랐다.
3. 불명확한 날짜를 표기하거나 옮긴이가 부연할 경우 [ ]에 담았다.
4. 책·잡지·신문 제목은《》로, 편지·시·그림·단편 제목은〈〉로 묶었다.
5. 원어는 처음 나올 때만 병기하되 필요에 따라 예외를 두었다.
6. 각주는 독자의 이해를 돕기 위해 옮긴이가 붙였다.

1762~1764년 비길리우스 에릭센이 그린 거울 앞 예카테리나 2세.

1777년 카트린 뤼쉬리에가 그린 장 르 롱 달랑베르.

요한 게오르크 치제니스가 그린 프리드리히 2세.

1747년 피에르 알레가 그린 마리테레즈 로데 조프랭.

1745년 즈음 게오르크 크리스토프 그로트가 그린
표트르 3세와 예카테리나 2세.

1778년 예카테리나 2세와《교서》.

장미셸 모로가 그린 〈왕들의 케이크〉.

제복을 입고 말 브릴란테를 탄 예카테리나 2세.

1771년 야콥 필립 하케르트가 그린
체슈메 해전 중 튀르크 해군의 말살.

1772년 스테파노 토렐리가 그린
튀르크와 타타르에 대한 예카테리나 2세의 승리 알레고리.

스웨덴
러시아 제국
쿠를란트
리보니아
미타우
발트해
폴로츠크
드니프로강
(드네프르강)
빌나
동프로이센
민스크
모길료프
서프로이센
슬로님
남프로이센
바르샤바
폴란드
러시아
제국
부크강
키이우
(키예프)
노보흐라드볼린스키
(노보그라드볼린스키)
크라쿠프
비스와강
드니프로강
(드네프르강)
오스트리아
헝가리
카미야네치포딜스키
드니스트르강
(드네스트르강)
브로츠와프
프루트강
첫 번째 분할
1772년
오스트리아
프로이센
러시아
두 번째 분할
1793년
프로이센
러시아
세 번째 분할
1795년
오스트리아
프로이센
러시아
오스만 제국
흑해

폴란드 분할.

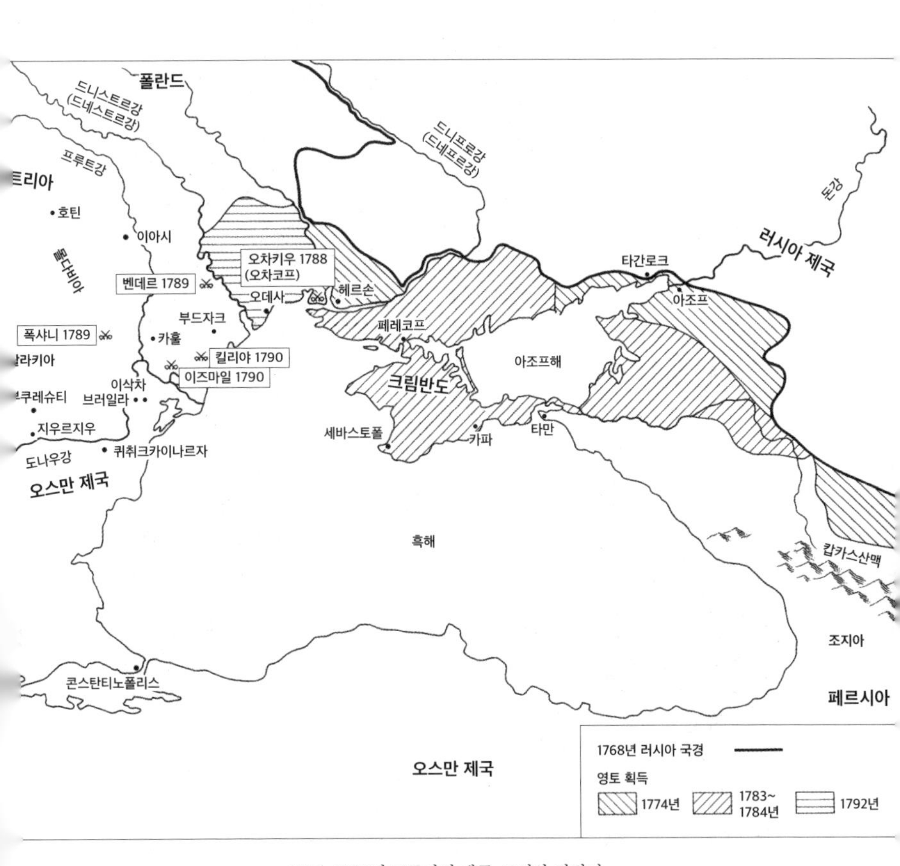

1774~1791년 포톰킨의 제국, 도시와 점령지.

블라디미르 보로비콥스키가 그린
차르스코예 셀로 영지에서 산책하는 예카테리나 2세.

장 르 롱 달랑베르에게[1]
1762년 11월 13일, 모스크바

달랑베르 선생, 당신이 내 아들을 교육하기 위해 살던 곳을 떠나지는 않겠다고 도다르 선생에게 적은 답신을 지금 막 읽었어요.[2] 당신은 철학자로서 세속에서 명예와 위대성이라고 부르는 것을 대수롭지 않게 여기는구나 하고 느꼈어요. 당신 눈에 이 모든 것이 아주 사소하겠지요. 나는 기꺼이 당신의 견해에 동조합니다. 그렇게 생각하면 크리스티나 여왕의 행동은 완전히 사소한 것으

1 장 르 롱 달랑베르Jean Le Rond d'Alembert(1717~1783)는 프랑스의 수학자이자 과학자이다. 1772년 프랑스한림원의 종신 서기가 되었다. 프랑스 계몽사상의 가장 상징적인 기획이자 인류의 모든 지식을 체계화하고자 한 《백과전서*Encyclopédie, ou Dictionnaire Raisonné des Sciences, des Arts et des Métiers*》(Paris : Briasson, David, Le Breton, Durand, 1751~1772)의 첫 7권을 드니 디드로Denis Diderot(1713~1784)와 공동 편집했다.

2 러시아에서 도다르d'Odar로 알려진 장미셸 오다Jean-Michel Auda(?~1773)는 예카테리나의 중재자로서 달랑베르의 의향을 알아보았다. 달랑베르는 정성스럽고도 예의를 갖춘 편지를 써 황제의 제안을 거절했다. 달랑베르는 프로이센의 프리드리히 2세Friedrich II(1712~1786, 1740~1786 재위)의 초대를 거절했을 정도로 집에 머무는 것을 선호했다. 그는 건강이 나쁘다는 구실로 초청을 물리쳤고 철학 수행을 위해 친구들 사이에서 지내다가 은퇴해야 한다고 주장했다.

로 간주해야 할 겁니다.[3] 그녀는 자주 칭송되었고, 더 정확하게는 자주 잘못을 저질렀지요. 그러나 누군가 국민 전체의 행복을 위해, 심지어 교육에 기여하기 위해 태어났거나 그러한 소명을 받았다고 가정해보세요. 이를 포기하는 것은 자신의 심장에 가장 가까운 선을 행하기를 거절하는 일이라고 생각해요. 당신의 철학은 인류에 토대를 두고 있어요. 인류를 위해 봉사하는 일에 스스로를 내맡길 수 있는데도 그러지 않는 것은 자신의 소명을 놓치는 거예요. 당신은 덕성스러운 사람이니 거절한 이유가 허영심 때문은 아니겠지요. 당신이 문예와 우정을 가꾸는 데 필요한 고요함을 사랑하는 것을 압니다. 무엇이 당신을 가로막고 있나요? 당신 친구들 전부와 함께 와요. 당신과 그들에게 내 힘이 닿는 한 모든 기쁨과 안락을 줄 것을 약속합니다. 당신은 어쩌면 고향에서보다 이곳에서 더 큰 자유와 안정을 찾을지도 몰라요. 당신은 프로이센 왕의 질책과 당신이 그에게 신세 진 사정에 굴복하지 않았습니다. 그 군주에게는 아들이 없어요. 나에게는 아들의 교육이 무척 소중하고 그래서 당신이 극히 중요합니다. 내가 당신에게 지나친 부담을 주고 있는지도 모르겠어요. 의견을 전할 때 요령이 없는 나를 양해해주고 당신에 대한 존경이 내가 사리를 추구하는 동기라는 것을 알아주기 바랍니다.

1762년 11월 13일, 모스크바

3 스웨덴의 여왕 크리스티나 Kristina(1626~1689, 1632~1654 재위)의 1654년 퇴위 결정을 말하고 있다. 달랑베르는 《스웨덴 여왕 크리스티나에 관한 성찰과 일화 *Réflexions et anecdotes sur Christine, reine de Suède*》(1753)를 집필했다.

추신. 편지를 쓰는 내내 나는 오직 당신의 저작에서 발견한 감정에만 호소했어요. 당신은 스스로에게 모순되고 싶진 않겠지요.

볼테르에게[1]
[1763년 9월]

볼테르 씨가 발크 씨를 통해서 보낸 표트르 대제의 초상에 관한 시구 아래에 나는 이렇게 적었습니다.[2] 부디 그렇게 되기를.

1 볼테르Voltaire(1694~1778)는 프랑스의 문필가로 본명은 프랑수아마리 아루에François-Marie Arouet이다. 18세기 유럽에서 가장 유명한 작가였을 볼테르는 모든 장르를 넘나들며 다작했다. 그의 저작은 《캉디드*Candide, ou L'optimisme*》(Genève : Cramer, 1759)와 같은 철학 소설, 《표트르 대제 치하의 러시아 제국사*Histoire de l'empire de Russie sous Pierre le Grand*》 2권(Genève : Cramer, 1759~1763)을 비롯한 역사서, 50여 편의 희곡, 2만여 편의 편지를 아우른다. 그의 가장 중요한 유산은 종교적 광신과 미신, 온갖 종류의 잔혹함에 맞선 장기간의 저항에 있다. 예카테리나는 볼테르의 열렬한 독자였으며 그를 '스승'으로 불렀고, 자신이 즉위한 직후부터 볼테르가 사망할 때까지 그와 서한 교환을 지속했다. 볼테르 사후 예카테리나가 구매한 그의 장서는 상트페테르부르크의 러시아국립도서관에 여전히 보존되고 있다. 페르네에 있던 볼테르의 집을 차르스코예 셀로 영지에 똑같이 재현하려는 예카테리나의 계획은 실현되지 않았다.

2 이 시구는 볼테르가 1761년 1월 10일 이반 이바노비치 슈발로프Иван Иванович Шувалов(1727~1797)에게 보낸 편지에 적은 것과 같아 보인다. "나는 초상화 아래에 시를 써넣는 취미를 들인 적이 없습니다만, 당신이 표트르 대제의 판화를 위한 시구를 원하니 당신이 나에게 요청한 4개의 행을 여기에 적습니다. 그의 법과 과업은 사람들을 교육시켰다. / 그는 모든 일을 그의 인민을 위해 행했으며, 그의 딸이 그를 모방한다. / 조로아스터, 오시리스, 당신들을 위한 제단이 있으나 / 제단을 가질 자격이 있는 이는 오직 그뿐이다."

나는 거인[픽테트] 앞으로 전송된 편지를 읽을 때 치명적인 죄를 저질렀어요.[3] 그걸 너무 읽고 싶어서 청원 한 무더기를 모른 체했고 여러 사람의 운명을 지체했어요. 심지어 자책감을 느끼지도 않았습니다. 내 방대한 영토에는 궤변가가 한 명도 없고, 지금까지는 그것이 불만스럽지 않았습니다. 그러나 내가 업무로 되돌아가야 한다는 것을 깨닫자, 나를 휩쓸어가던 소용돌이에 굴복해 펜을 집어 내가 그럴 자격을 얻기 전까지 칭찬을 중단해 달라고 볼테르 씨에게 진지하게 간청하는 것보다 좋은 방법이 없음을 알아차렸습니다. 그의 명성과 내 평판이 걸린 문제입니다. 그는 칭찬에 어울리는 사람이 되는 일이 오로지 나에게 달려 있다고 말하겠지요. 하지만 주님께 1,000년이 하루와 같듯이 광활한 러시아에서 1년은 하루에 지나지 않습니다.[4]

이것이 내가 해야 했던 모든 좋은 일을 아직 하지 못한 것에 대한 변명입니다.

장자크 루소의 예언에 대해 바라건대 나는 살아 있는 한 가장 무례하게 그것을 거부한다고 답하겠어요.[5] 내 의도는 이런데, 그

3 예카테리나는 키가 6피트 2인치(약 188센티미터)에 달하던 프랑수아피에르 픽테트François-Pierre Pictet(1728~1798)를 거인이라고 칭하고 있다. 이 편지는 겉으로는 픽테트에게 보내는 듯하지만 볼테르에게 쓴 두 편의 글 중 하나이다. 픽테트는 예카테리나의 궁정에 있는 스위스인 서기이며, 제네바에서 볼테르와 알고 지낸 사이였다. 예카테리나는 편지의 출판을 금지하는 것을 포함해 서한 교환의 조건을 정하고자 했다. 그러나 볼테르는 예카테리나에게 직접 답하지 않고 픽테트에게 답신을 보내 편지를 주고받는 일을 거절했다. 1765년 볼테르에게 쓴 예카테리나의 두 번째 편지 발송은 전보다 성공적이었다.

4 "사랑하는 여러분, 이 한 가지를 잊지 마십시오. 주님께는 하루가 1,000년 같고 1,000년이 하루 같습니다." 신약 성경의 〈베드로의 둘째 편지Second Epistle of Peter〉 3장 8절(공동 번역).

5 "러시아 제국은 유럽을 굴복시키길 원하겠지만 굴복하는 것은 그 자신일 것이다. 러시아의 신민이자 이웃인 타타르인이 러시아와 우리의 지배자가 될 것이다. 내가 보

결과는 두고 봐야 알겠지요. 그런 뒤에 날 위해 하느님께 기도해 달라고 말하고 싶네요.

《표트르 대제》 2권도 감사히 받았습니다.[6] 당신이 그 책을 쓰기 시작했을 때 내가 지금 지위에 있었더라면 더 많은 자료를 제공했을 텐데요. 그 위대한 인물의 천재성은 정말이지 계속해서 사람을 놀라게 합니다. 나는 표트르 대제의 편지를 만방에서 수집하라고 지시했는데, 원본을 출판하기 위해서였습니다. 편지에서 그의 자화상을 볼 수 있어요. 그의 성격에서 가장 훌륭한 면은 그가 아무리 화를 잘 내더라도 진실이 항상 그를 지배했다는 점입니다. 그것만으로도 조각상을 세울 만하다고 생각해요.

이 편지가 칭송받거나 출판되지 않을 것이기 때문에 꽤나 소박하게 덧붙이자면 한껏 치장한 종이는 나에게 상당한 기쁨을 주었습니다. 내가 당신의 운문에 답할 수 있는 운문을 쓰지 못하는 것이 살면서 처음으로 후회스러워요. 내가 그 시의 작가[볼테르]에게 큰 빚을 지고 있다고 산문으로 전하는 데 그쳐야겠습니다. 스스로 시간을 쓸 수 있던 때부터 1746년까지 나는 오직 소설만 읽었어요. 그러다가 우연히 그[볼테르]의 글을 접하고는, 읽는 것을 그만둘 수 없었습니다. 그만큼 훌륭하고 유용한 책이 아니라면 읽고 싶은 마음이 들지 않았어요. 하지만 어디서 그런 책을 찾을 수 있었겠어요? 나는 주위를 다시 둘러보기 시작했습니다. 강렬한 지적 욕망을 주는 그의 책처럼 모든 것에 가르침을

기에 이 격변은 틀림없이 일어난다." Jean-Jacques Rousseau, 《사회계약론*Du contrat social*》(Amsterdam : Marc Michel Rey, 1762). 번역은 다음 책을 참고했다. 장자크 루소, 《사회계약론》, 김영욱 옮김(후마니타스, 2018), 59~60쪽.

6 볼테르가 집필한 《표트르 대제 치하의 러시아 제국사》 2권.

줄 수 있는 책을 찾고자 했어요. 그렇지만 나는 매번 나의 취향과 가장 간절한 즐거움의 근원인 최초의 동기로 돌아왔습니다. 만일 내가 어떤 지식이라도 가지고 있다면 의심의 여지 없이 그것은 오로지 그에게 빚을 지고 있는 것입니다. 그러나 예의를 차리느라 그가 내 수표에 입을 맞추었다고 말하지 않으니, 그의 글을 향한 내 열정에 대해서도 그에게 알려주지 않는 것이 예의겠지요. 나는 이제 《보편사》를 읽고 있어요.[7] 저 위대한 코르네유의 작품집을 고대하면서 《보편사》를 암송하며 읽고 싶어요. 코르네유 작품집의 값을 지불하기 위한 수표가 발송되었기를 바랍니다.[8]

7 볼테르의 세계사. 나중에 《민족의 습속과 정신에 대한 소론*Essai sur les mœurs et l'esprit des nations*》(Genève : Cramer, 초판본 1756, 최종본 1775)이 된다.

8 프랑스 작가 피에르 코르네유Pierre Corneille(1606~1684)가 세상을 떠난 뒤, 볼테르는 가난 속에 지내던 그의 친척을 위해 빽빽이 주석을 단 《코르네유 주해집*Commentaires sur Corneille*》(1764)을 출판했다.

프리드리히 2세에게[1]
1763년 9월 27일 (구력),
상트페테르부르크

사랑하는 형제여, 폐하가 과일을 무척 좋아하신다고 들었습니다. 내가 조금 전에 받은, 아스트라한과 차리츠인의 수박과 이 중 첫 번째 지방[아스트라한]의 포도를 조금 보냅니다. 아주 높은 평가를 받는 상품이지만 이 지방들에 봄부터 비가 계속 내려 올해에는 이전만큼 품질이 좋지 않을까 걱정입니다. 나에게 조약의 원고를 보낸다고 알려주신 8월 6일 자 편지와 마찬가지로 중요한 정보를 친절하게 공유해주신 9월 8일 자 편지에 과일로 답하는 것이 폐하가 보시기에 의아할 수도 있겠습니다. 크고 작은 일이 자주 같은 데서 유래하지요. 이 수박도 우리가 구상한 동맹과 폐하가 보내준 정보와 같은 원칙, 그러니까 내가 지키고 싶

1 계몽 군주의 모범으로 묘사되는 프리드리히 2세는 1740년부터 죽기 전인 1786년까지 프로이센을 통치했다. 그는 18세기에 가장 이름을 날린 군사 지도자 중 한 명이었으며, 프랑스 문화의 후원자로서 볼테르와 달랑베르 같은 작가들과 편지를 주고받고 그들을 자신의 궁정으로 초대했다. 프리드리히 2세와 볼테르의 서한 교환은 40년 넘게 이어졌다. 프로이센과 러시아의 동맹은 1764년부터 예카테리나가 동맹국을 오스트리아로 바꾼 1781년까지 지속되었다.

은 폐하와의 진정한 우정에서 비롯한 겁니다. 이것은 내가 간절히 당신의 환심을 살 기회를 잡게 합니다.[2] 폐하는 기만당하기에 너무 계몽되셨습니다. 폐하는 내가 유럽의 평화를 지속하는 것을 최우선 동기로 삼는다는 것을 믿어주시지요. 폐하는 나를 공정히 평가하시는 겁니다. 작센인은 콘스탄티노폴리스에서의 내 행동에서 안 좋은 무엇인가를 읽어내기 위해 할 수 있는 것을 다 하겠지요.[3] 그러리라는 데 아무런 의심을 하지 않습니다. 그러나 그들은 성공하지 못할 겁니다. 나의 의도가 너무 분명하고 사심이 없어서 진실이 머지않아 자명해질 거예요. 나의 목표가 신민의 행복을 비롯해 모든 이웃과 평화롭고 친밀한 관계를 맺고 사는 것임을 온 세상이 분명히 이해하게 될 것입니다. 그러니 가능한 한 평온히 그리고 폐하의 도움을 받아, 우리는 때가 되면 폴란드에 왕을 옹립해야 할 겁니다. 내 군대가 막사로 돌아가기 위해 리투아니아를 떠났으니 모든 시위가 멈추리라고 짐작됩니

2 7년 전쟁(1756~1763)이 끝날 무렵 프리드리히 2세는 예카테리나의 모든 행동을 주시하며 러시아와 동맹을 체결하고자 했다. 예카테리나의 편지에서 드러나는 익살스러운 도입과 도덕적인 어조는 곧 있을 동맹에 대한 그녀의 요구와 기대를 더욱 분명히 나타낸다. 예카테리나는 무엇보다도 발트해 연안국 통제와 폴란드 왕위에 그녀의 애인이었던 스타니스와프 아우구스트 포니아토프스키Stanisław August Poniatowski(1732~1798, 1764~1795 재위)를 앉히길 바라고 있었다.

3 예카테리나는 콘스탄티노폴리스 주재 러시아 변리공사 알렉세이 미하일로비치 오브레스코프Алексей Михайлович Обресков(1718~1787)의 외교를 가리키는 것이겠으나 이 시기 러시아는 콘스탄티노폴리스에서 뇌물 공세와 비밀 정보원도 활용했다. 작센 지방의 선제후 프리드리히 아우구스트 2세Friedrich August II(1696~1763)가 폴란드 왕위 계승 전쟁 이후 아우구스트 3세August III(1733~1763 재위)라는 이름으로 왕위에 오른 뒤 폴란드 궁정은 작센인이 장악했다. 폴란드 궁정은 쿠를란트에서 통치자 지위를 상실한 작센의 카를 공Karl von Sachsen(1733~1796, 1758~1763 재위)이 왕위를 잇기 바랐다. 주변 강국이 자국에 유리한 왕을 폴란드에 옹립하기 위해 영향력을 행사하는 가운데 폴란드 귀족은 오스만튀르크에 도움을 요청했고, 예카테리나는 자신의 계획을 튀르크가 방해하지 않도록 여러 수단을 강구했다.

다.[4] 빈의 궁정에서 내 모든 행동에 극도로 호기심 어린 시선을 유지한대도 전혀 놀라지 않겠어요. 지금 상황은 특히 과거와 비교하면 불신을 불러일으킬 수밖에 없습니다. 쿠를란트의 사안은 종결되었다고 생각하기 때문에 폐하께 아무런 말을 하지 않겠습니다.[5] 그러나 내가 가장 높은 존경을 표하고 있음을 알리지 않은 채 편지를 맺을 순 없습니다.

나의 사랑하는 형제님,
폐하의 선한 자매,

예카테리나
상트페테르부르크에서, 1763년 9월 27일 (구력)

4 아우구스트 3세 사후 예카테리나가 가톨릭 국가인 폴란드 내 이교도인 정교회 신도를 보호하는 명목으로 폴란드-리투아니아 공화국에 러시아 군대를 파견했다. 왕의 자리가 비어 있고 외국 군대가 주둔하는 상황에서 귀족들이 시위를 벌였다.

5 1763년 예카테리나는 쿠를란트에 군림하던 작센의 카를 공을 공국의 추방당한 통치자 에른스트 요한 폰 비론Ernst Johann von Biron(1690~1772, 1737~1740, 1763~1769 재위)으로 대체하는 조치를 취했다. 비론은 안나 이바노브나Анна Иоанновна(1693~1740, 1730~1740 재위)의 총신이었던 이후로 러시아에 충성한 인물이었다.

마리테레즈 로데 조프랭에게[1]
1765년 3월 28일,
상트페테르부르크

부인, 작은 탁자를 사이에 두고 내가 당신에게 내어준 맞은편 자리를 잘 기억하고 있어요.[2] 당신은 그 자리를 상실하지 않았습니다. 궁정에서는 모든 것이 하룻밤 사이에 변한다는 말을 신경 쓰지 말아요. 당신이 그렇게 들었을지 모르나 나는 내가 한 말을

1 마리테레즈 로데 조프랭Marie-Thérèse Rodet Geoffrin(1699~1777)은 프랑스 살롱 주인이자 지식인으로, 파리 생토노레가街 자신의 집을 당대의 가장 중요한 문예 공간 중 하나로 만들었다. 조프랭은 스타니스와프 아우구스트 포니아토프스키를 포함한 살롱 손님들에게 관대한 조언자가 되어주었다. 1766년 조프랭이 '아들'이라고 불렀던, 폴란드에 있는 포니아토프스키를 방문한 일은 유럽 전역에서 많은 주의를 끌었다. 그러나 그녀가 상트페테르부르크까지 여정을 이어가지 않기로 결정하면서 예카테리나의 기분을 상하게 했고 둘의 서한 교환은 주춤했다. 둘은 1763년부터 1768년까지 편지를 주고받았다. 조프랭이 예카테리나의 어머니와 가졌던 친분, 예카테리나의 고문 이반 이바노비치 베츠코이Иван Иванович Бецкой(1704~1795)와 시녀 아나스타시야 이바노브나 소콜로바Анастасия Ивановна Соколова(1741~1822)와 우정을 나누고 편지를 주고받은 일, 파리 사교계에서 정보 유통의 중추 역할을 한 것이 모두 예카테리나의 관심을 끌었다.

2 예카테리나는 조프랭에게 보낸 이전 편지에서 사람들이 자신을 페르시아의 옛 술탄이나 메두사와 같은 공포의 존재로 취급한다고 언급한다. 이어서 그것을 관두게 하려면 어떻게 해야 하는지 알고 있다고 하면서 조프랭을 손님으로 맞는 상황을 상상하고 있다. 이를테면 프랑스식 예의와 재기를 갖추어 탁자를 사이에 두고 조프랭과 대화를 나누겠다는 것이다. 예카테리나는 이전 편지의 가정을 계속 소환한다.

철회하는 사람이 아니에요. 당신이 3월 1일 자 편지에서 말한 자리를 채우는 방식을 보면 내가 현실에서 그 기쁨을 누릴 수 없기 때문에 애석한 마음이 듭니다. 당신이 불편해하지 않는 한 그 팔걸이의자에 자주 앉아주기를 바랍니다. 정말이지 부인, 이것은 하나하나 전부 사실입니다. 우리의 일상이 상당히 비슷하여 같이 살림을 하면 잘할 텐데요. 나는 당신의 조언을 유용하게 받을 수 있고, 내 편에서 조언을 할 수도 있겠지요. 어쩌면 때로 잘못된 조언을 해서 당신의 습관처럼 당신이 나에게 핀잔을 줄지도 모르겠습니다. 그러나 내가 이성을 좇는다고 자부하는 만큼 대체로 당신 뜻에 따를 겁니다. 나는 결코 부루퉁해지지 않는답니다. 다시는 당신의 편지가 길다고 말하지 않기를 바랍니다. 당신의 재간이 너무 뛰어나서, 내가 당신의 편지를 집어삼킬듯이 읽고 처음부터 끝까지 반복해서 읽으면서도 반감되지 않는 만족을 얻는다는 것을 당신도 한참 전에 알아차렸을 텐데요. 당신의 편지는 매력적입니다. 내가 남자였다면 차라리 그것이 황홀하다고 했을 거예요. 이 모든 것은 사실입니다. 러시아어로 이 이야기를 훨씬 더 풍부하게 표현할 수 있겠습니다만 당신이 러시아어를 배우고 싶지 않아 하고 그것을 일언지하에 거절하니, 이 이야기를 더 하지 말아야겠어요. 부인, 나는 당신이 편지에서 내 자질에 대해 말하는 대목을 읽던 참이에요. 핀잔받을 위험을 무릅쓰고 이와 관련해서 당신에게 말하고 싶은 게 있어요. 지난해 나는 얼추 배 20척 정도로 구성된 소함대를 지휘했습니다. 나는 일이 어떤 방식으로 흘러도 가장 먼저 웃어넘기려던 사람이지만, 일은 아주 잘 풀렸습니다. 올해에는 적어도 4만 5,000명의 군대를 지휘하고, 그런 다음 마상 시합을 열어야겠어요.[3] 나에게 가장 진실을 잘 말해줄 것 같은 이들에게 이것이 터무니없는 생각인지 물었습니다. 그들은 오직 내 실적만이 일이 터무니없는지 아닌지 여부를 결정할 것이라고 답했어요. 이 일을 추진하고 위험을 무릅써야겠어요. 이제 나를 오만하게 하는 데 많은 찬사가 필요할지 말해보세요.

당신 편지의 마지막 내용은 진정한 우정으로 가득합니다. 당신이 많은 염려를 하면서도 진정한 영광을 표하니, 부인, 나는 아주 절절한 감동을 받았습니다. 당신이 꽤나 진심으로 나를 사랑하는 것을 알겠고, 내 사의는 내가 받은 감동에 준합니다. 이 편지는 무척 시의적절하게 도착했는데, 내가 답할 말이 있기 때문입니다. 지난 두 달 내내 매일 아침 세 시간 동안 제국의 법에 관한 작업을 했습니다. 이것은 거대한 과업이에요. 그러나 당신이 있는 그곳의 사람들은 러시아에 대해 잘못된 생각을 가지고 있어요. 부인, 당신도 그토록 소식에 정통하고 계몽되었지만 군주가 수여하지 않는 한 자식이 아버지의 자산을 물려받지 않는다고 생각합니다. 그것은 사실이 아니에요. 모든 자식은 군주가 간섭하는 일 없이 아버지의 재산을 상속받습니다. 자식이 없다면 아버지의 가장 가까운 친척이, 친척이 전혀 없다면 일가에서 가장 가까운 이들이 상속을 받습니다. 일가가 아무도 없고 소유주

3 예카테리나의 마상馬上 시합은 프랑스 왕 루이 14세Louis XIV(1638~1715, 1643~1715 재위)의 1662년 대大마상 시합을 모형 삼아 1766년에 열렸다. 슬라브인, 로마인, 인도인, 튀르크인을 상징하는 4개의 카드리유(4인조 분대)가 시합에 나왔고 예카테리나가 직접 슬라브인 분대를 지휘했다. 마상 시합에는 여성도 참여할 수 있었다. 달리는 마차에서 화살을 쏘아 과녁을 맞춘 나탈리야 페트로브나 골리치나Наталья Петровна Голицына(1741/1744?~1837)가 시합의 승자였다.

가 아무런 유언을 남기지 않았다면 재산이 황실에 귀속되지요. 그러나 이런 일은 거의 일어날 수 없어요. 우리 법제는 이 문제에 대해 아주 명확합니다. 사실 내가 즉위하기 전에는 재산 몰수가 너무 쉬웠습니다. 이 문제는 내가 이미 여러모로 혁파했어요. 관련 법이 완전히 바뀌어야 하는 사안이고요. 우리 법제는 더 이상 우리와 맞지 않아요. 다만 지난 40년 동안 그릇된 시도로 법제의 의미가 모호해진 탓에 법제가 뒤틀린 것 또한 사실입니다. 그러나 여하간 섭리대로 모든 것을 더욱 자연스럽게, 인류가 비준하고 공적·사적 효용에 기초한 상태로 만들고자 합니다. 당신이 편지에 언급한 몽테스키외의 이름이 나를 한숨짓게 했어요. 그가 살아 있었다면 아낌없이 …… 그러나 아닙니다. 그는 누구처럼 나를 거절했겠지요.[4] …… 그의 《법의 정신》은 군주들의 기도서예요.[5] 군주들이 일말의 상식이 있다면 말입니다. 부인, 당신이 나의 동맹국인 프로이센의 왕을 위대한 통치자라고 부르는 데 편견이 없어서 매우 기뻐요. 그는 그럴 만한 자격이 있어요. 그와 교제하는 일은 즐거우니까요. 그는 출판해야 마땅한 훌륭한 편지를 자주 보내지만, 나는 그가 보내온 편지를 가까운 시일 내에 출판할 생각이 없습니다. 그는 누구에게도 좌우되지 않아요. 하찮고 기만적인 영혼이나 아첨하는 정치인이 말하는 광신적인 견해에 보수를 지불하지도 않습니다. 많은 이들이 이런 광신적

4 샤를 루이 드 세콩다 몽테스키외Charles Louis de Secondat Montesquieu(1689~1755). 예카테리나는 몽테스키외가 달랑베르와 마찬가지로 러시아 방문을 거절했을 것이라 본다. 조프랭의 살롱을 자주 드나들었던 달랑베르는 예카테리나의 이러한 언급을 전해 들었을 것이다.

5 예카테리나는 《교서*Наказ*》(1767)에서 몽테스키외의 《법의 정신*De l'esprit des lois*》(1748)을 문자 그대로 많이 인용하며 그의 사상을 러시아의 필요에 맞게 각색한다.

인 견해에 따라서 다음 행보를 고민합니다. 그렇기 때문에 이들은 잘못된 길을 가게 되지요.

부인, 여기에 있는 이러저러한 말들은 그저 친구와 이야기를 나누고 있다고 전하려는 것뿐이에요. 편지가 아주 유쾌하고, 나를 사랑하고 핀잔하고 칭찬하며, 나에게 아첨하지 않는다고 주장하는 친구 말이에요. 그녀는 내 어머니를 사랑했고, [베츠코이] 장군을 포함해 그녀를 아는 사람들 모두 그녀가 좋은 사람임을 되풀이하여 말합니다.[6] 편지에 자신의 마음과 생각을 너무나도 잘 그리니, 이토록 탁월한 성품을 사랑하지 않으려면 우둔해야 할 것이에요. 부인, 내가 비슷한 일[반란]로 포고문을 쓰는 일이 다시는 없기를 바라며 당신은 장군이 원하는 대로 그를 곁에 두어도 좋습니다.[7] 그는 자유롭게, 아주 자유롭게 그가 원하는 대로 할 수 있으며 나는 그 누구도 방해할 뜻이 없으니까요. 포옹으로 편지를 맺을게요, 부인.[8]

6 이반 이바노비치 베츠코이는 러시아 귀족의 사생아로 태어나 타지 생활을 길게 했다. 특히 프랑스에서 오래 지낸 그는 조프랭 부인의 살롱을 비롯한 문인 사교계의 일원이었다. 예카테리나의 즉위 이후 1770년대 중반까지 베츠코이는 황제의 주요한 교육 고문이었다. 그는 황립예술원, 모스크바 보육원, 상트페테르부르크 귀족 여자아이를 위한 스몰니 학원의 원장을 맡았다. 베츠코이는 예카테리나와 조프랭의 서한 교환에서 주요한 중재자 역할을 했다.

7 이전 편지에서 예카테리나는 유럽 언론이 조롱한 포고문을 변호했다. 이 포고문은 예카테리나에게 맞서 음모를 꾀했다가 실패한 바실리 야코블레비치 미로비치 Василий Яковлевич Мирович(c.1740~1764)의 처형과 관련된 것이었다.

8 이 편지는 서한문의 역할극에서 예카테리나의 특별히 현란한 기술을 보여준다. 지적인 재간, 권력의 징후, 빠르게 변하는 문체의 활기가 담긴 이 편지는 조프랭의 살롱에서 낭독을 들었을 파리 지배계급의 취향에 영합한다.

마리테레즈 로데 조프랭에게
1765년 6월 18일, 상트페테르부르크

당신의 5월 9일 자 편지가 내 8쪽짜리 글을 그리고 내가 시간을 지켜 당신에게 답장했다는 점을 그토록 칭찬하다니요. 부인의 편지를 받은 바로 당일에 또 쓰는 이번 편지를 두고 당신은 더더욱 칭찬하겠지요. 내일도, 어쩌면 앞으로 2주 동안 당신에게 편지할 시간이 없을지 몰라서요. 좋은 친구여, 당신에게 이유를 설명하기 위해 이번 달 초부터 내가 칼미크인의 생활을 영위하고 있다고 알려주어야겠습니다.[1] 칼미크인은 계속 돌아다니는 생활을 하는데, 풀을 찾을 수 있는 곳이라면 어디든 방목하는 커다란 무리가 있기 때문입니다. 내가 방목할 무리를 모는 것은 아니나, 이번 달 내내 한곳에서 3일을 머물지 않았고 앞으로도 그럴 수 없습니다. 나는 범선에 오르는 것으로 시작했어요. 이것이 궁금하다면 선원에게 설명을 듣도록 해요! 그리고 내 발트해 함대

1 칼미크인은 캅카스 북부 지역의 유목 민족이다.

와 며칠 동안 90베르스타를 항해했습니다.[2] 상륙한 다음 짧은 여정으로 지방에 있는 가정을 거의 전부 방문했어요. 다 해서 6일이 걸렸습니다. 내일은 도시에서 몇 마일 떨어진 곳에 짓고 있는 막사를 보러 갑니다. 이미 신분을 감추고 막사를 보러 갔었는데, 많이 사용하지 않는 길로 가느라 숲속에서 짐을 잃어버렸고, 30베르스타라는 엄청난 거리를 말을 타고 돌아와야 하는 대단한 값을 치렀습니다. 5월과 6월에 이곳은 결코 밤이 되지 않으니 하느님께 감사한 일이에요. 내가 영위하는 격동의 삶은 파리의 여인들을 기절시키기에 충분할 터입니다. 보다시피 나는 새처럼 활기가 넘치지만 겨울에는 누구도 나를 안락의자에서 일으켜 세울 수 없지요. 당신도 들어봤을 오를로프 백작은 이 때문에 핀잔을 주어요.[3] 아무렴, 좋습니다. 부인, 당신은 이제 빈틈없이 알겠지요. 이것이 당신을 즐겁게 하나요? 이 정도면 당신의 편지에 답이 잘 되지 않았나요? 나는 펜을 통제할 수 없게 되었어요. 나의 좋은 친구에게 편지하고 있고, 그녀는 내 수다를 용서할 겁니다. 우린 둘 다 작은 탁자에 팔꿈치를 기대어 수다를 떨고 있어요. 당신이 두려워하지 않기를 바라요. 두려움은 무엇에도 좋지 않다고 항상 들었습니다. 당신이 나를 편히 여기면 좋겠습니다. 그렇다고 당신이 우쭐해지기를 바라는 것도 아닌데 말이에요. 나도 우쭐해질까 우려스럽고요. 당신의 칭찬은 그렇게 만드는 효과를 가장 잘 낼 수 있어요. 그건 아무 데도 좋지 않을 겁니

2 베르스타верста는 러시아의 옛 길이 단위로 약 1.067킬로미터.

3 예카테리나의 애인, 그리고리 그리고리예비치 오를로프Григорий Григорьевич Орлов (1734~1783).

다. 죄송하지만 프로이센의 왕과 나는 전혀 좋은 짝을 이루지 못할 것 같아요. 나는 이러한 발상에 많이 웃었습니다. 아주 재미있네요. 프로이센의 왕이 내 위치에 있었다면 나보다 훨씬 위대한 일을 많이 하리라고 항상 생각해왔고 여전히 그렇게 생각합니다. 그가 지금 갖춘 것보다 더 많은 권력을 지니게 될 테니까요. 누구나 오직 자신의 권력에 상응해서만 적정히 행동할 수 있습니다. 또 그에게는 좋은 법제가 있어요. 그가 그것을 왜 바꾸겠습니까? 웬만해서는 그렇게 하지 못합니다. 부인, 나는 당신의 성 테레즈가 전혀 좋지 않아요. 이것은 옐리자베타 여제[4] 때 온 당신네 전 대사 로피탈 후작 탓입니다.[5] 그는 어느 날 나더러 그녀만큼 흥분을 잘한다고 했어요. 그때는 지금보다 더 활발하고 젊었으니까요. 그 순간 나는 프랑스식 예절을 지키는 데 실패했고 이렇게 응수했어요. "당신은 흥분을 잘하는 것과 허튼소리를 하는 것 중 어느 편을 선호하겠어요?" 그는 나를 절대 용서하지 않았지만 그 일을 뽐낸 적도 없으리라고 생각해요. 당신은 당신의 수호성인에 관해 이야기하면서 나에게 이 한심한 일화를 상기시켰습니다. 게다가 당신은 나를 그 성녀에 견주기도 합니다. 후작이 진실을 말했을까 봐 끔찍이 두렵습니다. 당신이 있는 곳에서 그는 정평이 있는 인물일 것이고, 당신은 그가 좋은 판단력을 갖추었는지 아닌지 알 겁니다. 그러나 무엇이 되었건 결국 나는

4 옐리자베타 페트로브나Елизавета Петровна(1709~1761, 1741~1761 재위).

5 조프랭이 예카테리나를 자신의 수호성인인 성 테레즈에 빗대었고, 예카테리나는 비슷한 말을 들었던 안 좋은 기억을 상기하고 있다. 폴프랑수아 드 갈루시오 로피탈 후작Paul-François de Galluccio, Marquis de L'Hôpital(1697~1776)은 1757년부터 1760년까지 러시아 주재 프랑스 대사를 지냈다.

사랑할 줄 알고 선하고 훌륭한 이들을 사랑한다는 점을 알아요. 나의 좋은 친구 당신은 내 마음과 머릿속에 아주 특별한 자리를 차지하고 있어요. 나는 당신의 글을 아주 잘 읽을 수 있습니다. 당신의 편지는 매력적이에요. 줄을 그어 지운 것이 이해를 어렵게 하지 않습니다. 읽을 때 만족스러워서 당신이 언급하지 않았다면 줄로 지운 것을 눈치조차 못 챘을 거예요. 그러니 부디 더 이상 정서본을 만들기 위한 수고를 들이지 말아요. 나는 눈치채지도 못할 테니 당신의 노력을 낭비한 셈이 될 거예요. 부인, 당신이 내 편지를 읽기 위해 등을 돌린 커다란 다이아몬드는 아주 추해요. 노랗고 얼룩이 있어서 더 이상 사지 말아야겠다고 생각했습니다. 나도 다이아몬드를 그다지 좋아하지 않는다고 귀엣말로 전해야겠으나, 내가 죽은 뒤 사람들이 내가 그것을 낭비하기보다 획득했다고 말하면 좋겠어요. 당신이 내 지난 편지를 두고 법석을 부리니, 그 편지가 꽤 괜찮았다고 생각해야겠습니다. 그러나 부인, 당신이 나에게 보내는 사본은 기록 보관소에 가지 않을 것이에요. 그곳에 사본을 보내는 일은 편지를 잃어버리거나 태우는 확실한 방법일 테니까요. 내 치세 전에 건물을 나무로 짓는 훌륭한 관습이 있었기 때문입니다. 부인, 나를 꾸짖지 말아요. 나는 제국에 모든 계급의 사람을 둘 것입니다. 당신의 계급에는 상당한 이점이 있고 나는 종손從孫들이 그런 좋은 친구들을 옆에 두기를 바랍니다.[6] 그러나 이들과 내가 열심히 노력해도 결코

6 조프랭은 부르주아 출신으로 파리 사교계의 최고 명사를 접객했음에도 대외적으로는 자신이 소박하게 보이도록 했다. 예카테리나는 러시아에 중간계급을 만들 것이라고 주장하며, 그 구성원이 조프랭을 닮을 것이라는 찬사 조의 말을 한다.

파리에 있는 나의 친구만큼 좋은 이들을 곁에 두지 못할 거예요. 이러한 자질은 어디에서도 흔치 않아요. 내가 그것을 아주 아끼는 이유이고, 나는 그녀와 여기 함께 있기 위해서라면 세상의 모든 다이아몬드를 강에 던지겠어요. 나의 좋은 친구, 들어봐요. 법전 제작에 관한 글이 64쪽까지 완성되었어요. 나머지도 형편에 따라 나올 겁니다. 달랑베르 씨에게 이 책자를 보내야겠어요. 내가 쓰고 있는 글에 대해 솔직히 털어놓았으니 이제부터 여생 동안 단 한 마디도 하지 않을 거예요. 이것을 본 사람들은 일제히 이것이 인류의 가장 좋은 범례라고 했으나, 내가 보기에 여전히 비판할 점이 많습니다. 나는 누구도 나를 돕기를 바라지 않았어요. 여럿이 작업한다면 서로 다른 가닥을 잡을까 봐 걱정이 되었습니다. 빈틈없이 완성할 단 한 명이 필요할 뿐이었지요.[7]

부인은 정말 내가 [베츠코이] 장군에게 '당신이 이러이러한 날에 가야 합니다'라고 말하도록 조르는군요. 끔찍하고 두려운 이 주문을 말하기 위해 힘을 끌어모아야겠습니다. 지금으로서는 그럴 결심을 할 수 없으나 그가 묻는다면 거절하지 않겠다고 당신에게 약속해요. 부디 부인, 나를 대신해 달랑베르 씨를 맞아주어요. 독일 지방의 도로가 당신의 편지와 같다면 그 여정은 무척 유쾌할 것이에요.[8] 그래서 그 길로 자주 여행할 유혹을 받을 것 같은데요. 그럼에도 난 달랑베르 씨의 지난 여정이 그의 건강에

7 예카테리나는 1767년 입법위원회 소집을 준비하면서 그의 야망을 전력을 다해 홍보하고 있다. 예카테리나는 관용과 중간계급 창출과 같은 계몽사상의 가치에 부합하는 단일 체계 아래 제국의 다양한 민족을 통합하려는 야망이 있었다. 한편 러시아 군주정의 특출한 사치와 권력을 유지하려는 바람도 빼놓지 않았다.

8 예카테리나는 달랑베르가 상트페테르부르크 방문을 거절한 것과 대조적으로 1763년 베를린으로 프리드리히 2세를 방문할 의향이 있었던 것을 분하게 여겼다.

해로웠다는 점이 무척 유감스럽습니다. 그가 인류의 교화를 위해 작업을 계속할 수 있도록 충분히 건강하기를 나만큼 바라는 사람은 없어요.

부인, 당신의 할머니는 아주 훌륭한 분이었고 그분에 대한 당신의 묘사는 손녀가 그렇듯, 멋져요. 잘 있어요, 좋은 친구. 아주 많이 사랑하고, 마찬가지로 많은 포옹을 보내요.

볼테르에게
1765년 8월 22일

선생, 하느님께 감사하게도 바쟁 신부의 조카를 찾았으니 그가 고독 속에서 나에게 전한 감미로운 말에 대한 사의의 증표로 내가 적은 두 번째 편지에 부착한 작은 꾸러미를 받아주길 바라요.[1] 두 분이 설령 미지의 기사로 변장을 해야 할지라도 내가 주최하는 마상 시합에 참석한다면 무척 기쁠 거예요.[2] 몇 주간 계속 비가 내려서 축제를 이듬해 6월로 미뤄야 했어요. 그러니 두 분에게 시간은 충분히 있을 겁니다.

1 "바쟁 신부"와 "바쟁 신부의 조카"는 모두 볼테르를 가리킨다. 볼테르가 《고故 바쟁 신부의 철학사*La philosophie de l'histoire, par feu l'abbé Bazin*》(Amsterdam : Changuion, 1765)를 출판했고, 이에 대한 응답으로 프랑스의 그리스 고전학자 피에르앙리 라르셰Pierre-Henri Larcher(1726~1812)가 《"고 바쟁 신부의 철학사"에 대한 보론*Supplément a la Philosophie de l'histoire de feu M. l'abbé Bazin, nécessaire à ceux qui veulent lire cet ouvrage avec fruit*》(Amsterdam : Changuion, 1767)을 내놓았다. 그러자 볼테르가 "바쟁 신부"의 조카로 변하여 《삼촌에 대한 변론*La Défense de mon oncle*》(Genève : Cramer, 1767)으로 응수했다. 라르셰는 곧이어 《"삼촌에 대한 변론"에 대한 응답*Réponse à La défense de mon oncle, précédée de la relation de la mort de l'abbé Bazin et suivie de l'Apologie de Socrate, traduite du grec de Xénophon*》(Amsterdam : Changuion, 1767)을 내놓았다.
2 1765년 3월 28일 자 편지의 각주 3번을 참고하라.

선생, 나는 진정 알렉산드로스 대왕의 모든 위업보다도 당신의 글을 더욱 높이 평가합니다. 당신의 편지는 알렉산드로스 대왕이 예의를 표하면서 할 수 있었을 모든 것보다 더 커다란 만족을 나에게 선사합니다.

이런 점에서 당신은 여전히 북방의 순진함을 꽤 지니고 있어요.[3] 실로 우리 러시아인은 남방에서 오는 많은 것 중에서 아무것도 이해하지 못합니다. 우리는 인류의 자랑거리인 작품들을 읽으면서, 다른 한편으로 그 글들이 그토록 쓸모를 찾지 못하는 것에 몹시 놀랐습니다.

내 문장에는 식물들 사이를 날아다니면서 벌집으로 가져올 꿀을 모으는 벌이 그려져 있어요. 꿀벌 무늬 문장 아래 쓰인 명문銘文은 "유용성"입니다. 당신이 있는 곳에서는 아랫사람들이 배울 점을 제공하고 윗사람들이 거기서 배움을 얻기가 수월하지요. 이곳은 정반대예요. 우리는 그렇게 복이 많지 않답니다.

바쟁 신부의 조카가 내 돌아가신 모친을 향해 보이는 애정이 나로 하여금 그를 새롭게 평가하게 만듭니다. 나에게 그는 너무나 정감 가는 젊은이이고, 그 또한 계속해서 나에게 같은 감정을 보여주기를 간청합니다. 이러한 친분을 가꾸는 것은 무척이나 좋고 유용한 일이에요. 선생, 조카에 대한 나의 존경은 당신에게 향하는 것이기도 하며, 그에게 하는 모든 말이 당신에게도 해당한다는 것을 분명히 알아주었으면 좋겠어요.

3 북방은 스칸디나비아반도, 발트해, 러시아, 시베리아, 흑해와 카스피해 연안의 초원지대를 포함해 표트르 대제 이후 유럽 세계와 통합된 지역을 일컫는다. 이어지는 문장의 남방은 위치를 특정하기는 어렵지만 이탈리아, 프랑스 등 서유럽 문명 중심 지역을 가리킨다.

추신. 모스크바에서 카푸친 수도회 수도사 몇몇을 관용하고 있었습니다(제국에서 관용은 보편적이고, 예수회만을 금지한답니다).[4] 그들이 이번 겨울 갑작스럽게 사망한 프랑스인을 매장하는 것을 완강히 거부했어요. 그 프랑스인이 종부 성사를 받지 않았다는 이유에서였지요. 아브라함 쇼메가 망자를 매장해야 한다는 점을 입증하는 진술을 작성했지만, 그 진술서도, 정부의 두 차례 명령도 저 신부들을 복종하게 할 수는 없었습니다.[5] 결국 그들에게 프랑스인을 매장하거나 이 나라를 떠나는 것 중에 하나를 선택하라고 했습니다. 그들은 떠났고, 나는 여기서 유순한 아우구스티누스회 신자 몇 명을 더 내보냈습니다. 이들은 사안의 심각함을 보고 모든 요구를 이행했습니다. 그러니까 보아요. 아브라함 쇼메가 러시아에서 이성을 찾고 박해에 저항하고 있어요. 그에게 재기가 있다면 최고의 회의론자조차도 기적을 믿게 할 수 있을 것입니다. 그러나 세상의 모든 기적도 《백과전서》의 인쇄를 막느라 얻은 오명을 씻어내지는 못하겠지요.

4 표트르 대제가 1689년 러시아에서 예수회를 금했고, 1773년 교황청이 공식적으로 예수회의 해체를 명했을 때 예카테리나는 이들이 예전 폴란드 영토에서 교육자로 남아 있을 수 있도록 허락했다.

5 아브라함조제프 드 쇼메 Abraham-Joseph de Chaumeix(c.1730~1790)는 프랑스의 얀센파이며 드니 디드로와 장 르 롱 달랑베르의 《백과전서》 1권을 출판한 이후 발행한 《백과전서에 대한 정당한 편견 *Préjuges légitimes contre l'Encyclopédie et essai de réfutation de ce dictionnaire, avec l'examen critique du Livre de l'Esprit*》(Paris : Herissant, 1758~1759)의 저자이다. 그는 1763년 러시아로 망명했다.

장 르 롱 달랑베르에게
1765년 11월 21일,
상트페테르부르크

선생, 당신의 병환에 대해 알게 되었고 당신의 생명을 염려해 불안에 떨었습니다. 당신의 회복이 불안을 진정시켰어요. 불의가 안긴 낙담이 병환에도 작용했다는 것을 믿을 수 없었어요. 당신이 거절한 것은 지금 당신을 괴롭히는 것을 한참 뛰어넘는 사안입니다.[1] 광신과 박해로 도리어 스스로의 명예를 실추하는 이들에게 연민을 느낍니다. 정부가 가장 먼 나라에서 재기를 예찬받는 이들을 보호할 필요를 더 이상 느끼지 않는다니 프랑스에는 위대한 인물이 진정 넘쳐나는가 봅니다. 당신이 말하듯 당신의 통치자가 이를 알지 못하는 것이 조금 위안이 됩니다. 당신의 통

1 예카테리나는 《교서》 작성에 달랑베르의 재능을 활용하고자 그에게 아이들을 위한 도덕 교리 문답 작성을 부탁했다. 달랑베르는 이를 승낙했으나, 프랑스 예수회 추방에 대한 논평 《프랑스 예수회의 해체에 관하여*Sur la destruction des Jesuites en France, par un auteur désintéressé*》(Edinburgh : Balfour, 1765)를 출판한 이후 교리 문답을 작성할 수 없겠다고 입장을 바꿨다. 자신의 세속적 도덕관이 탄압의 구실이 될 것이라는 두려움이 이유였다. 이 편지에서 예카테리나는 최근의 출판이 그에게 초래한 문제보다 교리 문답이 더욱 큰 대의에 호소하는 일이라고 달랑베르를 설득하고 있다.

치자는 이것[프랑스 철학자의 재기]을 전혀 다르게 평가하는 것 같아요. 분명 그의 수행단이 지나치게 망설여서 그가 이를 알지 못하는 겁니다. 우리가 덜 정제된 감정을 갖는 까닭은 의심의 여지 없이 이곳 북방의 기후 때문이겠지요.[2] 군주는 포상받을 권리가 있는 발군의 사상가를 몰라서는 안 됩니다. 그런 일은 허락되지 않아요. 군주는 사람들의 재능을 장려할 의무가 있습니다. 그러지 않으면 군주는 아무런 재능이 없다는 의심을 받을 겁니다. 병환이 당신에게서 도덕 교리 문답을 마무리할 열망을 빼앗아 갔다는 사실이 지식에 목마른 모든 이들을 괴롭게 합니다. 그러나 박해도 광신도 장악하지 못하는 수단과 방법이 있습니다. 진리, 이성, 그리고 사람의 재기가 당신에게 그것을 요구합니다. 내 문서도 이토록 오래 열망한 교리 문답 없이 감히 나올 수 없을 겁니다. 이것은 어리숙한 학생의 작업이에요. 작업이 방대해지고 있고 이미 100쪽을 넘어섰습니다. 나는 이대로 좋다고 생각하기도 하고, 때로는 부족하다고 생각합니다. 나를 가장 기쁘게 하는 것은 [작업 중인 문서에] 선의의 감각이 지배한다는 점이에요. 광신자들이 어떤 이의를 제기할지 볼 수 있겠지요. 우리의 몇몇 광신자들은 구원받기 위해 분신합니다(당신네 광신자들이 었다면 그들은 문인을 비롯해 더 이상 누구도 박해하지 않았겠지요).[3]

2 당시 유럽의 북방이 남방에 비해 과격하고 폭력적이고 전사적인 감수성을 지니고 있다는 인식이 있었다.

3 예카테리나는《교서》작업을 계속하면서 명시하지 않았지만 자신을 프랑스 왕 루이 15세 Louis XV(1710~1774, 1715~1774 재위)와 비교한다. 루이 15세는 개혁에 아무런 흥미를 보이지 않았으며 그의 치세에 문인들은 박해를 받았다. 예카테리나는 또한 프랑스의 '광신자들'(문인을 탄압하고자 했던 프랑스의 가톨릭 성직자)을

디드로 씨의 장서를 구매한 일이 나에게 이토록 많은 찬사를 가져다줄 것이라고 예상하지 않았습니다.[4] 당신을 만족스럽게 했다니 기뻐요, 선생. 학자를 자신의 책들에서 떨어뜨려 놓기란 잔인한 일이었을 겁니다. 나도 책을 압수당할까 두려워한 적이 여러 번 있어서, 무엇을 읽고 있는지 절대 말하지 않는 것을 원칙으로 삼곤 했습니다. 내가 경험한 바가 있으니 다른 이에게 이러한 비탄이 가해지는 것을 막게 됩니다.[5] 당신에게 쏟는 나의 계속된 애정과 관심을 알아주기 바라요.

예카테리나

러시아 '광신자들'(예카테리나 치하에서 자유롭게 종교 의례를 치를 수 있었던 구신도)과 병치시킨다.

4 프랑스 철학자 드니 디드로는 1759년 장 르 롱 달랑베르가 정부 검열 문제로 손을 뗀 이후 《백과전서》가 완성되기까지 혼자 감독했다. 재정적으로 궁핍해진 디드로는 자신의 장서를 판매하기 위해 내놓아야 했으나, 1765년 예카테리나가 그것을 사들인 뒤 그의 관리 하에 두었다. 디드로는 1773~1774년 상트페테르부르크를 방문하여 사의를 표했다. 러시아에서 디드로는 예카테리나와 자주 만나 다양한 주제를 논했으며, 회담을 위해 일련의 시론을 작성했다. 예카테리나가 디드로에게 보낸 편지는 상실되었다.

5 예카테리나는 러시아 궁정의 권태와 통제된 환경을 벗어나기 위해 공부했던 대공비 시절의 경험을 암시하고 있다.

볼테르에게
1765년 11월 28일,
상트페테르부르크

선생, 내 이름은 음조가 조화롭지 않은데, 그것이 시적이지 않은 딱 그만큼 나는 실리적인 사람입니다. 그러니 당신의 멋진 시에 나는 형편없는 산문으로 답하겠어요. 시를 써본 적은 없지만, 그 사실이 당신의 시에 대한 나의 존경을 덜지는 않아요. 당신의 시가 내 기준을 높여놓아서 다른 것들을 겨우 참을 수 있을 뿐이에요. 나는 이제 내 벌집으로 돌아가야겠어요. 사람이 동시에 여러 일을 할 수는 없으니까요. 내가 하는 일은 시간이 많이 들고 내 정신은 완고하고 융통성이 없으니 당신이 이름에 관해 무어라고 말하든, 나에게 예카테리나라는 이름이 주어진 것은 마땅한 일입니다. 이름이 내 천재성의 조화에 잘 어우러져요. 내가 많은 신세를 지고 있는, 돌아가신 옐리자베타 황제께서 모친에 대한 애정과 존경의 마음에서 나를 이렇게 불러주었어요.[1]

1 옐리자베타 페트로브나의 어머니는 표트르 대제의 두 번째 부인이었으며 표트르 대제의 사후에 예카테리나 1세 알렉세예브나Екатерина I Алексеевна(1684~1727, 1725~

장서를 인수한 일이 이토록 칭송받으리라고 전혀 생각하지 못했습니다. 디드로 씨의 장서를 구매한 일에 대해서 너무 많은 칭찬을 듣기는 했지만, 당신은 칼라스 가족의 결백과 미덕을 지지한 일로 인류가 빚을 지고 있는 분이니 잘 알고 있겠지요. 학자에게서 그의 서적을 떼어놓는 것은 잔인하고 부당한 일이랍니다. 그리고 달랑베르 씨가 받아야 마땅했던 연금을 거절당한 일로 너무 노여워하지 않도록 다독여주기 바랍니다. 이것은 사소한 실수일 뿐이니 그가 신경 쓸 일이 아닙니다. 그는 무척이나 조촐한 그 연금보다 훨씬 더한 희생을 했어요.[2] 누워서 침을 뱉은 박해자에게 거절의 효력이 다시 떨어질 겁니다. 그들은 달랑베르 씨보다 더 큰 고통을 받을 거예요.

노브고로드의 대주교 디미트리는 박해자도 광신자도 아닙니다.[3] 《알렉시스의 교서》 속 원칙 중 유용하거나 필요한 것이 있다면 단 하나라도 그가 받아들이고 설교하고 전파하지 않을 것이 없어요.[4] 디미트리는 세속 권력이나 종교 권력 같은 개념을 혐오하며, 그 예를 들어 보인 적이 한두 번이 아니에요. 내가 여기서 인용할 수도 있겠지만 당신을 따분하게 할까 걱정이 되네

1727 재위)로서 2년 동안 러시아를 통치했다.

2 예카테리나는 달랑베르가 1765년 프랑스 정부로부터 뒤늦게 수취한 연금보다 훨씬 큰 금액을 그에게 줄 수 있었다고 주장한다.

3 대주교 디미트리Митрополит Димитрий(1709~1767)는 1757~1767년 노브고로드의 대주교, 1762년부터는 총대주교를 지냈다. 예카테리나는 디미트리에게 그녀의 즉위식을 진행해달라고 특별히 요청했으며, 이후 교회 관련 사안을 다룰 때 그에게 자문을 구했다. 디미트리의 세속명은 다닐 안드레예비치 세체노프Даниил Андреевич Сеченов이다.

4 볼테르의 《대주교 알렉시스의 교서*Mandement du Révérendissime Père en Dieu Alexis, archevêque de Novgorod-la-Grand*》(1765)는 세속 권력이 교회에 우선함을 주장하며 그런 우열을 갖추고 있는 예로서 러시아를 찬양한다.

요. 별도의 종이에 적어서 당신이 읽고 싶지 않아지면 불태울 수 있도록 해야겠어요.[5]

관용은 이곳에서 자리를 잡았습니다. 관용은 국법이 되었고, 박해는 금지되었어요. 물론 우리 러시아에도 아무도 박해하지 않는데 스스로 분신하는 광신자가 있긴 합니다.[6] 그런데 다른 나라의 광신자가 같은 행동을 했다면, 이는 별다른 해가 되지 않았겠지요.[7] 세상은 다만 더욱 평화로울 것이며, 칼라스도 바퀴 위에서 찢기지 않아도 되었을 거예요. 선생, 여기에 당신과 내가 모두 경탄하는 이 도시의 설립자[표트르 대제]에게 우리가 빚지고 있는 정서가 있습니다.

당신의 건강이 당신의 재기만큼이나 탁월하지 않아서 무척 유감스럽습니다. 당신의 재기에는 전염성마저 있어요. 당신의 나이에 대해 불평하지 말고, 므두셀라만큼 오랜 세월을 사세요. 내가 달력에 성인의 축일을 갖게 될 영광을 누리는 것을 당신이

5 볼테르는 예카테리나가 첨부한 문서를 태우지 않았다. 그는 그 일부를 《찬사의 서한*Lettre sur les Panégyriques*》(1767)에 수록해 출판했다.

6 알렉세이 1세로 알려진 알렉세이 미하일로비치Алексей Михайлович(1629~1676, 1645~1676 재위) 치하의 1653년, 총대주교 니콘Никон(1605~1681)이 러시아 정교회의 의식을 그리스 정교회에 상응하도록 바꾸는 개혁을 감행했다. 두 손가락으로 성호를 긋던 의식에 세 손가락을 사용하도록 한 것이 대표적이다. 종무원은 교회의 개혁을 거부하는 이들을 파면하기로 결정했다. 이때 공식 러시아 정교회에서 분열раскол된 이들을 구신도староверы 혹은 옛 의식을 따르는 사람들старообрядцы이라고 부른다. 분열 이후 구신도들은 고문과 사형을 포함한 박해의 대상이 되었으며 나라를 떠나거나 지방으로 이주했다. 니콘의 종교 개혁 이후 17세기 말부터 18세기 초에 걸쳐 수만 명의 구신도가 자살했다. "아무도 박해하지 않는데 스스로 분신하는 광신자"라는 표현에서 예카테리나는 니콘 개혁 이후 상황을 구신도의 자살에 한정해서 일컫고 있다.

7 광신자가 분신하여 죽어 사라지니까 그들이 선동하는 대규모 종교 전쟁도 없을 것이고 그들을 박해하지 않아도 될 것이라는 의미이다.

부인했더라도 말입니다.[8] 나는 사람들에게 나를 위한 찬송가를 부르게 할 권리가 있다고 생각하지 않아요. 그러니 내 이름을 질투하고 시샘하는 주노로 바꾸지 말아야 할 것입니다. 또한 나는 미네르바의 이름을 취할 만큼 건방지지 않습니다.[9] 나는 비너스의 이름을 원하지도 않아요. 왜냐하면 그 부인의 책임으로 돌려진 일이 너무 많기 때문이에요. 나는 곡물의 신 케레스도 아니에요. 올해 러시아에서 수확이 매우 안 좋았습니다. 내 이름은 적어도 나의 수호성인이 계시는 곳에서 왔으니, 수호성인이 중재에 나서주리라고 희망하게 하지요.[10] 대체로 내게 최선의 이름이라고 생각해요. 그러나 나는 당신에 관한 모든 것에 관심이 있다고 장담해요. 당신이 무용한 반복을 하는 수고를 덜어주고 싶군요.

《교서》가 나에게 정직한 앙투안 바데와 그의 연설을 상기하게 합니다.[11]

8 성경에서 가장 장수한 인물인 므두셀라Methuselah는 969년을 살았다(《창세기》 5장 27절). 이전 편지에서 볼테르는 예카테리나의 이름이 고대가 아닌 기독교 전통에서 유래했다고 농담조로 불평했다. 이름의 음조가 그만큼 좋지 않고 시에도 덜 적합하다는 것이다. 예카테리나는 이를 두고 "달력에 성인의 축일을 갖게 될 영광을 볼테르가 부인했다"라고 표현했다. 이처럼 볼테르가 기독교 전통보다 고대에서 유래한 이름을 선호했지만 예카테리나는 성경 속 장수한 인물인 므두셀라를 들어 볼테르의 건강을 기원하고 있다.

9 미네르바Minerva는 지혜와 전쟁, 예술과 학식을 관장한 로마의 여신이다. 초상화, 가장행렬이나 다른 매체에서 예카테리나는 자주 미네르바로 재현되었다.

10 알렉산드리아의 성 카타리나Αγία Αικατερίνη της Αλεξάνδρειας(287~305).

11 앙투안 바데Antoine Vadé는 볼테르가 《기욤 바데 이야기*Contes de Guillaume Vadé*》(Genève : Cramer, 1764)에 수록된 〈벨슈에게 보내는 담화Discours aux Welches〉를 낼 때 사용한 필명이다. "벨슈Welches"는 '독일어를 사용하지 않는 외지인'을 가리키는 독일어 '벨슈Welsch'의 복수형을 프랑스식으로 표기한 것이다. 볼테르는 프랑스인을 가리켜 야만적 언어를 쓰는 오만한 민족이라고 비꼬면서 '벨슈'를 사용했다. 프랑스 지식인들은 혁명기까지도 벨슈가 아닌 진정한 프랑스인이 되기 위해 자기 문명화를 거쳐야 한다고 주장했고 자기비판적 의미로 이 표현을 사용했다.

볼테르에게
1766년 7월 9일, 상트페테르부르크

선생, 북극성의 빛은 다만 북쪽의 오로라일 뿐입니다.

당신이 언급한, 수백 리외에 걸친 그 빛의 자비는 나한테까지 오지 않아요.[1] 칼라스 가족은 그들이 받은 도움을 벗들에게 빚지고 있습니다. 디드로 씨는 장서를 구매한 일에 대해 그의 친구에게 빚을 졌지요. 칼라스와 시르뱅 가족은 당신에게 모든 것을 신세 지고 있습니다.[2] 넘치게 가진 것을 이웃에게 조금 나눠주는 행위는 아무것도 아니지만, 인류의 대변인이 되는 것, 억압당하는 결백한 이들의 수호자가 되는 것은 곧 불멸의 존재가 되는 일입니다. 이 두 가지 대의에 따라 기적에 마땅히 주어져야 할

1 리외lieue는 프랑스의 옛 거리 단위로 약 4킬로미터.

2 볼테르는 예카테리나를 북극성이라고 부른 이전 편지에서 새로운 일에 관해서 도움을 요청했다. 남부 프랑스 출신의 개신교도인 시르뱅 부부Sirvens는 지적 장애가 있는 그들의 딸 엘리자베트를 추정상 가톨릭 개종을 막기 위해서 살해한 혐의로 사형을 선고받았다. 시르뱅 부인은 유배 중에 사망했으나, 볼테르는 1771년 시르뱅 씨의 형 취소를 얻어내는 데 도움을 주었다. 종교적 관용에 대한 신념은 볼테르와 예카테리나의 의견이 일치한 중요한 사안이었으며, 예카테리나는 이 편지에서 두 사람의 다양한 노력이 서로 엮인 것처럼 서술하고 있다.

존경이 당신을 향해 모여듭니다. 당신은 인류 공통의 적에 맞서 싸웠어요. 미신, 광신, 무지, 억지, 나쁜 판관, 그리고 각각의 수중에 놓인 권력에 대해서요. 적과 싸우며 장애를 극복하기 위해서는 상당한 덕성과 품성이 필요합니다. 당신은 그것을 지니고 있음을 보여주었어요. 당신은 이겨냈습니다. 선생, 당신은 시르뱅 부부를 위해 얼마 안 되는 지원을 바라고 있어요. 내가 어떻게 그것을 거절하겠습니까? 당신은 나의 이러한 행동을 칭송할 건가요? 칭송할 것이 있나요? 그러니 누가 내 수표에 대해 몰랐으면 좋겠습니다. 그러나 그다지 조화롭지 않은 내 이름이 박해의 피해자를 도울 수 있다고 여긴다면 나는 당신의 선견지명을 믿을 것입니다. 그들에게 해를 입히지만 않는다면 내 이름을 말해도 좋습니다. 그렇게 생각하는 이유가 있어요.

로스토프 주교의 불운은 공개적으로 다루어졌고 당신은 그 보고서를 반박의 여지가 없는 출처로부터 구한 공증된 문서로 제출해도 좋습니다.[3]

당신의 편지에 동봉된 출판물을 집중해서 읽었어요. 출판물에 담긴 원칙을 실행에 옮기기는 매우 어렵습니다. 불행히도 다수가 앞으로 오랫동안 그것에 반대할 겁니다. 그러나 인류의 파멸을 가져올 견해의 날을 무디게 만드는 것은 가능해요. 우리 법을 재구성할 위원회를 위한 《교서》에 다음 내용을 삽입했습니다. "사람들 사이에 다양한 신앙이 있는 만큼이나 다양한 민족으

3 예카테리나는 1765년 11월 28일 자 편지의 첨부물을 암시하고 있다. 로스토프의 대주교 아르세니Митрополит Арсений(1697~1772)는 예카테리나가 교회 토지를 세속화하는 일에 맹렬히 반대했으며 그에 따라 종무원에 의해 투옥되었다. 종무원 구성원 중에는 노브고로드의 대주교 디미트리도 있었다.

로 영토가 뻗어 있는 거대한 제국에서 시민의 평화와 안정에 가장 해로운 잘못은 다양한 종교에 대한 불관용일 것이다. 오직 정교와 정치가 공히 인정한 현명한 관용만이 모든 길 잃은 양을 진정한 신앙으로 되돌아가게 할 수 있다.[4] 박해는 정신을 자극하며, 관용은 정신을 진정시키고, 국가의 평화와 시민의 통합에 반하는 논쟁을 진압하면서 정신을 덜 완강하게 만든다."[5]

그리고 《법의 정신》의 마술 등에 관한 장의 요약이 뒤따르는데, 그것은 여기에 옮겨 쓰기에 너무 길어요.[6] 나는 마술과 이단의 혐의가 초래할 불행으로부터 시민을 보호하기 위해서 말할 수 있는 것은 모두 말했습니다. 평화적인 신앙을 방해하거나 신도의 양심을 타락시키지 않으면서 말이에요. 이성의 외침을 도입하는 현실적이고 유일한 방법은 모든 개인이 필요성과 유용성을 계속해서 느끼는 공공의 안녕이라는 토대 위에 이성을 올려두는 것이라고 생각했어요.

작은 [안드레이] 슈발로프 백작이 고국에 돌아왔고 당신이 나와 관련된 모든 것에 관심을 가지고 있음을 보였다고 전했어요.[7] 당신에게 사의를 표하며, 이만 줄이겠습니다.

4 이 대목에서 "정치 la Politique"는 정치적 타협을 마다하지 않으며 신학적 논쟁보다 현실 정치를 우선시하는 현명하고 실용적인 감각을 가리키는 말이다. 16세기 프랑스 종교 내전기의 '정치파'나 '관용파'를 가리키는 말로도 새길 수 있다.

5 《교서》 20장 〈가장 중요하고 필요한 원칙들〉, 494~496조. 예카테리나는 관용의 원칙을 《교서》에 포함함으로써 국가 권력의 가장 높은 층위에서 이 원칙을 공고히 했다. 예카테리나는 볼테르가 이 업적을 더욱 널리 출판해 전 유럽에 걸쳐 두 사람의 명성을 드높이기를 바랐다. 볼테르는 《교서》의 예고편을 유럽에서 공개하고 싶어 했으며 《찬사의 서한》의 일부로 출판했다.

6 예카테리나는 《교서》를 쓸 때 몽테스키외의 《법의 정신》을 가장 많이 참고했다.

7 안드레이 페트로비치 슈발로프Андрей Петрович Шувалов(1742~1789).

장 르 롱 달랑베르에게
1766년 8월 31일

선생, 지난 2년간 나의 주된 활동은 몽테스키외의 원칙들을 옮겨 적고 감탄하는 일로 귀결됩니다. 그를 이해하는 일에 몰두해 있었고, 어제 좋다고 여겨 옮겨 적은 원칙을 오늘 지우곤 했습니다. 당신의 편지들은 이 일을 방해하기는커녕 나에게 마찬가지의 기쁨을 주어요. 당신이 내 모호한 질문에 답한 짧은 문서를 받았어요.[1] 사실상 내가 예상하던 답이에요. 아주 공정하다고 생각합니다. 편지를 통해서는 이토록 먼 거리에서 대화처럼 말하기란 불가능해요.

조프랭 부인이 파리를 떠난 뒤에야 그녀의 여행에 대해 알게 되었어요. 그녀에게 이곳에 오라고 권하지 않았고 앞으로도 제안하지 않을 겁니다. 두 가지 이유가 있어요. 하나, 기후가 혹독

1 예카테리나는 조프랭을 통해 달랑베르에게 질문을 보냈다. "훌륭한 격률의 누적을 실행에 옮기면 대체로 훌륭하고 선한 효과가 있을까요?" Henry Charles, 《달랑베르 저작과 서한 무편집본 전집 *Œuvres et correspondances inédites de d'Alembert*》(Paris : Perrin, 1887), 224쪽.

합니다. 둘, 첫째 이유가 장애가 되리라는 것을 너무나 잘 알기 때문입니다.

잔혹한 기후가 오일러 씨와 그의 아들들을 저지하지 못했다는 것은 사실이에요.[2] 그들은 요전에 도착했어요. 그들이 얼어 죽지 않기를 바랍니다. 그들의 재기와 학문을 향한 열성이 나의 학술원을 덥힐 거예요.[3] 나는 인류의 교육에 그들의 열성이 사용되기를 바랍니다. 정책의 혜택을 입는 우리 동료 시민 모두에게 그들의 이름이 영원히 소중하게 남을 것입니다.

당신의 정부가 철학을 전혀 좋아하지 않는다는 것이 사실인가요? 게다가 프랑스에서는 중요한 사람처럼 보이고 싶으면 철학자에 대해 무척 나쁘게 말해야 한다고 들었어요. 당신네 온화하고 황홀한 기후는 지성을 열어젖힙니다. 우리의 엄혹하고 둔한 기후는 지성이 아주 멀리까지 뻗어나가도록 허락하지 않습니다. 우리는 학자들이 평온히 자신의 학문적 작업에 임할 수 있게 하며, 여기서는 누구도 불태우지 않아요. 우리는 당신들만큼 운이 좋지도 영리하지도 않아서 이곳에 정착하는 사람이 적습니다. 반면 다른 나라는 뛰어난 지성으로 가득하고 그 풍족함이 시골까지 스며듭니다.[4]

2 레온하르트 오일러Leonhard Euler(1707~1783)는 스위스의 수학자, 천문학자, 물리학자이다. 1727~1741년에 상트페테르부르크학술원에서 활동했다. 1741년 프리드리히 2세가 오일러를 베를린학술원 회원으로 초빙해갔다. 예카테리나는 1766년에 그를 데려왔고 오일러는 다시 상트페테르부르크학술원에 소속되었다.

3 1724년 표트르 대제가 창립한 상트페테르부르크학술원을 말한다.

4 예카테리나가 기후를 언급하는 것은 몽테스키외의 사유와 관련이 있다. 몽테스키외는 나라의 지리나 자연환경 그리고 정치 문화적 형태 사이의 관련성을 고찰했고 러시아가 가혹한 기후로 후진적 상태에 놓인 전제 국가라고 주장했다. 예카테리나는 그의 사상을 러시아에 적용하면서도 그 주장을 반박하고자 했다.

당신의 인내를 시험에 들게 할 것이 두렵네요. 당신에게 표하는 지속적인 경의를 다시 확인하며 이만 줄이겠습니다.

1766년 8월 31일

볼테르에게
1767년 1월 9일, 상트페테르부르크

선생, 조금 전에 당신의 12월 22일 자 편지를 받았어요. 당신은 나에게 명사名士의 지위 가운데 하나를 주었더군요. 이러한 지위가 야망을 품는 수고를 들일 가치가 있는지 모르겠습니다. 나는 당신과 당신이 언급하곤 하는 그럴 자격이 있는 친구들을 제외하고는 누구에 의해서도 인류가 오랜 세월 경배해온 존재들과 같은 수준에 놓이고 싶지 않습니다. 실로 사람이 아무리 자존심이 없다 할지라도 충분한 숙고 끝에 자신을 양파, 고양이, 송아지, 당나귀 가죽, 황소, 뱀, 악어, 온갖 종류의 짐승, 기타 등등의 것들과 동격에 두고 싶어 하지는 않아요. 이러한 열거를 한 다음에 어느 누가 자신을 위해 신전이 세워지기를 바라겠어요? 부디 나를 지상에 내버려두어요. 당신과 당신 친구들, 달랑베르와 디드로의 편지를 받기에는 여기 지상이 더 낫습니다. 나는 우리 세기의 본보기가 되는 이들을 향해 당신이 지닌 심오한 관심과 감성을 직접 볼 수 있을 거예요. 당신은 이 본보기가 되는 사람들

사이에서 정말이지 온전한 몫이 있지요.

박해하는 자에게 불행이 있기를.[1] 그들은 위에 나열한 [우스꽝스러운] 신성들의 등급에 낄 만해요. 그곳이 진정 그들을 위한 자리입니다.

선생, 그 외에는 당신의 인정이 나에게 커다란 격려가 됨을 알아주었으면 합니다.

내가 당신과 공유한 관용에 관한 글은 여름이 지나갈 때까지 온전히 빛을 보지 못할 거예요.

당신에게 보낸 지난번 편지에 노브고로드의 대주교에 관한 문서를 편찬하는 일에 대해 내가 어떻게 생각하는지 적었던 것을 기억해요. 최근에 그 성직자는 당신도 이미 알고 있는 그 감성을 더욱 증명해 보였습니다. 한 남자가 책을 하나 번역하고는 그에게 가져갔어요. 대주교는 남자에게 책을 출판하지 말라고 조언했습니다. 책이 세속적 권력과 종교적 권력이라는 두 권력을 세우는 원칙을 담고 있었기 때문입니다.

당신이 어떤 직위를 맡든지 간에 자신의 천재성이 닿는 한 인류를 위해 대의를 호소하는 이를 향한 나의 존경이 결코 손상되지 않을 거예요. 첨부한 인쇄물이 정의가 우리 편에 있는지 판단할 수 있도록 해줄 겁니다.[2]

1 예카테리나는 계몽사상을 대표하는 지성인들이 편지를 주고받는 관계망에서 주요한 역할을 하고 싶은 의사를 표명한다. 그는 볼테르가 "박해하는 자에게 불행이 있기를"이라는 문구를 홍보하여 유럽에 유행시키기를 기대했다.

2 〈전 러시아의 황제 폐하가 폴란드 왕 폐하와 공화국에 전하는 선언문Declaration De la part de Sa Majesté l'Impératrice de toutes les Russies à Sa Majesté le Roi & à la Republique de Pologne, Nayiaś: Imperatorowey Imci Całey Rossyi, Nay: Krolowi Jmci y Rzeczy-Pospolitey Polskiey uczniona〉(1767). 예카테리나가 폴란드에 대한 러시아의 군사적 개입을 공공질서와 이교도의 권리 보장을 위한 것으로 정당화하는 선언문이다.

볼테르에게
1767년 3월 26일, 모스크바

선생, 당신이 나에게 기적을 행하여 나라의 풍토를 바꾸라고 조언한 2월 24일 자 편지를 받았어요. 이 도시는 한때 기적을 보는 일에 아주 익숙했습니다. 아니, 그보다는 선한 이들이 자주 가장 평범한 것들을 마법의 효과로 받아들이곤 했어요. 차르 이반 바실리예비치가 위원회에 보낸 서언에서 나는 차르가 공중 앞에서 고해를 했을 때 기적이 일어났다고 읽었습니다.[1] 한낮에 해가 모습을 드러내고 차르와 모여 있던 신부 모두에게 빛이 비추었습니다. 황제가 소리 내어 총고해를 하고 종국에는 이 모든 무질서에 대해 성직자에게 생생한 언어로 나무랐으며 위원회에 자신과 성직자들을 바로잡아달라고 청했음을 알아두세요. 요즘은

1 1551년 이반 4세 바실리예비치Иван IV Васильевич(1530~1584, 1533~1575/1576~1584 재위)가 소집한 공의회인 스토글라프 회의Стоглавый собор를 말한다. 스토글라프는 100개의 조항을 의미한다. 회의에서는 교회의 업무와 국가와 교회의 관계를 규정한 100개의 항목이 결의되었다. 이반 4세의 서언 내용을 통해 예카테리나는 사람들이 평범한 일을 신비한 현상으로 받아들인 사례를 발견한다.

형편이 달라졌어요. 표트르 대제가 기적을 공인하는 형식적 요건을 너무 많이 도입했고, 종무원이 이 요건을 너무 엄격하게 지키기 때문에 나는 당신이 도착하기 전에 그것[기적]을 선언하기가 두렵습니다. 그래도 페테르부르크시에 더 나은 환경을 마련하기 위해 나는 힘이 닿는 한 모든 것을 해야겠지요. 지난 3년 동안 우리는 도시를 물길로 둘러싼 습지를 간척하고 남쪽으로 뒤덮인 소나무 숲을 베어냈습니다. 벌써 정착민이 자리를 잡은 부지가 셋 있어요. 지나가려면 허리까지 물이 차올랐던 곳에서 이들은 지난가을에 첫 곡식을 심었습니다.

선생이 내가 하는 일에 관심을 가지고 있는 것처럼 보이니, 내가 지난해 12월 14일에 서명했고 네덜란드 언론에서 너무 심하게 난도질당해서 원래 어떤 의미였는지 아무도 잘 알지 못하게 된 포고령의 그나마 덜 부실한 번역본을 첨부합니다.[2] 러시아어판으로는 높이 평가되는 문서예요. 우리 언어의 풍부함과 단호한 표현 덕분이지요. 그래서 번역하기가 더더욱 고되었어요. 위대한 의회가 6월에 회기를 시작해서 우리에게 무엇이 부족한지 말해줄 겁니다. 그런 다음 바라건대 우리는 인류가 비난하지 않을 법제에 착수해야 할 거예요. 지금부터 그때까지 나는 볼가강을 따라 여러 지방을 돌아볼 것입니다. 아마도 당신이 전혀 예상하지 못한 때에 아시아의 변변찮은 시골에서 보내는 편지를 받게 될 겁니다. 어디에 있든 마찬가지로 그곳에서 나는 페르네의 성주에 대한 경의와 관심으로 가득할 것입니다.[3]

2 포고령은 예카테리나의 새로운 법전 편찬을 위한 입법위원회 소집령을 말한다.
3 페르네는 스위스와 프랑스 국경 지방으로 볼테르가 1759년부터 1778년까지 머문 곳이다.

추신. 당신이 [안드레이] 슈발로프 백작에게 페테르부르크경제협회로 전송된 글 두 편에 대한 소식을 물었다지요. 백작이 나에게 선생의 편지를 보여주었어요. 제출된 10여 개 가운데 샤프하우젠을 통해 전송된 프랑스어 논고가 하나 있다고 알고 있어요.[4] 당신이 관심 있는 글의 표어를 알려주면 협회 쪽에서 그 논고를 접수했는지 물어보도록 할게요.[5]

4 볼테르는 예카테리나의 요청으로 자유경제협회Вольное Экономическое Общество에서 개최한 농민 재산권의 적절한 범위에 관한 공모전에 두 편의 글을 제출했다. 두 편 모두 선정되지 않았다. 샤프하우젠은 스위스 북부의 주이다.

5 18세기 공모전에는 무기명으로 글을 제출했다. 대신 저자들은 글 상단에 주로 라틴어로 된 표어를 기입했다.

볼테르에게
1767년 5월 29일, 카잔

내가 무슨 번변찮은 아시아의 시골에서 편지를 보내겠다고 협박을 한 적이 있지요. 오늘 나는 약속을 지키려고 합니다.

내가 보기에 《벨리사리우스의 일화》와 《찬사의 서한》의 저자는 바쟁의 조카와 가까운 친척 사이인 것 같아요.[1] 그러나 선생, 사람에 대한 찬사는 사후로 미루는 것이 좋지 않을까요? 인간사 모든 것이 모순되고 어리석다는 점을 고려하면 찬사는 언제고 거짓으로 판명될 수 있으니까요. 나는 낭트 칙령이 폐지된 뒤로 사람들이 굳이 신경 써서 루이 14세를 찬미했는지 잘 모르겠어요. 적어도 망명자들은 그 말들에 힘을 실어주기를 내키지 않아 했지요.[2]

1 볼테르의 두 최신작 《벨리사리우스의 일화*Bélissaire*》(Paris : Merlin, 1767)와 《찬사의 서한》에는 예카테리나의 편지에서 발췌한 인용구가 포함되어 있다. 특히 《찬사의 서한》에는 예카테리나에 대한 찬사의 표시로 편지의 발췌문이 광범위하게 첨부되었다. 예카테리나는 자신이 살아 있는 동안 편지 내용을 출판하지 말아달라고 진심으로 부탁하고 있다.

2 1685년 루이 14세가 낭트 칙령을 폐지했다. 낭트 칙령은 1598년 앙리 4세Henri IV

선생, 우리주의 학자에게 영향을 행사해서 내가 죽기 전까지 나에 대한 찬사를 적는 데 시간을 낭비하지 않도록 하기 바랍니다.[3] 따지고 보면 사람들의 입에 그토록 오르내리는 법제는 아직 제정하지도 않았고, 그것이 좋을지 나쁠지 누가 안단 말입니까? 실로 이 문제를 매듭지을 위치에 있는 사람은 우리가 아닌 후세입니다. 제발 생각을 해보아요. 새 법제는 풍토, 민족, 습관, 심지어 관념조차 너무나 다른 아시아와 유럽에서 작동해야 합니다. 내가 지금 아시아에 있는 것은 내 눈으로 직접 이 땅을 보고 싶었기 때문이에요. 이 도시에는 서로 전혀 닮은 점이 없는 20개의 다양한 민족이 있고 나는 이들 모두에게 맞는 옷을 제작해야 해요. 일반적인 원칙 몇 개는 있을 수 있겠지만 세부 사항은 어떡합니까? 게다가 어떤 세부 사항인지 알고 있나요? 하나의 세계를 창조하고 통합하고 보존해야 하는 상황이라고 말할 수 있을 정도예요. 하염없이 계속할 수 있겠으나 여하간 해야 할 일이 이미 너무도 많습니다. 이 모든 것이 잘 풀리지 않는다고 해봅시다. 두 출판물 중 후자에서 인용된 내 편지의 단편들이 공정한 이나 나를 시기하는 이 양쪽에게 허영으로 보이겠지요. 하느님만이 어떻게 보일지 아실 겁니다. 그리고 내 편지의 동기는 오직 경의였으니 출판하기에 적합하지 않습니다. 이것이 《찬사

(1553~1610, 1589~1610 재위)가 프랑스 내에서 가톨릭교도 이외에도 칼뱅주의 개신교 교파인 위그노교도가 신앙의 자유를 누릴 수 있도록 발표한 칙령이다. 예카테리나가 편지에 쓴 망명자들은 종교 의식을 치르지 못하게 되어 프랑스를 강제로 떠나야 했던 위그노교도와 개신교도를 말한다.

3 볼테르는 《찬사의 서한》을 우리Uri주에서 법학을 가르치고 있는 이레네 알레테스Iréné Alethès라는 필명으로 출판했다. 이 이름은 그리스어로 평화로이 진실을 말한다는 의미다. 스위스 동부에 있으며 독일어를 사용하는 우리주는 전설 속 영웅인 빌헬름 텔Wilhelm Tell의 고향이었다.

의 서한》의 저자에게 어떤 감정을 불러일으켰는가를 보고는 우쭐하고 영광스러웠던 것이 사실입니다. 그러나 벨리사리우스는 바로 이러한 순간이 나 같은 이에게 가장 위험하다고 말합니다.[4] 벨리사리우스가 매사에 옳으니 이것도 틀리지 않았으리라 확신해요. 《벨리사리우스의 일화》는 거의 다 번역되었고 곧 출판될 겁니다. 번역본을 시험하기 위해서 원본을 본 적 없는 두 사람에게 읽도록 했습니다. 한 사람은 이렇게 외쳤어요. 벨리사리우스가 될 수만 있다면 내 눈이 뽑혀도 좋다. 충분한 보상이 될 것이다. 다른 사람은 이렇게 말했습니다. 만일 그렇게 된다면 내가 부러워할 것이오. 끝으로 당신이 보여주는 모든 우정의 징표에 감사를 표합니다만 가급적 내 난필은 출간하지 말아 주어요.

4 예카테리나가 당시에 번역하고 있던 《벨리사리우스의 일화》 9장에서 마르몽텔의 영웅은 군주가 아첨이 아닌 오직 진실만을 들어야 한다고 주장한다.

에티엔 모리스 팔코네에게[1]
1767년 10월 12일, 모스크바

나는 어떤 감정을 느껴야 할지 아는데, 이 점을 잊음으로써 당신은 나에게 잘못을 범하는 겁니다. 당신이 그 철학자의 편지를 맡기면서 방금 했던 것처럼 누군가 나에게 분명한 존경을 표할 때 나는 그 의미와 내가 당신에게 진 빚을 온전히 알아봅니다.[2] 한마디로 내 사의와 신중함을 알아주기 바라요. 그럼에도 그[디드

1 에티엔 모리스 팔코네Étienne Maurice Falconet(1716~1791)는 프랑스의 조각가이다. 퐁파두르 부인Madame de Pompadour으로 잘 알려진 잔 앙투아네트 푸아송, 마르키스 드 퐁파두르Jeanne Antoinette Poisson, Marquise de Pompadour(1721~1764)의 후원을 받던 팔코네는 1766년 그의 친구 디드로의 추천으로 러시아에 초청받았다. 팔코네는 예카테리나의 수주로 상트페테르부르크 원로원광장에 세워질 표트르 대제의 청동기마상을 제작한다.

2 예카테리나는 러시아에 온 뒤에도 디드로와 활발히 편지를 주고받던 팔코네를 통해 디드로와 연락했다. 예카테리나는 디드로를 "그 철학자"라고 부르면서 디드로가 팔코네에게 보낸 편지에 답을 하고 있다. 디드로도 황제가 편지를 볼 것을 알고 있었다. 예카테리나는 디드로가 그녀를 위해 기념비적이고 철학적인 프랑스 사전을 제작하겠다는 제안에 그다지 관심을 보이지 않았던 반면 디드로를 러시아에서 보기를 열렬히 바랐다. 디드로는 무엇보다도 그의 정부인 소피 볼랑Sophie Volland(1716~1784)을 떠나고 싶지 않아서 여행을 꺼렸다. 그래서 예카테리나는 그에게 재량을 보장해주겠다고 약속한다.

로]가 무엇을 말하든 그 철학자도, 그의 저작도 없다는 것이 유감입니다. 나는 그가 베츠코이 씨의 편지에서 무얼 보았는지 모르나, 내가 그의 저작을 결코 거절하지 않았다는 점은 확실해요. 나의 조각가가 나의 철학자의 그릇된 생각을 바로잡아주었으면 좋겠습니다. 하지만 당신이 젠체할 이유가 있겠습니까? 나는 믿지 않아요. 분별이 있는 사람은 자만하지 않을 것이에요. 내가 아는 한 당신은 머리가 좋은 편에 속합니다. 자, 사람들은 내가 러시아에서 바라는 대로 할 수 있다고 말하지요. 나는 군주가 오직 선에 기여하는 것만을 바랄 수 있다는 선언에 서명했어요. 당신이 자만하지 않기를 바라요. 지나치게 전제적인 횡포로 보이지 않는다면 나는 당신이 자만하는 것을 금지하겠어요. 당신의 좋은 머리를 자만해서는 안 될 것입니다. 그렇게 된다면 우리 모두가 바라는 선이라기보다는 차라리 악이지 않겠습니까? 우선 내가 돌아올 때까지 이 설명으로 만족해요. 1월에 이 다정한 대화를 다시 길게 이어가야 할 거예요. 내가 위대한 황제와 그의 총명한 야수를 만나면 우린 더 논의하고 결정할 일이 생길 겁니다.[3]

그 철학자는 편지에서 말합니다. "요구되는 것은 나이지, 나의 저작이 아닙니다." 그러나 백과전서파에게 이곳에서 책을 출판할 기회를 제안한 사람이 나인데, 무슨 당착으로 내가 그의 저작을 원치 않겠습니까? 게다가 사전의 항목들을 러시아어로 최대한 번역하기 위해 사람들이 모스크바에 모였어요. 이미 한 권이

3 팔코네가 제작 중인 표트르 대제의 청동 기마상을 말한다. 팔코네는 작업 진행 상황을 예카테리나에게 알렸으며, 둘은 표트르 대제와 그가 타고 있는 말이 살아 있다는 듯이 말하며 농담하곤 했다.

판매 중이고 다른 한 권을 인쇄하고 있습니다. 이전부터 디드로 씨를 대단히 존경했고, 20쪽을 읽고 나서는 더 높이 평가하게 되었습니다. 그가 진실한 고백을 하는 데 들인 수고는 영웅적이었어요. 그는 상황이 허락할 때 올 것이며 언제나 환영받을 것입니다. 차마 그 자신과 **다른 사람들**[4]을 불행하게 하도록 권할 순 없어요. 골리친 공[5]이 당신의 친구가 제안한 다양한 모음집을 구매하는 일에 관해 충분한 보고를 받았습니다. 내가 단념하는 것은 그뢰즈의 저작이 아닌, 그 자신과 그의 부인입니다.[6] 베츠코이 씨가 골리친 공에게 관련 편지를 받기 전까지 나는 반 루의 존재를 몰랐으나, 그가 오직 초상화를 제작할 뿐이라면 우리 학술원은 그가 없어도 아주 괜찮을 겁니다.[7]

골리친 공이 프랑스어를 러시아어로 옮기면서 겪는 어려움은 우리 신사들 대부분처럼 그가 자신의 언어에 무지하다는 사실에서 나옵니다. 그러나 이 언어[러시아어]는 풍부함으로 맞설 상대가 없어요. 내 저작인 법전 편찬을 위한 《대大교서》를 감히 소환할 순 없겠습니다. 러시아인들에게 물어봐요. 내용이 단순하지 않지만 단 하나의 외국어도 포함하고 있지 않아요. 누구도 한 단어를 다른 단어로 혼동하는 일이 없기를 바랄 뿐입니다.

잘 있어요, 팔코네 씨. 주로 당신의 작업을 살피기 위해 내가

4 편지 원본에 이탤릭으로 강조되어 있던 부분이다.

5 드미트리 미하일로비치 골리친Дмитрий Михайлович Голицын(1721~1793)은 러시아 대사이다.

6 팔코네에게 보낸 편지에서 디드로는 예카테리나에게 화가 장 바티스트 그뢰즈Jean Baptiste Greuze(1725~1805)의 작품을 구하라고 조언하긴 했으나, 작가가 '나쁜 인간'이고 그의 부인이 '세상에서 가장 위험한 존재 중 하나'라고 말했다.

7 루이미셸 반 루Louis-Michel Van Loo(1707~1771)는 1767년 디드로의 초상화를 그렸다. 반 루 가문은 18세기 프랑스에서 성공한 화가 집안이었다.

곧 상트페테르부르크로 돌아간다는 점을 알아주기 바라요. 당신과 여러 가지 이야기 나눌 기쁨을 고대하고 있다는 사실도요. 그러나 당신이 절친한 친구의 비밀을 나에게 털어놓으니, 드 라 리비에르 씨에 관한 당신의 진실한 의견을 말해주어요.[8] 우리끼리의 말이지만 그가 으스대지 않았으면 좋겠습니다. 그가 필요하지 않게 될 수도 있어서요. 그의 문제가 무엇인지 생각을 조금 들려줄 수 있나요? 하지만 이러한 일이 당신과 맞지 않으면 당신이 나에게 보인 친밀한 어조만을 탓해야겠지요. 나는 당신의 신뢰에 대한 답례로 내 신뢰를 주는 겁니다. 당신은 나처럼 그것을 깊이 느끼고 불쾌해하지는 말아야 할 것이에요.

8 피에르폴 르메르시에 드 라 리비에르Pierre-Paul Lemercier de La Rivière(1719~1801)는 프랑스 중농주의자이다. 그는 디드로의 추천으로 예카테리나에게 정책 자문을 하기 위해 1767년 러시아를 방문한다. 오만한 태도 때문에 그는 황제에게서 멀어졌으며 이듬해 바로 귀국했다.

볼테르에게
[1767년 12월 22일]

선생, 당신이 관심을 가지고 있는 페테르부르크경제협회로 전송된 글 두 편이 목적지에 도착했어요. 하지만 회원이 대부분 부재중이라 내가 [상트페테르부르크로] 돌아가기 전까지 그 글들은 읽히지 않을 겁니다.

예카테리나 2세는 바쟁 신부의 조카가 듣기 좋은 말로 칭송해준 덕에 그에게 빚을 지고 있어요. 만일 그의 거주지를 알았다면 예카테리나는 그의 삼촌과 그의 펜에서 나온 존경스러운 것을 줄줄이 보내달라고 그에게 호소하여 그녀 자신이 더욱 크게 빛지게 해달라고 간청했을 것입니다. 아무리 우리가 여기 북위 60도에서 그의 창작물을 욕심내더라도 작품 중 몇몇은 불가피하게 우리 손아귀를 벗어나겠지요. 우리는 이 손실을 무척이나 통렬히 느끼고 있어요. 선생, 나는 바쟁 신부의 조카를 알지 못하나, 당신이 그를 캐내서 예전에 쓴 것이든 최근에 쓴 것이든 가능한 모든 저작물을 전부 나에게 보내라고 설득할 수 있다면 내

고마운 마음은 더욱 커질 거예요.

당신에게 온갖 부탁을 이렇게 자주 하는 것이 어쩌면 이상하게 보일지도 모르겠어요. 당신은 이렇게 말하겠지요. "그녀에겐 오직 하나의 방책이 있고, 줄곧 그것을 이용하며, 유감스럽게도 부담은 내 몫이 된다." 선생, 모든 사람이 고갈되지 않는 상상력과 스무 살배기의 명랑함을 타고나지는 않아요. 재능은 모방하기보다 찬탄하기가 더 쉬운 법이지요. 이것은 남방에서 북방까지 어디서나 인정되는 보편적인 진리잖아요. 그러나 불행히도 바젤에서 교수로 있는 부르디용 씨가 나에게 확인해준 대로 북방이 더할 나위 없이 옳다는 견해에 대해서 같은 말을 할 수는 없습니다.[1] 물론 누군가 그를 두고 틀렸다고 할 수는 있겠지요. 그러나 나는 정직한 사람이라면 어디 한번 입증해보라고 말하겠어요. 심지어 종교 재판의 관례적인 격식을 차리며 입증을 기다리겠어요. 나는 그 지침서를 읽어보았습니다.[2] 읽으면서 나는 그토록 미미한 이성을 가진 사람이 있다는 사실에 극도로 경악했어요. 이러한 이성의 부족 때문에 무너진 조직이 하나가 아닐 거라고 생각해요. '이성'이라 함은 건전한 이성을 뜻하는 것입니다. 다른 이들도 분명히 자기만의 이성을 가지고 있었을 것이고 그 이성이 죄악과 불의의 광란으로 그들을 몰고 간 것이니까요.

1 볼테르는 조제프 부르디용Joseph Bourdillon이라는 가명을 사용해 《폴란드 교회의 불화에 관한 역사적, 비판적 시론*Essai historique et critique sur les dissentions des églises de Pologne*》(1767)을 출판했다. 예카테리나는 북방이 옳다고 말하긴 어렵지만 부르디용이 틀렸다고 말하려는 이에게는 입증을 요구하고 있다. 북방에 대한 설명은 1765년 8월 22일 자 편지의 각주 3번을 참고하라.

2 중세 종교 재판을 보는 계몽적 관점을 제시한 앙드레 모를레André Morellet(1727~1819)의 《종교 재판관의 지침서 개요*Abrégé du Manuel des Inquisiteurs*》(1762)를 가리키는 듯하다.

하느님께서 그런 종류의 이성에서 우리를 보호하시기를. 선생, 당신은 짐작하겠지요. 우리는 지금 그와 비슷한 것이 러시아에 자리 잡는 불행을 막고 있다고요.

나는 국민을 정당하게 대우해야 합니다. 러시아 국민은 좋은 씨앗이 빠르게 싹트는 탁월한 토양이나, 우리는 자명한 진실로 인정되는 격률이 필요해요. 우리 법제의 토대를 이룰 원칙이 프랑스어로 번역되면 그렇지 않은 것은 전부 입에 오르내릴 겁니다. 나는 실례를 무릅쓰고 이 번역본을 당신에게 보낼 것이고, 당신은 이러한 격률 덕분에 이 문서[《교서》]를 작성하는 일이 대상자[입법위원회]의 승인을 받았음을 알게 될 것입니다. 나는 이 중요한 과업이 거둘 가장 위대한 성취를 조심스레 예견해봐야 겠어요. 모두가 법안 작성이 불러일으키는 열정을 보았으니 말입니다. 정교도가 이교도와 이슬람교도 옆에 앉고, 세 명이 모두 우상 숭배자의 음성에 평화로이 귀 기울이며, 모두가 자신들의 의견을 서로 받아들일 수 있도록 자주 의논하는 회의에 참석하는 데서 당신이 기쁨을 느끼리라고 생각합니다. 이들은 서로를 괴롭히던 관습을 완전히 잊어버릴 것입니다. 누군가 너무나도 분별없이 대의원에게 이웃을 팽형烹刑에 처해 지고한 존재를 기쁘게 하자고 제안하더라도, 나는 단 한 사람도 빠짐없이 이렇게 대답할 것이라고 장담합니다. “그는 나와 같은 인간이며, 황제 폐하께서 내리신 《교서》 첫 문단에 따르면 우리는 서로에게 최대한의 선을 행하되 악을 행하지 말아야 합니다.” 명예를 걸고서 내가 너무 앞서가는 것이 아니며 모든 것이 그야말로 내가 당신에게 전한 그대로라고 단언합니다. 이 진리를 증명하기 위해 필요하다면 주교의 것을 필두로 640명의 서명을 받을 수 있어요. 남방에서 사람들은 "오 세태여, 오 관습이여!"라고 말할지도 모릅니다.[3] 그러나 북방은 묵묵히 제 갈 길을 가는 달과 같을 것입니다. 선생, 당신의 글과 훌륭한 공적에 대해 내가 가지고 있는 존경과 각별하고 불변하는 관심을 알아주기 바랍니다.

3 예카테리나는 마르쿠스 툴리우스 키케로Marcus Tullius Cicero(기원전 106~43)의 이 유명한 구절 "O tempora, o mores"를 이후 그의 첫 희곡(1772)의 제목으로 삼았다.

볼테르에게
1768년 12월 17일,[1]
상트페테르부르크

선생, 당신은 내가 변덕스럽다고 여기겠지요. 1년쯤 전에 내가 가장 좋아하는 저자가 쓴 글을 모두 보내달라고 부탁했습니다. 지난 5월 우리 세기의 가장 걸출한 인간의 흉상과 함께 바라던 소포를 받았습니다.[2] 흉상의 목둘레에서 나는 석고 반죽으로 재현된 사람의 상상력만큼이나 생동하는 빛깔의 훈장을 보았습니다. 이전에는 한 번도 양털이 장식용 띠에 달린 것을 본 적이 없어요. 그 어떤 책이나 연대기에서도 찾을 수 없었지요. 그래서 나는 좋은 친구, 바쟁 신부의 조카가 갖춘 격식이라고 짐작했어요. 하느님께서 오랜 세월 그의 건강을 보살피시기를. 나는 각각의 소포를 받으면서 같은 만족을 느꼈습니다. 이것들은 지난 6개월간 내 방에 놓인 가장 훌륭한 장식품이자 나날의 연구 대상이었습니다. 하지만 나는 이제껏 당신에게 수취 사실을 알리지도 않

1 여러 편지가 묶여 있어 여기서는 마지막에 작성한 편지의 날짜로 기입한다.
2 볼테르는 예카테리나에게 자기로 된 자신의 흉상을 보냈다.

고 감사를 표하지도 않았지요. 나의 변론은 다음과 같아요.

서투른 프랑스어로 채운 형편없는 난필의 지면은 무의미한 답례가 될 것입니다. 그가 좋아할 어떤 행동을 취함으로써 찬사를 표해야겠지요. 여러 가지 행동이 떠올랐지만, 세세한 내용을 들자니 너무 장황할 것 같습니다. 결국 나는 스스로 인류에 도움이 될 사례가 되어 보이는 것이 최선이라고 생각했어요. 나는 다행히 아직 천연두를 앓지 않았다는 것을 기억해냈고 종두 의사를 구하기 위해 영국에 사람을 보냈어요. 저명한 의사 딤스데일이 대담하게도 러시아에 왔습니다.[3] 그가 접종한 6,000명 가운데 천연두를 앓은 적이 없던 작은 세 살배기 아이 하나만이 사망했어요. 이 진정으로 노련한 의사가 1768년 10월 1일에 나에게 예방 접종을 했어요. 접종 후에 나는 산이 쥐를 낳았음에 적잖이 놀랐습니다.[4] 나는 이렇게 말했지요. "이에 대해 악을 쓰거나 사람들이 목숨을 보전하는 것을 막는다면 공연한 일이다." 내가 보기에 악을 쓰는 이들은 별달리 할 일이 없거나, 대단히 어리석거나, 대단히 무지하거나, 대단히 악독해요. 무얼 말하고 있는 줄 모르고 그저 말하기 위해 말을 하는 이 덩치만 큰 아이들을 개의치 말도록 해요.[5] 나는 한순간도 병상에 누워 있지 않았

3 토머스 딤스데일Thomas Dimsdale(1712~1800)은 1768년 예카테리나가 러시아로 초대한 영국인 의사이다. 예카테리나와 아들 파벨의 천연두 예방 접종을 위해서였다. 당시 예방 접종은 논쟁적인 의학 시술이었으며 딤스데일은 접종 시행과 출판 활동을 통해 이를 장려하였다. 예카테리나는 딤스데일에게 남작 위를 수여했으며 1781년 손자들의 접종을 위해 그를 다시 러시아로 초대했다.

4 예카테리나가 즐겨 쓰는 관용구 "산이 쥐를 낳았다"는 장 드 라 퐁텐Jean de La Fontaine(1621~1695)이 차용한 이솝 우화 속 이야기를 암시한다. 커다란 것을 약속하는 말이 실제로 작은 결과만을 가져온 상황을 비유적으로 일컫는다. 예카테리나는 예방 접종에 대한 염려가 기우였음을 강조하고자 이 표현을 사용했다.

고 매일 사람을 만났습니다. 내 외동아들의 접종도 곧바로 감행하려 해요. 로마 공화국 황금시대 속 고대 영웅 같은 용기와 담대함을 가지고 있는 포병대 총사령관 [그리고리] 오를로프 백작은 질환을 앓았는지 확신이 없었어요. 그는 현재 우리 영국인의 손에 맡겨졌고, 접종한 다음 날 혹독한 눈보라 속에서 사냥을 나섰습니다. 여러 조신이 그의 예를 따랐으며 또 다른 이들 여럿이 채비 중입니다. 그 밖에 지금 페테르부르크의 학교 세 군데와 딤스데일 씨의 감독 아래 설립된 병원 하나에서 접종을 시행하고 있어요. 선생, 여기에 북극에서 온 소식이 있으니 보아요. 재미없는 소식이 아니기를 바라요. 새로운 글은 전보다 드물지만 우리 법전 계획을 구상할 대표들에게 전달한 러시아어 《교서》의 프랑스어 번역본이 막 나왔습니다. 인쇄할 시간이 없었기에, 필사본을 서둘러 보냅니다. 당신이 우리가 어느 지점에서 출발하는지 더욱 잘 볼 수 있도록 하기 위해서요. 단 한 줄이라도 정직한 이가 거부할 만한 것이 없기를 바라요.

당신의 시에 대한 답례로 운문을 보내고 싶지만, 나처럼 머리가 나쁘면 몸이 고생하는 편이 나아요. 이를 실천에 옮겨 코담뱃갑을 만들었으니, 부디 받아주기를 바랍니다. 당신을 가장 존경하는 이의 초상이 새겨져 있어요. 당신이 쉽게 알아볼 테니 이름을 말할 필요는 없을 것입니다.

선생, 말하는 것을 깜박 잊었네요. 사리 분별을 하는 사람이라면 티끌만 한 양의 약을 접종할 때 잊지 말라고 조언해줄 탁월한 치료법 서너 가지를 추가했어요. 바로 누군가가 《스코틀랜드 여

5 접종 시행을 굳게 반대한 프랑스의 가톨릭교회를 겨냥한 비난이다.

자》, 《캉디드》, 《랭제뉘》, 《40에퀴를 가진 남자》, 《바빌론의 공주》를 읽어주도록 하는 겁니다.[6] 그렇게 하면 일말의 고통도 느낄 수 없답니다. [안드레이] 슈발로프 백작은 책 읽어주는 이로 탁월하고, 내가 탈이 난 동안 곁을 떠나지 않았어요.

추신. 동봉한 편지는 3주 전에 쓴 거예요. 필사본을 기다리고 있었습니다.[7] 정서淨書하고 바로잡는 데 너무나도 오래 걸려서, 선생의 11월 15일 자 편지를 받을 틈이 있었어요. 만일 내가 예방 접종을 도입한 것처럼 쉬이 튀르크와 전쟁을 시작할 수 있었다면, 당신은 약속했듯이 머지않아서 [콘스탄티노폴리스를] 정복했던 모든 이들을 파멸시킨 이 장소로 나를 만나러 소환되어 오는 위험을 무릅쓰겠지요. 이것은 유혹에 빠진 자가 누구이든, 단념하게 하기에 충분합니다. 나는 무스타파에게 조금이라도 재기가 있는지 알지 못합니다. 다만 그가 이웃을 상대로 정의롭지 않게, 이유 없이 전쟁을 선포하고자 할 때 "무함마드여, 눈을 감으세요"라고 말할 만한 충분한 이유가 있어요.[8] 우리가 이 전쟁에서 승리를 선포하는 날이 온다면 나를 시기한 이들에게 많은 신세를 지게 되겠네요. 생각조차 하지 않던 분야에서 내 명예를

6 《스코틀랜드 여자*Le Caffé ou l'Ecossaise : comédie par M. Hume, traduite en français*》(Londres, 1760), 《캉디드》(1759), 《랭제뉘*L'Ingénu*》(Genève : Cramer, 1767), 《40에퀴를 가진 남자*L'Homme aux quarante écus*》(1768), 《바빌론의 공주*La Princesse de Babylone*》(1768)는 전부 볼테르가 쓴 희곡이나 철학 소설이다. 《바빌론의 공주》에는 예카테리나도 등장한다.

7 《교서》의 프랑스어 번역 필사본을 말한다.

8 샤를시몽 파바르Charles-Simon Favart(1710~1792)의 희극 〈술레이만 2세*Soliman Second, Ou, Les Trois Sultanes*〉(1761) 2막 15장에서 최고 환관이 포도주를 한 모금 마시려던 술탄에게 하는 말이다.

입증할 테니까요.

무스타파가 연극이나 시를 안 좋아한다면 안타까운 일이지요. 파올리의 극단이 그토록 잘 올리고 있는 공연에 내가 용케도 무스타파의 튀르크인들을 데려간다면 그가 꽤나 곤란해할 테니까요. 파올리가 프랑스어를 하는지는 몰라도 자신의 조국과 독립을 위해 싸울 줄은 압니다.

선생, 이 근처 소식에 대해서 말하자면, 거의 모두가 접종을 받고 싶어 합니다. 접종을 받기로 한 주교가 한 명 있고, 빈에서 여덟 달 동안 접종한 것보다 많은 사람을 한 달 안에 접종했다고 전해둘게요.

당신이 나에게 기꺼이 건네준 친절한 말들에 대해서도 그렇지만, 무엇보다도 나와 관련된 모든 일에 예리한 관심을 기울여주는 것에 나는 사의를 충분히 증명해 보일 수 없을 겁니다. 내가 당신을 향한 찬탄의 가치를 전적으로 느끼고 있음을 알아주기 바랍니다. 누구보다도 당신을 존경하는

예카테리나
상트페테르부르크에서, 1768년 12월[9]

당신을 이따금씩 성가시게 한다는 북풍과 알프스의 냉랭함을 이기기 위해 부디 여기 보내는 모피를 사용해달라고 부탁하려고 다시 한번 펜을 쥐어요. 잘 있어요, 선생. 당신이 콘스탄티노폴리스에 들어서면, 나는 시베리아의 가장 화려한 노획물로 덧댄 양

9 며칠 자인지는 누락되어 있다.

질의 그리스 의복을 갖추어 입고 당신을 만날 수 있도록 신경을 쓸 겁니다. 유럽인 모두가 입는 너저분한 옷보다 훨씬 편하고 분별 있는 복장일 거예요. 어떤 조각가도 자기의 조각상에 그런 옷을 입히려 하지 않지요. 우스꽝스럽고 애처로워 보일까 봐 그럴 수도 없습니다.

1768년 12월 17일

볼테르에게
1769년 4월 15일, 상트페테르부르크

선생, 당신의 훌륭한 2월 26일 자 편지를 받았습니다. 당신의 조언을 따르기 위해 최선을 다하겠어요. 만일 무스타파를 때려눕히지 않는다면, 그것은 분명 당신의 잘못도, 나의 잘못도, 내 군대의 잘못도 아닐 거예요. 내 병사들은 마치 결혼식에 참석하는 것처럼 튀르크에 맞서 전쟁에 나섭니다. 유럽의 다른 열강이 야만인에 맞서는 공동의 노력을 기울이려는 의욕을 잃어버렸으니, 러시아는 홀로 이 월계관을 거두어들일 것입니다. 적에게 완전한 승리를 거두고자 하는 우리의 의지는 적들이 승리하곤 했던 합동 군사 작전의 술책으로 방해받지 않을 것입니다.[1] 국무 회의와 가장 이성적인 이들의 조언에 반해서 가여운 무스타파가

1 예카테리나는 볼테르의 운문과 산문으로 된 감사 편지에 답하고 있다. 편지에서 볼테르는 "튀르크를 물리치면, 나는 행복하게 죽을 것입니다"라고 썼다. 볼테르는 예카테리나를 유럽에서 소위 야만적인 오스만튀르크를 몰아내는, 새로운 계몽 군주 동맹의 수장으로 상상했다. 그는 다른 나라가 서둘러 러시아와 힘을 합치지 않는 것에 놀라움을 표했다.

행한 경솔한 행동이 어떤 곤경을 가져오는지 볼 수 있다면, 당신은 그를 사람으로, 그것도 사정이 무척 안 좋은 사람으로 측은히 여길 수밖에 없을 겁니다.

선생, 새롭게 발명된 전차에 관해 말해주는 것만큼 당신이 내 일에 진정으로 관심을 가지고 있음을 보여주는 건 없어요. 그러나 우리 군사들은 모든 다른 나라 군사들과 비슷합니다. 시험해 보지 않은 새로운 것을 미심쩍게 여겨요.

《교서》가 당신의 인정을 받아서 무척 기뻐요. 이것이 교황과 회교 법전 전문가의 승인을 받을 것 같지는 않습니다. 추기경들은 회교 법전 전문가를 그들의 교황으로 뽑아야 해요. 그들은 지금 관계가 그렇게 좋습니다. 교황 선거 회의에 제안하는 일은 교황 지상주의 추기경들에 달려 있겠지요.[2]

바라건대 선생, 당신이 보내는 모든 것이 나에게 무한한 기쁨을 준다는 점을 알아주어요. 어떻게 사의를 표해도 모자랍니다. 위베르 씨의 그림을 포함해서, 이것은 진정한 선물이에요.[3] 앞으

2 교황 지상주의자는 교황의 권위와 특권의 강한 지지 세력이었다. 이 편지가 작성되던 시점에는 교황 선거 회의를 앞두고 치열한 물밑 공방전이 벌어지고 있었다. 가장 중요한 쟁점은 예수회의 처리 문제였다. 결국 1769년 5월에 열린 교황 선거 회의에서 조반니 빈첸초 안토니오 간가넬리Giovanni Vincenzo Antonio Ganganelli(1705~1774, 1769~1774 재임)가 교황 클레멘스 14세Clement XIV로 선출되었다. 프랑스와 스페인의 부르봉 왕실은 예수회에 맞설 적임자라고 생각해 그를 지지했다. 클레멘스 14세는 1773년 7월 21일 칙령으로 예수회를 폐지했다. 그런데 이 칙령은 가톨릭 국가에만 적용되었고 러시아와 프로이센 등지에는 적용되지 않았다. 예카테리나는 러시아에서 예수회의 해산을 막았고 러시아는 예수회의 피난처가 되었다.

3 예카테리나는 스위스 화가 장 위베르Jean Huber(1721~1786)에게 볼테르의 일상을 그려달라고 주문했다. 위베르는 페르네의 장로 볼테르가 일과를 꾸리는 모습을 〈볼테리아드Voltairiade〉로 알려진 온화하게 희극적인 일련의 그림에 담았다. 볼테르는 그림에서 말을 타고, 손님을 마주하고, 농민과 잡담을 나누고, 바지를 입으면서 비서에게 말을 건넨다.

로 나올 것을 놓치게 된다면 아쉬울 거예요. 상인을 통해 네덜란드로 보내고, 거기서부터는 그 나라에서 드물지 않게 있는 우편이나 다른 기회를 통해 이곳으로 보내야 할 것 같습니다.

선생, 부디 오래오래 살아서 나의 용맹한 전사들이 튀르크를 이길 때 기뻐해주어요. 이미 나의 군대가 타나이스강[지금의 돈강] 어귀에 있는 아조프를 점령했다는 사실을 알고 있겠지요. 가장 최근의 강화 조약에서 양쪽 모두가 이 지역을 차지하지 않은 채 두기로 정했습니다. 타타르가 서로 다른 세 지방에서 우크라이나를 약탈하고자 했을 때 우리가 그들을 내쫓았다는 것을 신문에서 읽었을 겁니다. 이번에 그들은 크림반도를 떠날 때만큼 거지 같은 모습으로 되돌아갔습니다. 내가 거지 같다고 하는 것은 포로들이 옷이 아닌 누더기를 걸치고 있었기 때문이에요. 그들이 여기서 바라던 성공을 거두지 못했다면, 그들은 폴란드에서 보상받았을 거예요.[4] 그들은 실제로 교황 대사의 총신들을 동맹으로 두고 있었습니다.

우리는 여기서 일명 초벌구이 도자기를 만드는 일을 굉장히 잘하고 있습니다. 나는 어떻게 당신의 흉상이 석고 반죽으로 만들어졌다고 말할 수 있었는지 모르겠습니다. 프랑스 여인은 어디에 비할 바 없는 상스러운 실수였다고 말할 테지만, 나는 벨슈가 되는 명예를 누리지 못했으니, 무스타파에게나 어울릴 법한 부주의함이라고 말하겠어요.[5]

4 가톨릭 세력이 튀르크와 동맹을 맺은 것을 비꼬고 있다. 예카테리나는 오스만튀르크 전쟁을 벌이는 동시에 비가톨릭교도의 해방을 명분으로 폴란드 내정에 개입하고 있었다. 러시아의 적끼리 동맹을 맺었으니 한쪽에서 잃은 것을 다른 쪽에서 보상받을 수 있다고 말하는 것이다.

이 줄을 다 쓰자마자 당신의 4월 1일 자 편지를 받았어요. 선생, 당신이 젊은 갈라탱 군에게 해준 조언은 나를 향한 우정의 새롭고 가장 기분 좋은 표시입니다.[6] 사실 이 젊은이가 공부를 더 해야 한다면, 그의 부모가 그를 리가보다 어떤 대학으로 보내는 편이 낫다고 생각해요. 이렇게 말하는 것이 진리가 나에게 부과한 의무랍니다. 그 젊은이가 리가에서 독일 대학에 견줄 만한 것을 전혀 발견하지 못할까 우려됩니다. 그러나 그가 오직 독일어를 배워야 할 뿐이라면, 리가는 라이프치히 자체만큼이나 적합하지요. 그렇다면 당신은 리가에 주재하는 리보니아의 총독 브라운 씨에게 그를 친절히 인도하기 바랍니다. 브라운 씨에게 편지를 보내둘게요. 그 젊은이가 여전히 러시아에 정착하기를 바란다면 우리가 그를 살필 것입니다. 그렇지 않으면 그는 상당히 자유롭게 원하는 대로 할 수 있을 것이며, 심지어 당신이 콘스탄티노폴리스에 들어서는 것을 보러 올 수도 있습니다. 당신은 그곳으로 나를 찾아올 것이라고 약속했지요. 물론 내가 콘스탄티노폴리스에 간 뒤에 말이에요. 그동안 당신에게 말할 아름다운 그리스어 찬사를 익히려고 합니다. 2년 전 카잔에 있을 때 나는 타타르어와 아랍어 구절을 조금 배웠고, 이는 대체로 그 민족들로 이루어진 도시 주민에게 큰 기쁨을 주었습니다. 그들은 선한 모슬렘이고 굉장히 부유하며 내가 떠나온 뒤로 웅장한 석

5 예카테리나는 프랑스인을 가리키는 말로 "벨슈"라는 표현을 사용했다. 이 표현에 대해서는 1765년 11월 28일 자 편지의 각주 11번을 참고하라.

6 제네바의 명망 있는 갈라탱Gallatin 가문 사람들은 볼테르와 좋은 친구 관계였다. 볼테르는 갈라탱 가문의 열여섯 살 된 젊은이에게 예카테리나의 관직에 들기 위해 리가로 가서 독일어, 러시아어, 법을 공부하면 어떨지 권했다.

조 사원을 짓고 있습니다. 당신의 건강이 내 바람에 응하지 않아서 무척 유감스럽습니다. 나의 군대가 이룬 성과가 당신의 회복을 도울 수 있다면, 반드시 우리에게 있었던 좋은 일을 모두 알려야겠지요. 하느님께 감사하게도 지금까지 모든 방면에서 아주 좋은 소식밖에 없습니다. 우리는 모든 튀르크인과 타타르인, 그리고 특히 폴란드 반란군을 완파하고 있습니다.

조만간 경무장 부대 사이의 접전보다 더 확실한 소식이 있기를 바라고, 가장 각별한 경의와 함께.

예카테리나

볼테르에게
1769년 7월 14일, 페테르고프

선생, 나는 당신의 5월 27일 자 편지를 6월 20일에 받았어요. 봄이 당신의 건강을 낫게 했음을 알게 되어 기쁩니다. 비록 당신이 예의상 내 편지가 도움이 된다고 말하고는 있지만, 그래도 내가 감히 편지로 그 공을 돌릴 수는 없어요. 다행으로 여기도록 해요. 그러지 않으면 당신은 내 편지를 너무 자주 받아서 결국 싫증이 나고 말 겁니다.

당신 동포들이 누구나 나에 대해서 당신처럼 생각하지는 않아요. 내가 아무것도 바르게 할 수 없다고 믿고 싶어하며, 재치를 짜내서 다른 이들이 그렇게 믿도록 설득하고, 그 데림추들이 감히 들은 바대로 생각하지 않으려거든 불행을 안겨주려는 사람을 몇 명 알아요. 선한 본성에 따라서 나는 그이들이 내게 이점을 준다고 여겨요. 아첨꾼의 말을 통해서만 사정을 아는 사람은 어설프게 알고, 잘못 보며, 또 거기에 맞추어 행동합니다.[1] 여하간 나의 명예는 그들한테 달려 있지 않고, 내 원칙과 행동으로 결정되니, 그들의 인정을 받지 못한 것에 대해 자위할 수 있습니다. 선량한 기독교인으로서 나는 그들을 용서하며 날 질투하는 이들을 가엾게 여겨요.

선생, 당신은 내가 해온 다양한 일에 관해 나와 생각이 같고 나의 사업들에 관심이 있다고 말하지요. 글쎄요. 당신이 좋아하니 말인데, 이것을 알아주었으면 좋겠어요. 나의 훌륭한 식민 도시 사라토프의 인구가 2만 7,000명에 달합니다.[2] 쾰른의 신문이 떠드는 것과 달리 이들은 타타르나 튀르크의 습격을 비롯해 기타 두려워할 것이 아무것도 없어요. 이들은 30년 동안 아무런 세금을 내지 않을 거예요. 어쨌든 우리의 세금은 너무나도 온건합니다. 러시아의 농민이라면 누구나 먹을 닭 한 마리는 가지고 있지요. 요사이 어떤 지방에서는 닭보다 칠면조를 선호합니다. 남용을 막고 무역을 해치지 않도록 하는 특정한 규제 안에서 허가된 밀 수출 때문에 밀 가격이 올랐고, 이는 경작자들에게 이로워서 해마다 재배량이 늘어납니다.[3] 마찬가지로 인구도 지난 7년간 여러 주에서 10분의 1만큼 성장했어요. 러시아가 전쟁 중이긴 하지만 우리는 이 일을 꽤 오랫동안 해왔고, 매번 전쟁을 개시할 때보다 [끝낼 때] 더욱 번영해져 있습니다. 우리의 법은 빠

1 프랑스의 외무장관 에티엔 프랑수아 드 슈아죌Étienne François de Choiseul(1719~1785)을 암시한다.

2 1764년과 1772년 사이에 예카테리나의 요청에 따라 수만 명의 독일인 정착민이 사라토프와 사마라 근처 볼가강 유역에 식민지를 세웠다. 러시아로 이주하는 외국인에게 토지 제공, 군 복무 면제, 이주 비용 보조, 대출, 30년 면세 등의 혜택을 준 1763년 포고령이 그 배경에 있었다. 예카테리나의 목표는 역사적으로 키르기스인이나 칼미크인과 같은 유목민 집단이 살았던 지역에서 인구수와 농업 생산성을 늘리는 것이었다.

3 예카테리나는 즉위 직후부터 곡물 수출을 러시아의 주요 수익원으로 간주했다.

르게 발전하고 있어요. 점차 손을 보고 있습니다. 법이 부차적인 사안이 되기는 했으나 그럼에도 실패하지 않을 겁니다. 법은 관용적일 거예요. 법은 누구도 박해하지 않고, 사형하지 않으며, 화형당하게 하지도 않을 것입니다. 하느님께서 우리에게 라 바르 기사의 이야기와 같은 일이 일어나지 않게 해주시기를.[4] 그러한 재판을 감행하는 판사는 누구든 정신 병동으로 보낼 거예요. 표트르 대제는 언젠가 수도원이었던 한 건물에 모스크바의 광인을 가두는 것이 좋다고 생각했어요.[5] 당신도 관측했듯이 전쟁이 내 힘을 분산시켰으나, 이것이 나의 여러 사업에 해를 끼치지는 않을 겁니다. 전쟁 개시 이래로 나는 사업 2개를 꾸렸어요. 아조프와, 표트르 대제가 항구를 짓기 시작했다가 무너뜨렸던 타간로크에서 건설을 하고 있어요. 이것이 내 보석 2개인데 무스타파의 취향에 맞지 않을지도 몰라요. 그 불쌍한 사람이 울기밖에는 아무것도 하지 않는다고들 합니다. 그의 친구들이 무스타파의 의지에 반해서 무스타파를 내키지 않는 전쟁에 끌어들였어요. 그의 군대는 자기네 국가를 약탈하고 불태우기부터 했어요. 예니체리[6]가 수도를 떠나면서 1,000명이 넘는 사람이 죽임을 당

4 젊은 프랑스 귀족 프랑수아장 드 라 바르François-Jean de la Barre(1745~1766)는 고문당한 뒤 참수되었으며, 그 시신은 볼테르의 《철학 사전*Dictionnaire philosophique*》(1764)과 함께 화형대에서 불태워졌다. 볼테르가 교회의 불관용과 박해를 비판하는 사례 중 하나이다. 볼테르는 이 사건을 다룬 다음 글을 썼다. 《무고한 피의 함성*Le Cri du sang innocent*》(1775), 《라 바르 기사의 죽음에 관한 진술서*Relation de la mort du chevalier de la Barre, par M. Cassen, avocat au conseil du roi, à M. le marquis de Beccaria*》(1776). 라 바르의 명예는 혁명 이후인 1793년에 회복되었고, 국민공회는 라 바르를 미신과 무지의 희생자로 불렀다.

5 러시아에서 정신 질환자를 수도원에 수용하는 전통은 표트르 대제 이전까지 거슬러 올라간다.

6 오스만튀르크 제국의 친위병.

했고 신성로마제국 황제[7]의 사절과 그의 부인, 딸들이 술탄과 그의 고관이 보는 앞에서 두들겨 맞고, 물건을 빼앗기고, 머리채를 잡혀 끌려다니는 등등의 일을 당했습니다. 튀르크 정부가 너무나 약하고 형편없이 조직되어 있어서 누구도 감히 이러한 소요를 중단할 엄두를 내지 못했어요. 바로 이것이 사람들이 나를 겁주고 싶어 하는 지독한 환영인 것입니다.

선생은 이미 알고 있겠지요. 당신이 바라던 대로 튀르크인들을 4월 19일과 21일에 쳤습니다. 우리는 깃발 10개와 말 꼬리 3개, 파샤의 지휘봉과 대포 몇 개를 가져왔습니다.[8] 튀르크 막사 2개와 금화 대략 5만 개가 우리 병사들 손에 들어왔어요. 내가 보기에 이것은 도박에서 첫수를 꽤나 잘 둔 셈입니다.

나에게 말 꼬리를 대령했을 때 방에 있던 누군가가 외쳤습니다. 정말이지 이것을 시장에서 샀다고는 안 하겠군요. 선생, 내 군인들은 이제 대포가 발명되었으니 솔로몬의 전차 1만 2,000대를 훌륭한 포병 대대 구성에 보태어봤자 아무런 차이도 없다고 말합니다. 그들은 오늘날과 같은 시대에 전차와 말, 전차를 모는 몰이꾼은 쓸데없다고 말합니다. 선생이 그들에 관해서 하는 말은 나에게 당신의 우의友誼를 새로이 증명합니다. 나는 이를 전적으로 느끼고 있어요. 대단히 고맙습니다.

누군가 인간의 정신은 항상 변함없다고 말할지도 모릅니다. 지난날 십자군 전쟁의 부조리는 포돌리아의 성직자가 교황 사

7 요제프 2세Joseph II(1741~1790, 1765~1790 재위).

8 파샤는 군사령관을 말한다. 오스만튀르크 제국에서 파샤의 계급은 그가 내걸 수 있는 말 꼬리 수로 표시되었다. 말 꼬리 3개는 가장 높은 계급을 의미했다.

절의 신호에 맞추어 나에게 대항하는 십자군 전쟁을 막지 못했어요. 또한 스스로 동맹이라고 부르는 이 미치광이들이 한 손에 십자가를 들고 다른 손으로는 2개의 주를 얻어온 튀르크인과 연맹을 맺었습니다. 무엇을 위해서요? 튀르크인 4분의 1이 시민의 권리를 누리는 것을 막고자 한 것입니다. 이것이 이들이 자기네 나라를 불태우고 약탈하는 이유입니다. 교황의 축복이 이들에게 낙원을 기약하고 있습니다. 베네치아인과 황제가 좋게든 나쁘게든 로마 교회의 신앙을 건드린 적 없는 사람[예카테리나]에 맞서 십자군을 비호하는 튀르크인을 상대로 무기를 든다면 파면당할 거예요. 선생도 알게 될 터이지만 당신이 제안한 소피아에서의 만찬을 거절하는 이는 바로 교황일 것입니다.[9]

부디 도시 목록에서 플로브디프를 제해주기 바랍니다. 오스만 제국의 군대가 올봄에 도시를 지나가면서 사람들이 노략질에 저항했다는 이유로 도시를 초토화했습니다. 나는 예수회가 자신의 전우들의 악행에 가담했는지는 확실히 모르겠습니다. 나는 아무런 원인을 제공하지 않은 것 같고, 예수회가 포르투갈, 에스파냐, 프랑스 왕국에서 쫓기고 있을 때조차도 나는 대체로 무고한 이들을 인간으로서, 불행한 인간으로서 측은히 여겼어요.[10] 그리하여 나는 귀를 기울이는 사람 누구에게든 러시아에서 결혼

9 볼테르는 1769년 5월 27일(신력) 자 편지에 자신이 베네치아인이었다면 오스트리아와 동맹을 맺고 오스만튀르크에 대항해 영토를 획득할 기회를 모색할 것이라고 적었다. 호쾌하게도 볼테르는 보스니아와 세르비아를 장악한 뒤에 신성로마제국 황제 요제프 2세가 자신과 예카테리나를 소피아나 플로브디프로 초대해 만찬을 베풀어야 할 것이라는 농담을 했다. 폴란드의 가톨릭교회는 종교적 관용을 내세운 러시아의 간섭을 거부했고, 러시아에 대항해 오스만튀르크 편에 섰다. 예카테리나와 볼테르는 가톨릭교회가 모슬렘 제국을 지지한다는 역설을 보며 재미있어한다.

하고 정착할 의사가 있다면 정부에서 전적으로 보호할 테니 안심해도 좋다고 말하고 또 말했어요. 내 생각은 여전히 전과 다름없습니다. 머리를 누일 자리가 없는 사람에게 이러한 제안은 따뜻하게 느껴지겠지요. 선생, 나도 당신이 희망하는 것처럼 이 모든 조악함이 멈추기를 바라고 있어요. 나의 적과 나를 시기하는 이들이 그들이 바랐던 것보다 나에게 훨씬 해를 덜 입혔기를 바라며, 그들의 모든 책략이 그들에게 되돌아가 치욕을 주기를 바랍니다. 젊은 갈라탱 군에게 닥친 일은 유감입니다.[11] 당신이 이곳이나 리가로 그를 보내기로 결심한다면 부디 나에게 알려주어서 내가 당신의 총아에 대한 약속을 지키도록 해주어요. 대학을 좋지 않게 여기는 당신의 견해는 내가 가지고 있던 의견에 확신을 갖게 합니다. 그러한 기관은 모두 더없이 철학적이지 않은 시대에 설립되었습니다. 미래에 대학이 본으로 삼을 개혁을 제안하는 일은 천재에게 걸맞은 과업일 것입니다.[12]

그럼 이만 줄이겠습니다. 당신을 향한 나의 가장 각별한 관심을 알아주었으면 좋겠습니다.

예카테리나

10 가톨릭교회의 박해를 받는 예수회에게 피난처를 제공한 것에 혐의를 묻는다면 예카테리나는 잘못한 것이 없다는 의미이다.

11 볼테르가 러시아에 보내고 싶어 했던 이 인물은 천연두 예방 접종을 받은 뒤 눈에 생긴, 시력을 위태롭게 하는 물집으로 괴로워하고 있었다.

12 예카테리나는 이후 디드로와 프리드리히 멜키오르 폰 그림Friedrich Melchior von Grimm(1723~1807)에게 이러한 계획안을 요청했다.

추신. 내 군대에서 도착한 가장 최신의 소식을 알려줄게요. 6월 19일 우리 경부대가 드네스트르강을 건너려고 한 튀르크인 2만 명을 강의 맞은편 기슭으로 돌려보냈고, 이틀 후에 군대는 적군을 마주치지 않은 채로 강을 건넜습니다. 6월 28, 29, 30일에 경부대가 튀르크인에게 싸움을 붙였고, 우리 군대는 3일 내내 전진했습니다. 7월 1일에 튀르크인 1만 명과 타타르인 2~3만 명이 우리 군대를 공격했어요. 우리는 그들을 격퇴하고 계속해서 진군했습니다. 7월 2일에 7만 명의 튀르크인이 공격을 재개했으나 그들은 한 고개씩 밀려나다가 도망하거나 호틴의 협곡 뒤로 대피했어요. 같은 날 저녁에 요새의 맞은편, 강의 저편에 배치된 부대가 렌넨캄프 중장의 명령 아래 도시[호틴]에 폭격을 시작했습니다. 골리친 공이 튀르크군 참호로부터 2베르스타 떨어진 곳에 진을 쳤습니다.[13] 튀르크 부대는 달아났어요. 이튿날 우리는 폭격을 봉쇄로 바꾸었습니다. 우리 경부대는 프루트강 너머로 순찰을 보내고 있어요.

13 러시아군 사령관 알렉산드르 미하일로비치 골리친 Александр Михайлович Голицын (1718~1783).

볼테르에게
1769년 9월 25일, 상트페테르부르크

선생, 지난번에 호틴 점령에 대해서, 그리고 의기양양하고 재기 있던 무스타파의 군대가 어떻게 전멸했는지 전부 말해주었지요. 이번 편지는 나도 당신도 그다지 좋아하지 않는 죽음에 관한 이야기로 가득하지 않을 겁니다. 당신이 보낸 두 편지에 답하기 전에, 아조프와 타간로크에서 장군과 지휘관이 베푼 무도회와 점심 및 저녁 만찬에 대한 소식만 전하겠어요. 요새를 차지한 이후 그곳에서 더 이상 적에 관해 할 이야기가 없었습니다. 그렇지만 6월에 튀르크가 강의 이쪽 편 기슭을 습격하고자 군대와 배 몇 척을 보냈습니다. 그 배들은 크림반도 카파[오늘날의 페오도시야]에 기항했고, 거기서 군대는 자신의 파샤에 맞서 봉기를 일으켰어요. 그들은 파샤와 병참 장교를 죽이고 배로 돌아가 신만이 아는 곳으로 떠났습니다. 내 적들에게 원대한 계획이 있었다면 축하를 건넸겠으나, 그들이 김칫국부터 마신 것일 수도 있어요. 나는 전쟁을 일으키지 않고 100년을 살 수도 있었습니다. 하지만 내 적들과 나를 시기하는 자들 덕분에 부득이 전쟁을 해야만 합니다. 승리하기 위해서는 어떤 일도 소홀히 하지 않을 겁니다. 이탈리아 익살극 대부분이 충격적인 결말로 끝나는데, 교황과 그 신봉자들과 함께 십자군을 일으키는 튀르크도 똑같은 종말을 맞을 수 있어요.

당신이 나를 만나러 여행길에 오르고 싶다고 하는 것보다 더 내 기분을 좋게 만드는 일은 없을 겁니다. 나는 지금 당신을 보는 데서 얻을 개인적 만족을 뒤로한 채 오직 당신이 그토록 길고 힘겨운 여정에서 무릅써야 할 위험을 떠올리며 걱정해야 할 것입니다. 그렇게 하지 않는다면 나는 당신이 보여주는 우정에 형편없이 답하는 것일 테니까요. 당신의 건강이 얼마나 예민한지 알아요. 당신의 용기를 존경하지만, 만일 어떤 불행으로 이 여정이 당신의 건강을 해친다면 나는 비탄에 빠질 겁니다. 당신이 기꺼이 짓고 그토록 명랑하게 제안한 비문이 실제로 쓰인다면 나도, 온 유럽도 나를 용서하지 못할 겁니다.[1] 당신을 위험에 처하게 했다는 비난을 받겠지요. 게다가 선생, 지금 같은 사정이 유지된다면, 제국의 남쪽 지방에서 업무상 나를 필요로 할 거예요. 이는 당신이 와야 할 길을 두 배로 늘리고 그 거리가 초래할 불편함을 배가하는 일이지요.[2]

1 볼테르는 1769년 9월 2일 자 편지에서 상트페테르부르크로의 여행을 상상하며 만일 자신이 여행 중에 사망하기라도 한다면 자신의 비문이 다음과 같아야 한다고 제안했다. "예카테리나에 대한 깊은 존경심을 표하러 가는 길에 죽는 영광을 누린, 위엄 있는 예카테리나의 숭배자가 여기 잠들다."

2 편지 첫 문단에 나타난 쾌활함은 두 번째 문단의 끝에 이르러 꾸며낸 것임이 드러난다. 오늘날의 우크라이나에 있는 호틴 성채 장악의 실패는 러시아군 사령관 골리친 공의 소환으로 이어졌으며, 1769년 9월 10일 러시아가 호틴 요새를 차지한 이후에도 벤데르와 같은 오스만튀르크 제국의 다른 요새가 여전한 위협으로 남았다.

선생, 내가 전적으로 당신을 생각하고 있음을 알아주었으면 좋겠습니다.

예카테리나

볼테르에게
1769년 11월 9일, 상트페테르부르크

당신이 10월 17일에 보낸 간곡한 편지를 통해 선생이 우리에 관한 1,000개의 거짓 보도를 접하고 괴로워했다는 것을 알게 되어 유감스럽습니다. 그러나 우리가 전에 없이 성공적인 군사 작전을 폈다는 것은 진정 사실입니다. 다만 물자가 부족해 호틴 봉쇄를 해제한 사실에서 사람들은 우리의 허점을 발견할 수 있을 뿐이에요. 그리고 결과는 어땠나요? 무스타파가 우리에게 보낸 무리가 참패했습니다. 이제 시기심 많은 이들과 우리의 적들에게는 하나의 방편이 남았지요. 우리의 승리에 대해 잘못된 소식과 의혹을 퍼뜨리는 것입니다. 《프랑스 신문》과 쾰른의 소식지가 탁월하게 달려들어 계속하겠지요. 정세가 내게 유리하게 유지되는 한 그들을 비웃어야겠어요. 내가 유일하게 동정하는 것은 잘못된 보도로 인한 당신의 고통이에요. 당신이 친절하게도 관심을 가져줄 줄 알고 조금이라도 주목할 가치가 있는 모든 것을 당신과 공유했어요. 내 편지가 당신에게 닿았는지 모르겠어요.

내가 보기에 코르시카인들과의 싸움에 복무한 대령 한 명이 튀르크 군대에 입대하는 어느 누구보다 더 능력 있어요.[1] 그러나 그는 명백하게 어떠한 공인도 받지 못할 것이고 가는 길도 명예롭지 않기 때문에, 그가 우리 손에 포로로 잡히기라도 하면 동료들과 만나게 될지도 모릅니다. 어딘가에서요.[2] 어찌 되었건 그가 당신의 성으로 돌아갈 자격은 없을 거예요. 이성의 목소리를 거부하고 오직 열정과 맹신과 광분에만 귀를 기울였기 때문입니다. 이 모두는 하나로 귀결됩니다.

학술원을 주관하는 이는 포병대 총사령관인 [그리고리] 오를로프 백작이 아니에요. 그건 그의 동생[블라디미르]이 맡고 있고, 블라디미르의 유일한 일거리는 학문입니다.[3] 다섯 형제가 있어요. 형제 가운데 가장 출중한 이를 호명하는 건 어렵습니다. 이보다 더 우애로 하나 된 가족을 찾기도 어려울 것입니다. 총사령관은 형제 가운데 둘째입니다. 둘[알렉세이와 표도르]은 지금 이탈리아에 있어요.[4] 총사령관에게 선생의 편지를 보여주었어요.

1 수비즈 군단Légion de Soubise 장교인 바르즈몽 후작 프랑수아가브리엘 르 푸르니에François-Gabriel Le Fournier, Marquis de Wargemont(1734~c.1789)를 가리킨다. 수비즈 군단은 1761년에 조직되어 7년 전쟁 때 프랑스군에 가담해 싸웠다. 1769년 5월 1일(신력)에 볼테르가 그의 튀르크 군대 입대를 말리기 위해 "당신은 숙녀들에 맞서 이교도들의 편에 서기에 너무나도 선한 기독교인이고 너무나도 용맹스럽다"라고 적어 보냈다. Voltaire, 《서한 및 관련 문서 *Correspondence and Related Documents*》, 2nd ed., 51 vols. Theodore Besterman(ed.)(Geneva, Banbury, and Oxford : Voltaire Foundation, 1968~1977), xxxiv. 439-40, D15623. 예카테리나는 1768~1769년 프랑스 합병에 저항하는 코르시카인들을 지원했다.

2 시베리아를 의미한다. 17세기부터 러시아 정부는 정치 인사, 종교적 반대자, 범죄자를 시베리아로 멀리 유배 보냈다.

3 블라디미르 그리고리예비치 오를로프Владимир Григорьевич Орлов(1743~1831).

4 알렉세이 그리고리예비치 오를로프Алексей Григорьевич Орлов(1737~1808), 표도르 그리고리예비치 오를로프Федор Григорьевич Орлов(1741~1796).

그가 프랑스 시를 그다지 좋아하지 않는다는 의혹을 품고 있다고 말하는 대목입니다. 그는 자기가 그것을 이해할 만큼 프랑스어를 충분히 알고 있지 않다고 하더군요. 나는 이게 맞는 말 같아요. 왜냐하면 그는 자기 말로 된 러시아어 시를 굉장히 좋아하고, 얼마 전에는 놀라우리만큼 성공리에 《아이네이스》를 거의 본래 뜻 그대로 운문으로 번역하는 젊은이를 찾아냈으니 말이에요.[5] 아름다운 것을 좋아하는 [그리고리] 오를로프 백작이 어떻게 당신의 시에 매력을 못 느끼겠어요? 선생, 당신이 머지않아 내 해군에 관한 소식을 들려주기를 바라요. 지브롤터를 지났을 거예요. 이 군대가 무엇을 하게 될지는 두고 봐야 하겠습니다. 이 해군은 지중해에서 새로운 광경이에요. 현명한 유럽은 오직 결과를 보고 판단할 거예요. 하느님께 감사하게도 지금까지는 우리의 운수가 부족하지 않았어요. 고백하건대 선생, 당신이 나의 일들에 관여한다는 사실이 언제나 굉장히 기분 좋은 만족을 줍니다. 나는 당신이 보내는 우정의 가치를 온전히 느끼고 있어요. 부디 관계를 계속해주고, 내 편에서의 우정을 알아주기 바랍니다.

예카테리나

5 바실리 페트로비치 페트로프Василий Петорвич Петров(1736~1799). 예카테리나는 그의 《아이네이스*Еней : Героическая поема*》(Санкт Петербург : Имп. Акад. Наук, 1770 번역, 1781~1786 출판)를 아주 자랑스러워했다. 그럼에도 러시아의 문필가들은 페트로프의 번역이 복잡하고 구식이라며 자주 비판하고 풍자했다.

볼테르에게
1770년 1월 19일

선생, 내 함선들이 마온 항구에 도착한 것에 대해서 내가 느끼는 기쁨을 당신도 함께 느낀다니 감격스러워요. 함선들은 고향보다 적진에 더 가까이 있으나, 선원들은 풍랑이 거칠고 계절이 무르익은 중에도 즐거운 항해를 했을 겁니다. 선원들이 관례적으로 그러는 것처럼, 이들은 오직 정복에 대한 가사와 무스타파가 치욕적으로 용서를 구하게 만드는 내용의 가사로 노래를 만들었으니 말이에요. 당신도 알겠지만 아조프해 연안에서 함선을 짓고 있는 일을 부인할 수 없습니다. 술탄은 내 해군이 지중해에 닿을 수 있다는 것을 사람들로 하여금 믿지 못하게 했어요. 그는 이것이 무함마드를 섬기는 자들을 겁주기 위해서 이교도가 퍼뜨린 소문이라고 말했어요. 튀르크 정부는 그 지고함에도 불구하고 이것만은 내다보지 못했습니다.[1] 나는 그리스나 아테네의 이름

1 지고의 문Sublime Porte은 오스만튀르크 정부를 가리키는 튀르크어 'Bâbıâli'의 프랑스어 번역이다. 예카테리나는 정부의 명칭에 붙은 형용사를 비꼬고 있다.

을 들어본 적조차 없다던, 프랑스에 사절로 갔던 루멜리아 지사의 몽매함이 전혀 놀랍지 않아요.[2] 부둣가 일꾼에서 파샤와 고관으로 탈바꿈했고 대체로 글을 읽을 줄 모르며, 튀르크 황제의 파트와로부터 일체의 통치 기술을 전달받는 이들에게 무엇을 더 기대할 수 있겠어요?[3] 출신이 더 낫지만 당신이 말해준 튀르크의 대리인보다 더 유식할 것이 없는 기독교인이나 가장 기독교적인 대사도 만나보았어요.[4]

반복해서 말하지만 현명한 유럽은 내 기획이 성공하는 경우에만 그것을 인정할 거예요. 당신은 지중해 원정을 한니발의 과업에 견주어주기까지 했어요(사람들이 부당하게도 나에게 원정의 책임을 돌렸지만, 성공 전까지는 누구의 생각이었는지 밝히는 것을 삼갈 겁니다). 하지만 카르타고인이 전력을 다하는 거인을 상대해야 했다면, 우리는 건드리면 사지가 늘어지는 허약한 유령을 마주한 상황에 처해 있습니다.

그루지야인들은 진정 튀르크인들에게 반기를 들고 술탄의 궁전에 해마다 바치는 공물의 징발을 거부하고 있어요. 그들 중 가장 강력한 왕인 헤라클리우스는 지성과 용기를 갖춘 사람입니다. 일전에 그는 주지의 나디르 샤 아래에서 인도 정복에 공헌했어요.[5] 나는 여기 페테르부르크에서 1762년에 사망한 다름 아닌

2 볼테르는 1770년 1월 2일 자 편지에서 발칸반도 루멜리아에서 지사를 지냈고 그리스나 아테네를 들어본 적이 없다던 튀르크 대사를 만났다고 적었다. 이 대사는 무함마드 사이드 파샤محمد سعيد پاشا(?~1761)였으며, 1742년에 파리를 방문했다.

3 파트와fatwā는 모슬렘이 궁금히 여기는 사안이 샤리아에 저촉되는지 여부를 판단하여, 자격을 갖춘 이슬람 법학자가 제출하는 의견을 말한다.

4 프랑스 왕은 자신을 '가장 기독교적인 왕'이라고 일컬었다.

5 나디르 샤نادر شاه افشار(1688~1747, 1736~1747 재위)는 사파비 왕조를 이은 페르시아 아프샤르 왕조의 창시자이다. 예카테리나는 1730년대 말의 인도 정복을 말하고 있다.

헤라클리우스의 선친에 관한 일화를 들어 알고 있어요. 내 부대는 이번 가을에 캅카스산맥을 넘어 그루지야인들과 합류했습니다. 여기저기서 튀르크인들과 충돌이 빚어졌고, 이에 관한 보도가 신문에 실린 것 같아요. 봄이 오면 모든 것이 드러날 것입니다. 그사이 우리는 계속해서 몰다비아와 왈라키아에 진지를 강화하고, 도나우강 이쪽 기슭을 탈취하려고 애쓰고 있어요.

그러나 무엇보다도 제국 안에서는 전쟁의 영향을 너무나도 적게 받았습니다. 올해만큼 많은 사람이 창의적으로 유희를 즐겼던 축제를 떠올릴 수 없을 정도예요. 콘스탄티노폴리스도 사정이 같은지 모르겠습니다. 어쩌면 그들은 전쟁을 계속하기 위해서 자원을 개발하고 있을지 몰라요. 그런 즐거움에 질투를 느끼지는 않고, 오히려 우리가 그럴 필요가 없다는 사실이 만족스럽답니다. 내가 인력과 자본이 부족할 것이라고 주장하는 사람들을 비웃고 있어요. 스스로를 속이기를 좋아하는 이들이 안타깝습니다.[6] 그들은 돈을 위해 남을 속이려 드는 아첨꾼을 만나기 쉬워요. 선생, 당신이 편지에 쓴 [안드레이] 슈발로프 백작과 관련된 부분을 그에게 보여주었어요. 그는 당신의 편지에 모두 꼼꼼하게 답신을 했다고 말했습니다. 어쩌면 그것들이 행방불명되었는지도 모르겠어요.[7]

당신이 편지에 운문과 산문으로 적은 모든 기분 좋은 말들에

6 프랑스의 외무장관 슈아죌 공작을 넌지시 가리키는 말이다. 그가 스스로를 자주 속이며 특히 러시아의 위력을 얕본다고 암시한다.

7 볼테르는 1770년 1월 2일 자 편지에서 안드레이 페트로비치 슈발로프에게 보낸 편지에 답을 받지 못했다고 적었다. 그러나 볼테르는 슈발로프에게 받은 답장을 출판했으며 그에 대한 답장을 보낸 기록이 남아 있다.

감사를 표하는 것을 허락해주어요. 새로운 소식을 당신에게 기꺼이 전하고 싶지만, 흥미로운 것이 없습니다. 선생, 내가 부지런히 글을 쓰는 일이 당신한테 짐이 되지 않는다니, 1770년 내내 계속할 것이라고 알아주기 바랍니다. 당신에게 행복한 한 해가 되었으면 좋겠고, 아조프와 타간로크가 벌써 그렇게 되었듯이 당신의 건강이 강화되기를 바랍니다. 부디 나의 우정과 고마운 마음을 알아주었으면 좋겠습니다.

예카테리나

볼테르에게
1770년 3월 31일, 상트페테르부르크

사흘 전에 당신의 3월 10일 자 편지를 받았어요. 이 편지가 당신이 건강을 완전히 회복하여 므두셀라보다 더 오래 살 것이라고 전하면 좋겠습니다. 정직한 므두셀라가 1년을 정확히 열두 달로 채웠는지 알지 못하지만, 당신의 1년에는 영국의 연간 왕실 비용 회계 연도와 마찬가지로 열세 달이 있기를 바라요.[1]

선생, 여름과 겨울에 우리의 군사 작전이 어땠는지 동봉된 서류를 통해 볼 수 있을 겁니다. 분명 사람들이 이에 대해 1,000개의 거짓을 뱉어내고 있을 겁니다. 동기가 정의롭지 못하고 미약하다면 갖은 수단을 다 써야 하는 법이지요. 파리와 쾰른의 신문들이 너무 많은 패전을 우리 탓으로 돌렸고 사람들을 호도했기 때문에 이들은 갑자기 우리 군대를 페스트로 죽게 만들자고 생

1 므두셀라가 너무 오래 살아서 한 해를 열두 달로 꼬박꼬박 채웠을지 의심스럽다는 의미로 쓰였다. 영국의 연간 왕실 비용은 2011년 폐지 전까지 영국 왕실의 지출 자금을 댄 연간 기금이었다.

각하기 시작했습니다. 재미있지 않나요? 봄에 페스트 환자가 전쟁에 참가하려고 죽음에서 되살아나려나 봅니다. 사실은 우리 중 누구도 페스트에 걸리지 않았어요.[2]

선생, 당신은 내가 제네바에서 구입한 그림이 비싸다고 생각하지요. 거래가 성사되기 전에 당신에게 의견을 묻고자 하는 마음이 여러 차례 들었지만, 아마도 지나친 조심성이 당신에게 물어보는 것을 주저하게 만든 듯합니다. 파리의 소식통에 따르면 트롱생 씨가 정직한 사람이라는 확언이 있었고, 그림의 가격은 대체로 변덕에 따라 정해진다는 것에 누구나 동의하잖아요.[3] 볼 때마다 나에게 커다란 기쁨을 주는 것이 하나 있어요. 당신이 1년 전에 보내준 것이에요. 위베르 씨는 다른 이를 통해 나에게 여러 점을 약속했지만, 보아하니 그는 1년에 하나밖에 작업하지 않고, 지금까지 나는 두 점밖에 가지고 있지 않아요. 그렇지만 그가 고르는 주제가 너무 흥미로우니 내 수집이 완성되기를 바랄 뿐입니다.[4] 당신의 우정에 무척 감동할 수밖에 없어요, 선생. 당신은 전 기독교 세계를 무장시켜 나를 보조하도록 하고 싶어 합니다. 당신은 무스타파를 상대하라고 프로이센 왕이 나에

2 오늘날의 루마니아 부근에서 격전을 벌이는 중에 페스트가 새로운 위협으로 대두되었다. 예카테리나는 전염이 있었다는 것을 부인한다. 러시아의 평판을 걱정하기도 했고, 현장에 있던 장교가 위험의 실체를 감추고 있기도 했다. 실제로 1769~1770년 겨울, 러시아군이 오스만튀르크인으로부터 얻은 페스트는 몰다비아에서 북으로 확산하고 있었으며, 이는 1771년 9월 모스크바 페스트 폭동으로 이어졌다.

3 프랑수아 트롱생François Tronchin(1704~1798)은 제네바 은행 가문의 일원으로, 1770년 예카테리나에게 회화 수집품 95점을 팔았다. 이 수집품은 지금의 에르미타시박물관에 배치되었다.

4 예카테리나는 결과적으로 위베르가 그린 볼테리아드 연작 회화 아홉 점을 받았다. 예카테리나는 볼테르가 예수의 자리에 있는 〈최후의 만찬〉 패러디 작품을 거절한 것으로 보인다.

게 5만 명을 보내기를 바랐지요. 프로이센 왕의 우정을 높이 평가하지만 나는 그 5만 명이 필요하지 않기를 바라고 있어요. 당신이 술탄이 직접 이끄는 30만이라는 수가 너무 과하다고 여기니, 지난 해[1768년] 튀르크의 무장에 대해 일러주어 당신이 그 유령을 진가대로 평가할 수 있게 해야겠어요. 10월에 무스타파는 러시아에 전쟁을 선포하는 것이 적절하겠다고 생각했지만 그가 우리보다 더 준비되어 있지는 않았습니다. 우리가 맹렬히 방어하리라는 것을 알았을 때 그는 아연했습니다. 그는 오지 않은 일에 많은 기대를 하는 경향이 있기 때문입니다. 그는 키이우를 점령하고, 모스크바에서 겨울을 보내고, 러시아를 쳐부수기 위해 제국 여러 지방의 군인 110만 명에게 아드리아노폴리스로 올 것을 명령했습니다. 오직 몰다비아만이 셀 수 없이 많은 모슬렘 군대를 위해 곡물 100만 부아소를 제공하라는 명을 받았습니다.[5] 호스포다르는 풍년의 몰다비아가 많은 수확을 하지 않으며, 그것[명의 이행]이 불가능하다고 답했습니다.[6] 그러나 그는 명령을 수행하라는 두 번째 지시를 받았고 그에 대해 돈을 약속받았어요. 이 군대의 포병 행렬은 군대의 커다란 규모에 비례했습니다. 행렬은 무기고에서 꺼내 배치된 대포 600문으로 구성되어야 했습니다. 그러나 이를 실제로 움직여야 할 때, 대포 대다수는 그 자리에 남겨지고 60문 정도만 행군에 투입되었지요. 마침내 3월이 되자 60만이 넘는 부대가 아드리아노폴리스에 있었습니

5 부아소boisseau는 곡물을 재는 옛 단위로 약 13리터.

6 호스포다르господар는 몰다비아와 왈라키아의 통치자를 슬라브어로 일컫는 말이다. 루마니어어로는 돔domn이라고 부른다.

다. 그러나 그들은 모든 것이 부족했기 때문에 탈영하기 시작했어요. 그런데도 고관이 40만 명을 거느리고 도나우강을 건넜습니다. 8월 28일, 호틴 근처에 18만 명이 있었어요. 나머지는 당신도 알지만, 고관이 일곱 번째로 도나우 다리를 다시 건너갔어요. 그가 바바다그로 후퇴했을 때 5,000명조차 남아 있지 않았다는 것을 알지 못했을 겁니다. 이것이 그 굉장한 군대에서 남은 전부였습니다. 죽지 않은 이들은 집으로 돌아갈 결심을 했어요. 그들이 오가는 길에 그네들의 지방을 약탈하고 저항이 있던 지역을 불태웠다는 것에 유의해주어요. 내가 전하고 있는 것은 너무나도 진실입니다. 꾸며낸 이야기처럼 보일까 봐서 일을 부풀리기보다 축소하고 있기까지 합니다.

해군에 관해 내가 아는 전부는 일부가 마온을 떠났으며, 다른 이들은 그들이 겨울을 난 영국을 떠나고자 한다는 거예요. 당신이 나보다 더 많은 소식을 알고 있으리라고 생각하지만, 당신이 원하니 오히려 더욱 민첩하게 내가 전해 듣는 바를 반드시 당신에게 알려야겠네요.

이 모든 전쟁 행위로 법전에 관한 과업은 조금 지체하고 있어요. 이차적인 우선순위가 되었습니다. 이 과제가 내 일거리 가운데에서 우선적인 지위를 다시 차지할 때가 오기를 바랍니다. 선생은 저세상에서 표트르 대제에게 소식을 전할 수 있도록 가능한 빨리 전쟁과 법제를 끝내라고 간청하지요. 미안하지만 이것은 내 일이 마무리되도록 재촉할 수 있는 방법이 아니에요. 나는 당신이 저승으로 떠나는 일을 가능한 한 미룰 겁니다. 저승에 있는 이들 때문에 이승에 있는 당신의 친구들을 괴롭히지 말아 달라고 간절히 부탁합니다. 만일 저 너머 혹은 저 위에서 모두들 원하는 이들과 함께 시간을 보낼 선택권이 있다면, 나는 만족할 만한 일상의 계획을 미리 마련해서 갈 겁니다. 나는 한참 전부터 생각해두었습니다. 당신이 나에게 하루에 15분 대화할 시간을 주기를 바란다고요. 앙리 4세가 함께일 것이고, 쉴리도 있을 것이고, 무스타파는 없을 겁니다.[7]

선생, 당신을 찾아오는 러시아인들에게 만족했다니 아주 기분이 좋습니다. 해외에서 돌아오면서 페르네에 들르지 않은 이들은 언제나 아쉬워합니다. 우리 민족은 대체로 세계에서 가장 행복한 성향을 보여요. 이들에게 좋고 합리적인 취향을 갖게 하는 것보다 더 쉬운 일은 없습니다. 방법에서 자주 실수하는 이유를 모르겠어요. 나는 기꺼이 어설프게 대처하는 정부에 잘못을 돌리겠습니다. 유럽에서 이 민족을 더 잘 알게 되면, 사람들이 러시아에 가지고 있는 오류와 편견을 바로잡을 거예요.

무척 애석하게도, 아주 젊은 나이에 돌아가신 모친을 당신이 기억하고 있다는 사실은 나에게 늘 커다란 기쁨을 줍니다.

베네치아인들이 원했다면 그들의 습한 도시로 무스타파를 보내서, 당신이 바라는 것처럼 캉디드와 1771년 축제를 즐기도록 하는 것만큼 쉬운 일은 없었을 겁니다.[8]

7 예카테리나가 자신의 유산을 기술하고 있다. 자신의 사후를 18세기의 이상적 왕인 앙리 4세와 지혜롭기로 알려진 그의 고문 막시밀리앵 드 베튄 쉴리 공작Maximilien de Béthune, duc de Sully(1559~1641)과 나란히 상상한다. 예카테리나는 그와 볼테르가 계몽 군주의 정반대로 여기는 무스타파에게서 멀리 떨어질 계획을 세운다.

8 볼테르의 《캉디드》 26장에서 주인공은 러시아의 이반 안토노비치 6세Иван VI Антонович(1740~1764, 1740~1741 재위)를 포함해 폐위된 왕 여섯 명을 만나며, 이들은 베네치아에서 축제에 참가하고 있다.

[안드레이] 슈발로프 백작이 다시 당신의 호감을 얻었다고 알게 되어 기뻐요. 그가 당신에게 답을 하지 않았다면 놀랄 일이었을 거예요. 그는 내가 아는 가장 정확하고 성실한 사람 중 한 명인 까닭입니다. 조국이 그에게 위대한 공훈을 기대해도 된다고 예상하는 것이 틀렸다고 생각하지 않습니다. 그의 역량은 그의 나이를 훨씬 넘어섭니다. 그는 아직 서른 살이 안 되어요. 선생, 당신도 아는 내가 가진 모든 감정과, 당신을 향한 멈추지 않을 각별한 존경을 알아주기 바라요.

예카테리나

볼테르에게
1770년 6월 6일,
차르스코예 셀로의 별장[1]

선생, 당신이 고통스러워하는 것을 알게 되어, 어제저녁에 받은 5월 18일 자 편지에 서둘러 답합니다. 내 군대가 왈라키아의 손실 같은 것을 감내해야 했다는, 무스타파의 지지자가 퍼뜨리는 고난은 꾸며낸 이야기예요. 나는 당신이 근심하는 모습을 보는 것 외에 다른 괴로움이 없어요. 하느님께 감사하게도 아무것도 실제로 일어나진 않았습니다. 작은 튀르크 부대가 우리 주둔지를 정찰하고자 이삭차 부근에서 뗏목을 타고 도나우강을 건넜다는 소식을 접한 지 8일째입니다. 그러나 그들은 지독한 환영을 받아서 올 때보다 훨씬 급히 떠났어요. 우리 병사들은 튀르크가 헤엄쳐 건너려던 개울에서 살해당하고 부상 입은 이들을 제외하고 300구가 넘는 익사체를 건졌습니다.

지난 우편에 내가 모레아에서 받은 소식을 부쳤습니다. 첫걸음으로는 꽤 만족스러워요. 당신의 중재로 성모 마리아께서 신

1 러시아 황제의 별궁. 1717년 표트르 대제가 부인을 위해 지은 예카테리나 궁전이 있다.

도를 포기하지 않으시기를 바라요. 무스타파의 추종자들, 이 불쌍한 악마들은 러시아에 해로운 전쟁을 끝없이 벌이는 것 외에는 자신의 수레를 나아가게 할 방도가 없습니다. 그러나 이 방식으로는 튀르크 왕국의 쇠퇴를 개선하지 못할 거예요. 유령이 허물어지고 있어요. 아마도 그들 자신이 그것[유령]에게 때아닌 충격을 주었을 수 있습니다. 상대를 알지 못한 결과지요. 이집트의 왕 알리는 튀르크 왕국이 쇠약해진 상황을 이용했습니다.[2] 이집트의 왕이 관대하고 정의로워서, 기독교인과 모슬렘이 그에게 만족한다고들 합니다. 이익을 얻을 수 있을 때 정치 공작을 쓰는 베네치아인들은 건초 두 더미 사이에서 죽은, 우화 속 동물과 같아요.[3] 평안히 자도록 해요, 선생. 당신의 총아(당신이 나에게 표하는 멈추지 않는 우정으로 보아 대담하게도 이 칭호를 씁니다)의 일은 어엿하게 진행되고 있어요. 육해상을 불문하고 튀르크를 두려워하지 않습니다. 그들은 선원이 부족해 궁전 정원사 혹은 보스탄지를 배에 태웠습니다.[4]

간가넬리 수도사는 나의 전진에 진심으로 화를 내기에는 너무 영리해요.[5] 우리는 풀어야 할 앙금이 아무것도 없어요. 나는 그에게서 아비뇽도, 베네벤토도 가져가지 않았어요.[6] 나의 목적

2 알리 베이 알카비르علي بك الكبير(1728~1773)는 그루지야 혈통의 이집트 노예 출신으로 군사적 기량을 발휘해 자유를 획득했다. 그는 1768년 오스만튀르크 세력이 러시아와 교전에 집중한 틈을 타 독립 이집트 술탄국을 세웠다. 예카테리나는 그를 높이 평가했으며 오스만튀르크에 맞선 그에게 해군을 지원해주었다.

3 뷔리당의 당나귀라는 철학적 문제이다. 허기지고 목마른 당나귀가 건초 더미와 물 사이에 있다. 당나귀는 어느 하나를 합리적으로 선호할 수 없기 때문에 어느 쪽으로도 향하지 않고 그 자리에서 절대 움직이지 않는다.

4 보스탄지bostanji는 오스만튀르크 제국의 황실 근위대이다.

5 교황 클레멘스 14세. 1769년 4월 15일 자 편지의 각주 2번을 참고하라.

은 궁극적으로 기독교의 목표와 같아요. 레초니코 수도사는 신앙심으로 눈이 먼 유일한 사람이었습니다.[7] 클레멘스 14세는 내가 보기에 더욱 계몽되었어요. 선생, 나는 카푸친 수도사가 프란체스코 수도사와 같은 권리를 지닌다고 생각해요. 당신이 교황이 될 수도 있겠어요. 이는 심지어 교회에 이로움을 주기 위해 이루어져야 합니다. 이유는 다음과 같습니다. 그리스 교회와 로마 교회의 두 수장이 직접 연락을 주고받을 뿐 아니라 우정의 끈으로 연결될 거예요. 지금까지는 없었던 일이지요. 벌써 기독교 교회에 가져다줄 커다란 선善을 예견합니다. 지금 나는 당신에게 단호하지만 신랄하지는 않게 말하고 있답니다.[8]

선생, 이만 줄일게요. 건강히 지내기 바라요. 당신이 보여준 우정의 증표를 보고 내가 받은 감동에 보탤 수 있는 것은 아무것도 없습니다. 그에 비할 바 없는 내 존경도 알아주기 바라요.

예카테리나

6 교황 클레멘스 14세는 아비뇽과 베네벤토의 영토를 교황청 아래로 수복했다.

7 교황 클레멘스 13세Clement XIII(1693~1769, 1758~1769 재임)의 세속명은 카를로 델라 토레 레초니코Carlo della Torre Rezzonico이다. 그는 디드로와 달랑베르의 《백과전서》 출판과 같은 작업을 금지했다.

8 가톨릭교회는 예카테리나의 폴란드 개입을 반대했다. 예카테리나는 프로이센의 프리드리히 2세와 합의해 스타니스와프 아우구스트 포니아토프스키를 폴란드 국왕에 앉혔고, 러시아 대사 니콜라이 바실리예비치 렙닌Николай Васильевич Репнин(1734~1801)이 폴란드 의회에 주재하며 내정에 간섭했다. 예카테리나는 폴란드 개입의 명분으로 비가톨릭교도의 종교적 자유를 내세웠고, 볼테르와 편지를 주고받으며 자신의 명분을 선전하려고 했다. 프리드리히 2세는 폴란드를 동쪽에 있는 오스만튀르크로부터 예카테리나의 주의를 돌리기 위한 수단으로 여겼다. 볼테르는 그의 평소 표적인 가톨릭교회를 가능할 때마다 들쑤셨다. 편지에서 예카테리나는 정확히 튀르크에 관심을 두고 교회에 관한 농담을 한다. 기독교 세계는 수 세기에 걸쳐 튀르크라는 적을 대하고 있었다. 예카테리나는 그들과의 전쟁만이 적을 정복했다는 중대한 명예를 러시아에게 안겨줄 수 있다고 보았다.

볼테르에게
1770년 8월 9일 / 8월 20일

선생, 당신은 7월 20일 자 편지에서 나의 걱정이 당신을 불안하게 만들며 나의 승리가 위안을 준다고 말합니다. 당신에게 줄 위안이 여기 조금 있으니 보아요. 방금 카훌 전투 이후 소식을 접했어요.[1] 내 군대는 도나우강에서 진군했고 이삭차 맞은편 강의 가장자리에 진을 쳤습니다. 고관과[2] 예니체리는 반대편으로 도망쳤지만, 뒤를 따르던 그의 수행단은 대부분 살해당하고, 익사하고, 흩어졌습니다. 고관이 다리를 무너뜨리게 했어요. 거의 2,000명의 예니체리가 이때 포로로 잡혔고 대포 20문, 말 5,000필, 어마어마한 전리품, 온갖 종류의 식량이 대량으로 우리 손에 들어왔습니다. 타타르는 즉시 육군 원수 루먄체프 백작에

1 이 편지는 처음부터 끝까지 오스만튀르크 제국에 대한 러시아의 중대한 승전 소식을 전하고 있다. 1770년 7월 21일 표트르 알렉산드로비치 루먄체프Петр Александрович Румянцев(1725~1796)가 지휘한 러시아 군대는 카훌(오늘날의 몰도바에 자리한 카훌)에서 수적으로 상당히 우세한 오스만튀르크 세력을 격퇴해 도나우강까지 밀어붙였다. 루먄체프 백작은 이 승리로 육군 원수로 진급했다.

2 이바자데 할릴 파샤Ivazzade Halil Pasha(1724~1777).

게 크림반도로 건너가는 것을 허락해달라는 간청을 보냈습니다. 백작은 그들에게 조공을 바치게 했고, 이즈마일 쪽으로 왼편에 상당한 규모의 파견대를 보내 그들을 구슬렸습니다. 우리는 오래전부터 이들이 오직 배반 협의를 피하려 할 뿐 그 이상을 바라지 않는다는 것을 알고 있었습니다. 더군다나 미르자 혹은 무리의 우두머리 몇 명이 같은 튀르크 종교를 믿었기 때문에 가책을 느끼기도 했습니다. 그럼에도 이들은 자주 한숨을 쉬면서 그들의 형제이자 친척인 카잔의 타타르가 전쟁이나 억압 없이 행복하게 산다고들 말하곤 했습니다. 후자[카잔의 타타르]가 굉장히 아름다운 석조 사원을 짓고 있다는 것을 알아두기 바라요.

그리스와 심지어 콘스탄티노폴리스에서 온 소식에 따르면 튀르크 해군이 겪은 세 차례의 패배가 소문이 아닌 사실이라는 것을 확인할 수 있습니다.

선생, 당신은 강화를 원하지 않지요. 걱정 말아요. 지금까지는 강화에 대한 논의가 오가지 않았습니다. 평화가 좋다는 것에서는 당신과 의견이 같아요. 저도 평화가 지배할 때 그것이 더없는 행복이라고 믿었습니다. 거의 2년을 전쟁으로 보내고 나니 이제 사람이 무엇에든 적응할 수 있다는 것을 알겠어요. 전쟁에도 실로 꽤나 좋은 순간들이 있습니다. 전쟁에 커다란 결함이 있다는 것을 알아요. 자기 자신만큼 이웃을 사랑하지 않는다는 것입니다. 사람들을 해치는 것이 나쁘다고 생각했습니다. 그러나 오늘 나는 무스타파에게 "조르주 당댕이여, 당신이 자초한 일입니다"라고 말하며 스스로를 조금 위로합니다.[3] 이러한 생각을 하고 나

3 몰리에르Molière(1622~1673)의 희곡 작품 《조르주 당댕*George Dandin ou le Mari con-*

니 거의 예전과 다름없이 마음이 편안합니다. 위대한 사건이 내 마음에 들지 않았던 적은 없지만, 정복은 결코 내 마음을 꾀지 않았습니다. 평화의 순간이 그다지 가까워 보이는 것도 아닙니다. 튀르크가 우리가 전쟁을 오래 지속할 수 없다고 믿게 된 점이 재미있어요. 정념이 그들을 사로잡은 것이 아니라면 어떻게 표트르 대제가 30년 동안, 제국이 궁지에 몰리는 일 없이 때로는 튀르크 자신들과, 다음에는 스웨덴, 폴란드, 페르시아인과 전쟁을 지속했다는 사실을 잊을 수 있었을까요?[4] 그와 반대로 러시아는 매번 시작할 때보다 더욱 번영한 상태로 전쟁을 끝냅니다. 러시아의 산업이 진정으로 활기를 띠게 만든 것도 바로 전쟁입니다. 우리의 전쟁은 매번 상업과 유통에 더욱 생기를 주었지요. 전쟁은 어떤 새로운 자원의 어머니가 되었습니다.

선생, 베네치아인이 위대한 일을 이뤄내기는 어려울 겁니다. 그들은 일을 과하게 하니까요. 또 그들은 행동해야 할 때 논증합니다. 선생, 나는 그들이 손실을 만회할 적절한 때를 오랫동안 만나지 못할 것이라는 데 동의해요.

튀르크를 지지하는 소위 기독교 군주들은 이 전쟁의 성공을 시기하지요. 그들은 자신밖에 달리 탓할 사람이 없어요. 왜 그들은 일이 어떻게 끝날지 내다보지 않은 채 나에게 맞섰을까요?

fondu》(1668) 속 동명의 주인공은 변덕스러운 귀족 여인과 결혼하여 크게 고통받는 어리석은 부르주아이다. 1막 끝에 나오는 그의 자책 "네가 자초한 일이야, 네가 자초한 일이야, 조르주 당댕, 네가 자초한 일이야"는 예카테리나가 즐겨 사용한 구절 중 하나였다. 이 구절의 반어적인 어조와 의지력에 대한 의문, 진정한 귀족의 본성에 대해 희곡이 갖는 관심은 예카테리나의 취향과 뇌리를 사로잡았다.

4 표트르 대제가 스웨덴에 맞서서 펼친 대북방 전쟁(1700~1721)에는 오스만인과 폴란드인도 관여했으며, 그 뒤에는 러시아-페르시아 전쟁(1722~1723)을 벌였다.

질서와 규율이 무질서와 불복보다 낫다는 데 동의한다면 예상하기 어렵지 않았을 텐데 말입니다. 그들의 희망이 이른바 나의 재정적 혼란에 근거를 두었다면, 그들은 가엾게도 또 속았어요. 표트르 대제는 나보다 세입이 적었고 병력도 적었습니다. 내가 네덜란드에서 진행한 협상은 오직 환율을 진정하게 하려는 사소한 일에 불과합니다.

선생, 평화를 위한 당신의 계획은 우화에서 사자가 차지하는 몫과 조금 비슷해 보입니다.[5] 당신은 모든 것을 당신의 총아를 위해 남겨두었어요. 스파르타의 부대도 당신의 평화 조약에서 제외해서는 안 됩니다. 우리는 이후에 이스트무스 경기에 대해 말할 거예요.[6] 이 편지를 다 써갈 무렵에 이즈마일을 차지했다는 소식을 접합니다.[7] 조금 특이한 상황을 여기 적습니다.

도나우강을 작은 배로 건너기 전에 고관은 그의 부대에 장광설을 늘어놓았습니다. 그는 그들에게 하늘이 모슬렘에게 무척 노하시고 러시아인에게 호의적이셔서 더 이상 버티는 것이 불가능하다는 것을 그들 스스로 알 수 있다고 말했습니다. 고관은 자신이 강의 건너편으로 가야 할 필요를 느꼈고 그들을 구하기 위해 구할 수 있는 배를 전부 보내겠다고 말했습니다. 그러나 그가 약속을 지킬 수 없는 경우에 만일 러시아 군대가 그들을 공격

5 라 퐁텐 우화 〈송아지, 새끼 염소, 새끼 양이 사자와 함께 차린 회사La Génisse, la Chèvre, et la Brebis, en société avec le Lion〉(1668)에서 사자는 이 무리의 획득물 중에서 넷의 동등한 몫을 전부 차지한다.

6 고대 그리스에서 이스트무스 경기는 코린토스 지협에서 2년마다 열린 운동 경기였다. 코린토스 지협은 펠로폰네소스와 그리스 본토를 연결한다.

7 7월 27일에 니콜라이 바실리예비치 렙닌이 오데사의 이즈마일 성채를 점령했다. 전쟁이 끝날 무렵 오스만튀르크가 되찾아갔던 이즈마일은 1790년 러시아가 강습으로 재점령했다가 다시 오스만에 내주었다.

하러 온다면 그는 어떤 저항도 하지 말고 무기를 내려놓으라고 조언했습니다. 러시아의 황제가 그들을 인도적으로 대할 것이며 그들이 지금껏 러시아에 대해 떠올렸던 상은 전부 두 제국의 적이 고안해낸 것이라고 했습니다. 그런 뒤에 내 군대가 이즈마일에 나타나자마자 튀르크는 떠났고, 남은 이들은 무기를 내려놓았습니다. 30분 안에 도시의 항복을 받아냈어요. 대포 48문과 온갖 종류의 물자를 대량으로 확보했습니다. 7월 21일에서 27일, 그러니까 카훌 전투 이래로 포로가 8,000명에 달했고 지난해 우리는 적으로부터 대포 500문 정도를 빼앗았습니다. 루만체프 백작은 당신의 브러일라 쪽으로 오른편에 파견대를 보내 당신의 의도대로 그곳을 점령할 겁니다.[8] 그리고 왼편으로 하나 보내 킬리야를 차지할 겁니다. 어때요, 선생, 만족스러운가요? 내가 당신의 우정에 대해 그런 것처럼 당신도 내 우정에 대해서 마찬가지로 느끼기를 바라요.

예카테리나

8 "당신의 브러일라"는 볼테르가 이전 편지에서 언급한 브러일라를 의미한다. 볼테르는 1770년 7월 예카테리나에 보낸 편지에서 황제가 꺼져가는 문명의 불씨를 다시 지펴줄 것이라는 기대를 표하며, 황제의 위대한 업적에 비하면 사소한 존재에 불과한 브러일라를 얼른 점령하라고 재촉했다.

볼테르에게
1770년 9월 16일 / 9월 27일,
상트페테르부르크

선생, 오늘 당신에게 할 말이 아주 많습니다! 어디서부터 시작해야 할지 모르겠어요. 나의 사령관들이 아닌 알렉세이 오를로프 백작의 지휘 아래에서 내 해군이 적 함대를 무찌른 뒤 이전의 클라조메나이인 아시아의 체슈메 항구에서 모두 불태웠어요. 나는 사흘 전에 그쪽에서 소식을 직접 전달받았어요. 온갖 종류의 선박이 거의 100척이나 재로 변했어요. 그곳에서 죽은 모슬렘의 수를 감히 말하기 어려울 정도인데, 2만 명에 달한다고들 합니다. 전쟁 평의회가 함대에 승선해 있었고, 어찌 되었든 복무 서열상 더 상관인 육군 장교에게 지휘권을 넘겨서 두 사령관 사이의 불화를 종식시켰어요. 모두가 이 결정에 만장일치로 동의했고 그 시점부로 화합이 되살아났어요. 나는 항상 그 영웅들이 위대한 일들을 하기 위해 태어났다고 말하곤 했어요. 튀르크 해군은 나폴리오부터 뒤쫓았고, 이미 그곳에서 키오스섬으로 가는 길에 두 차례 공격했습니다. [알렉세이] 오를로프 백작은 증원병이 콘스탄티노폴리스를 떠났다는 것을 알고 있었고, 그래서 두 병력이 합류하기에 앞서 지체 없이 공격하고자 했습니다. 그가 키오스 해협에 도착했을 때 그들이 이미 합류했음을 알게 되었습니다. 그는 16척의 오스만 전열함 앞에서 9척의 군함을 갖추고 있는 처지임을 알아차렸습니다. 호위함과 소형함의 수는 더 크게 차이 났어요. 그는 주저하지 않았고, 완파하거나 소멸하겠다는 결의에서 모두의 의견이 일치했음을 알아보았어요. 전투가 시작되었습니다. 알렉세이 오를로프 백작은 중앙을 지켰고, 스피리도프 사령관이 표도르 오를로프 백작을 배에 태운 채로 함대의 전위를, 해군 소장 엘핀스톤이 후위를 지휘했습니다. 튀르크의 전투 대형은 날개 하나가 바위섬 하나를 맞대고 있고 다른 날개가 얕은 물에 있어서 움직일 수가 없었어요. 양쪽이 몇 시간 동안 맹렬히 발포했습니다. 함선이 서로 굉장히 가까이에 있었기 때문에 대포에 소총 사격도 더해졌습니다. 스피리도프 사령관의 배들은 세 대의 전함과 튀르크의 지벡 1척을 맡아야 했습니다.[1] 그는 대포 90정을 싣고 있던 카푸단 파샤의 배를 포획했어요. 그 위로 수류탄과 가연성 물질을 너무 많이 던져서 함선에 불이 붙었고, 우리 쪽으로 불이 옮겨붙었습니다. 스피리도프 사령관과 [표도르] 오를로프 백작, 그리고 다른 90명이 내리자마자 그 2척의 배는 폭발했어요. 전투가 한창일 때, 알렉세이 [오를로프] 백작은 기함이 폭발하는 것을 보고는 그의 형제가 죽었다고 생각했습니다. 그리고 자신도 언젠가 반드시 죽는다는 사실을 이해했어요. 그는 정신을 잃고 쓰러졌지만 조금 뒤 정신을

1 지벡xebec은 지중해에서 사용한 범선의 일종.

되찾았고, 모든 배를 일으켜 세우라고 명령해 적들 가운데로 자기의 배를 돌진시켰습니다. 승리의 순간 사관 한 명이 그의 형제와 사령관이 살아 있다는 소식을 전해주었습니다. 그는 승리를 거두고, 그가 죽었다고 생각한 형제를 재회한, 생애의 가장 행복한 그 순간을 어떤 말로도 설명할 수 없다고 말합니다. 어수선하고 혼란한 중에 튀르크 해군이 숨을 곳을 찾아 체슈메 항구로 달아났어요. 이튿날은 화공선을 준비하고 항구에 있는 적에게 폭격을 계속하며 보냈고, 적도 반격했습니다. 그러나 밤사이 화공선이 출발했고 임무를 너무 잘 수행하여 튀르크 함대는 여섯 시간이 안 되어 불탔습니다. 많은 적선이 폭발하면서 땅이 흔들리고 바다가 요동쳤다고 합니다. 체슈메 항구로부터 12마일 떨어져 있는 스미르나[오늘날의 이즈미르]까지 진동이 가닿았다고 해요. 불길이 치솟는 중에 우리는 불에 타지 않은, 대포 60정을 실은 튀르크 함선을 획득했어요. 화재 후 우리는 튀르크가 버리고 간 포대 하나를 얻었습니다. 로도스라고 불린 튀르크 함선은 기함에 승선했던 러시아 선장에게 주어졌지요. 그가 살아남은 방식은 다음과 같습니다. 그의 배가 폭발했을 때 그는 허공에 내던져졌고, 바다로 떨어졌고, 우리 노 젓는 배가 그를 건져냈어요. 조금 젖은 것 이외에 그는 아무런 해를 입지 않았습니다. 꾸며낸 이야기처럼 들릴 수 있지만 사실입니다.

선생, 전쟁은 추한 일입니다. 적의 함대가 불탄 다음 날 너무 많은 튀르크인이 죽어서 그다지 넓지 않은 체슈메 항구의 물이 피로 물든 것을 보고 [알렉세이] 오를로프 백작이 충격을 받았다고 하더군요.

또 다른 일화에요. 배 2척이 폭발했을 때 물에 빠진 선원 몇 명은 파편을 구해서 붙잡고 있었어요. 그 조건에서도 그들은 적을 마주하면 싸우거나 서로를 익사시키고자 했습니다. 선생, 이 편지는 우리에 대한 당신의 염려가 이미 진정되기 시작한 8월 28일 자 편지에 대한 답신이에요. 이제 더 이상 염려하지 않기를 바랍니다. 나로서는 이 일이 순조로이 진행되는 것 같습니다.

콘스탄티노폴리스를 점령하는 일로 말하자면, 그렇게 이른 시일 안에 일어날 것 같지 않아요. 그래도 사람들은 세상의 어떤 일에도 절망하지 말아야 한다고 합니다. 나는 이 일이 누구보다도 무스타파에게 달려 있다고 생각하기 시작했어요. 그 군주는 지금까지 일 처리를 너무나 잘해와서, 그가 계속해서 친구들이 주입한 대로 고집을 부린다면 왕국을 커다란 위험에 노출하게 될 겁니다. 그는 자신의 역할을 잊었어요. 그는 침략자입니다.

이만 줄일게요, 선생. 잘 있어요. 만일 승전보가 당신을 기쁘게 할 수 있다면, 당신은 우리에게 아주 만족스러워하겠지요. 당신을 향한 나의 경의와 관심을 알아주었으면 좋겠습니다.

예카테리나

당신을 방문했던 코즐로프스키 공이 에프스타피 함선이 폭발할 때 전사했습니다.

볼테르에게
[1770년 11월]

오늘은 당신에게 전할 소식이 별로 없어요. 나는 다만 당신의 10월 2일 자 편지에 대한 답으로 타간로크에서 드네프르에 이르는 지역을 맡고 있는 베르크 중장이 크림 칸국의 칸을 포로로 잡을 뻔했다고 말해줘야겠어요.[1] 칸을 만나기 위해 페레코프로 사람이 파견되었고, 칸은 오차키우에서 페레코프로 가려던 중이었습니다. 우리는 그의 군수품을 빼앗았고, 그의 부하들은 죽임을 당하거나 흩어지거나 포로로 잡혔습니다. 칸 자신도 오차키우로 도망쳤습니다. 그는 틀림없이 제대로 강탈당한 군주로 칠 수 있을 겁니다. 그의 신민 중 일부인, 드네스트르강과 도나우강 사이에 사는 벨고로드와 부드자크의 세 부족과 드네스트르강, 드네프르강, 오차키우와 벤데르 사이에 정착한 예디산 부족이 러시아의 편에 서기로 선언했기 때문이에요. 크림은 여전히 그의 것으로 남아 있으나 정신적으로 분열되어 있어요. 큰 부분이 우리

1 마그누스 요한 폰 베르크Магнус Иоганн фон Берг(1720~1784) 중장.

쪽으로 기울고 있고 다른 부분은 평화 쪽으로 기울어서 아무도 싸우고 싶어 하지 않습니다. 싸움의 가장 큰 지지자인 튀르크가 전혀 그들을 구할 수 있는 상태가 아니기 때문이에요.[2] 무스타파가 아드리아노폴리스로 철수하는 것을 꽤나 진지하게 고려하고 있다고들 하지요. 그는 내년에 몸소 지휘하고 싶어 합니다. 지금 이 군주는 우리가 전쟁에서 두 번의 군사 작전을 감당하지 못할 것이라는 달콤한 생각으로 스스로를 속이고 있어요. 이 가련한 사람은 세기 초엽에 러시아가 덜 부유하고, 말하자면 스스로의 자원에 대해 잘 모를 때조차 30년 연속으로 전쟁을 치렀다는 사실을 몰라요. 그는 그가 하고 싶은 대로 할 테지요. 전쟁과 평화는 그의 선택입니다.

나는 평화가 좋지만, 전쟁의 위대한 사건을 싫어하지 않아요. 당신은 이 군사 행위가 우리가 할 수 있는 가장 멋있는 일 중 하나라고 동의할 겁니다. 이것은 파리에 마차와 후식용 식기, 매력적이고 시끄러운 최신 유행의 합창단이 있고 당신의 독일 무용수가 내 이탈리아인들보다 춤을 더 잘 춘다는 것을 아는 나의 괴로움에 조금의 위안을 줍니다. 나는 또한 거기서 사람들이 굶어 죽는 것을 압니다. 러시아에서 모든 것은 평소와 같아요. 어떤 지방들은 우리가 2년 동안 전쟁 중이었다는 것을 거의 모르고 있을 정도랍니다. 그 어느 곳의 어느 누구도 아무런 결핍이 없어요. 우리는 테데움 성가를 부르고, 춤을 추고, 기뻐합니다. 선생, 나

2 예카테리나가 가볍게 언급하는 사건들이 제국의 획득물을 예고해준다. 크림 칸국의 소요는 러시아 보호국으로 독립을 위한 준비를 갖추었고, 독립은 1774년 퀴취크 카이나르자Küçük Kaynarca 조약으로 공식화되었다. 이는 1783년 러시아의 크림 칸국 합병을 향한 첫걸음이 되었다.

는 당신과 달랑베르 씨의 정중함에 감동했습니다. 내 군대는 동계 야영에 들어갔어요. 그들은 24시간 동안 한 차례 쉬고 두 차례 식사를 해야 하기 때문에 당신이 원하는 만큼 빨리 이동할 수 없습니다. 내년에는 무엇을 해야 할지 알게 되겠지요. 그동안 나는 프로이센 왕자 하인리히의 방문으로 기분 좋게 계속 바쁠 겁니다.[3] 그의 미덕은 확실히 그의 대단한 평판에 어울려요. 내가 보기에 그가 이곳을 전혀 싫어하지 않는 것 같아요. 잘 있어요, 선생. 므두셀라만큼이나 많은 세월을 살고 내 우정을 알아주기를 바라요.

3 프리드리히 2세의 동생 프리드리히 하인리히 루트비히Friedrich Heinrich Ludwig (1726~1802)가 프로이센과 러시아 두 강국의 폴란드 영토 획득을 위한 구상을 가지고 상트페테르부르크를 방문했다.

볼테르에게
1770년 12월 4일 / 12월 15일,
상트페테르부르크

선생, 반복이 지루해지고 있어요. 당신한테 이러이러한 도시를 차지했고 튀르크를 이겼다고 너무 자주 말했습니다. 즐겁게 해주기 위해서는 다양성이 있어야 한다고들 합니다. 좋습니다! 당신이 아끼는 브러일라가 포위당한 뒤에 공격이 있었고, 이 공격이 격퇴되었고 포위가 풀렸다고 알려주겠어요. 루먄체프 백작은 화가 났습니다. 백작은 두 번째로 글레보프 소장을 원군과 함께 브러일라로 보냈습니다. 당신은 아마 튀르크가 포위 해제에 고무되어 사자처럼 스스로를 방어했다고 생각하겠지요. 전혀 아닙니다. 내 군대가 두 번째로 접근했을 때 그들은 진지와 대포, 그곳에 있던 물자를 버리고 떠났습니다. 글레보프 소장이 들어가 그곳을 차지했어요.[1] 다른 파견대가 왈라키아를 다시 점령하러 갔습니다. 그저께 이 공국의 수도 부쿠레슈티가 11월 15일에 튀르크 수비대와 작은 접전 끝에 점령되었다는 소식을 접했어요.

1 러시아는 1770년 11월 10일에 오늘날의 루마니아에 있는 브러일라를 차지했다.

그러나 당신은 도나우강을 건너기를 바랐으니, 이것이 육군 원수 루먄체프가 도나우강 저편으로 병사 수백 명과 경부대를 보냈을 때의 일이라는 것을 알면 진정으로 재미있어할 겁니다. 이들은 작은 배를 타고 이즈마일을 떠났으며 11월 10일에 고관의 진지가 있는 이삭차에서 15베르스타 떨어진 툴체아의 요새를 장악했습니다. 그들은 파견대를 저세상으로 보냈고, 많은 포로를 데려가고, 대포 13문을 가져갔으며, 나머지에는 못을 박고 킬리야로 안전하게 돌아갔습니다. 고관은 이 작은 행각을 듣고는 진지를 철수하고 수행단과 바바다그로 떠났어요. 이것이 지금 우리가 처한 상황입니다. 인류를 위해서는 지금이라도 무스타파가 이성의 소리를 듣는 것이 좋겠지만 이 군주가 바란다면 우리는 계속할 겁니다. 토틀레벤 씨가 흑해의 포티를 공격하러 갔습니다. 그는 미트리다테스의 후예에 대해 좋게 말하지 않으나, 대신 옛 이베리아의 기후가 세계에서 가장 아름답다고 여깁니다.[2] 이탈리아에서 온 가장 최근 편지들이 나의 세 번째 함대가 마온에 있다고 전했습니다. 술탄이 생각을 바꾸지 않는다면 그에게 대여섯을 더 보낼 겁니다. 그가 이것을 즐기고 있다고 볼 수 있겠지요. 지금 영국의 병은 전쟁이 아니고는 고칠 수 없어요. 그들은 너무 부유하고 너무 분열되었습니다. 전쟁이 그들을 가난하게 하고 정신을 통합할 것입니다. 그래서 이 민족은 전쟁을 원

2 미트리다테스 6세Μιθριδάτης VI(기원전 135~63, 기원전 120~63 재위)는 폰토스의 왕이자 전설적인 정복자였다. 그는 포티와 고대 이베리아 왕국이 있는, 오늘날의 조지아 지역에서 로마에 맞서 싸웠다. 예카테리나와 볼테르는 고대의 위대한 정복자를 환기시킨 남쪽과 동쪽 정복의 모험과 신화의 분위기에 사로잡혀 있다. 예카테리나가 편지에 묘사한 것처럼 공중 오락을 지배했던 신고전주의 미학은 동시대인이 역사적 회상을 하는 것을 익숙하게 만들었다.

하지만, 궁정은 오직 부에노스아이레스의 총독을 탓할 뿐입니다.[3] 선생, 내가 이 편지로 당신의 편지 여러 통에 한꺼번에 답하고 있다는 것을 알겠지요. 프로이센 왕자 하인리히의 방문을 경축하는 행사가 당신에게 꼼꼼하게 답하는 일을 다소 방해했어요. 그는 오늘 모스크바로 떠납니다. 나는 그를 위한 축전을 여러 차례 마련했고 그는 즐거워 보였습니다. 마지막 행사에 관해 이야기해줄게요. 3,600명이 참석한 가장무도회였습니다. 저녁 식사 시간에 아폴론, 사계四季, 1년 열두 달이 등장했습니다. 이들은 남녀 공학 귀족 학교에서 데려온 여덟 살에서 열 살짜리 아이들이었습니다. 아폴론은 짧은 연설로 손님들을 사계가 준비한 응접실로 초대했으며, 그런 뒤에 그의 수행원에게 준비된 바에 따라 이들에게 선물을 전하라고 지시했습니다. 아이들은 말하고 행해야 했던 바를 최선을 다해서 했습니다. 그들의 축사를 첨부했어요. 보다시피 어린애들 짓에 불과한 것이 사실입니다. 식사를 할 120명의 사람이 사계의 방으로 갔습니다. 벽감 12개가 있는 타원형 방이었고 벽감마다 12인용 식탁이 있었어요. 벽감 하나하나는 1년 중 한 달을 상징했고, 맞춰서 공간을 꾸며두었습니다. 벽감 위에는 예술품이 사방에 둘러 세워져 있었으며, 가면을 쓴 무리에 더해 관현악단 4개가 있었습니다. 우리가 식탁에 앉자 아폴론을 따라온 사계가 수행단과 발레를 추기 시작했어

3 남대서양에서 포클랜드 제도의 소유권을 두고 영국과 에스파냐가 대립한 1770년 포클랜드 위기를 암시한다. 영국과 에스파냐, 그리고 후자를 지지한 프랑스의 무력 충돌을 빚을 뻔한 일련의 사건은 영국의 총리 프레더릭 노스Frederick North, 2nd Earl of Guilford(1732~1792)가 갈등의 원인을 제공한 책임을 에스파냐의 부에노스아이레스 총독 프란시스코 데 파울라 부카렐리Francisco de Paula Bucarelli(1708~1780)에게 한정적으로 물음으로써 일단락되었다.

요. 그런 뒤에 다이아나와 요정들이 왔습니다. 발레가 끝나고 트라에타가 이 방을 위해 작곡한 음악이 연주되었고, 가면을 쓴 무리가 등장했습니다.

저녁 식사가 끝날 무렵 아폴론이 손님들에게 그가 준비한 공연을 보러 가주기를 간청하러 왔습니다. 이 방에 인접한 공간에 무대가 설치되어 있었고, [전과] 같은 아이들이 《신탁》이라는 작은 희곡을 상연했어요.[4] 그런 뒤에 사람들은 춤추는 것을 너무 즐긴 나머지 새벽 5시가 되어서야 돌아갔습니다. 축제 전체를 굉장히 비밀리에 준비했기 때문에 가면무도회가 있으리라는 것 외에는 아무도 아무것도 미리 알지 못했습니다. 방 21개가 가면으로 가득했고, 사계의 방은 길이가 19투아즈였으며 제법 균형 잡혀 있었습니다.[5]

알리 베이가 전쟁을 계속하는 것을 이롭게 여길 수밖에 없다고 생각해요. 튀르크인과 기독교인이 그에게 무척 만족하며 그가 관대하고, 용맹하며, 정의롭다고들 합니다. 온 유럽이 페스트가 도처에 있는 것을 보고 광분에 휩싸여 조심하고 있는데 콘스탄티노폴리스에서만 전혀 멈추지 않았다는 것이 특이하지 않나요? 나도 나름대로 조심하고 있습니다. 모두가 질식할 정도로 향수를 뿌리지만, 페스트가 도나우강을 건넜으리라는 말은 꽤나 의심스럽습니다.

당신이 나에게 보낸 청구서의 값을 치르는 것에 관해 초글로

4 제르맹프랑수아 풀랭 드 생푸아Germain-François Poullain de Saint-Foix(1698~1776)의 작품 《신탁*L'Oracle*》(Paris : Prault fils, 1740).

5 투아즈toise는 프랑스의 옛 길이 단위로 약 2미터.

코프 씨네 가족과 이야기하라고 지시했습니다. 그들에게 답을 받으면 당신에게 전달할게요. 이 젊은이[초글로코프]가 자청해서 간 그루지야에서 그의 나쁜 행실, 장군에 대한 불복, 토틀레벤 씨에 대한 모의가 그를 미궁 속에 가두었습니다. 그는 거기서 나오기가 무척 어려울 것입니다. 그는 지금 카잔에서 군사 회의의 판결을 기다리고 있습니다. 당신은 이런 회의가 항명과 하극상을 어떻게 다루는지 잘 알지요.[6] 페르네에서 만든 시계 작품이 여기서 팔리지 않는 일은 없을 겁니다. 도착하기만 하면 우리가 알아서 할 거예요. 이만 줄일게요, 선생. 잘 지내고 나와 우정을 계속해주어요. 당신이 보내는 우정의 가치를 나보다 잘 아는 사람은 없습니다.

예카테리나

6 그루지야 산악 왕국의 왕위를 찬탈하려는 모험가 나움 니콜라예비치 초글로코프 Наум Николаевич Чоглоков(1743/1746~1798)의 무산된 시도에 신화적인 면이 있기는 하지만, 군사 재판을 묘사한 투박한 언어는 자신의 생활을 화려하게 묘사한 편지 앞부분의 문체와 대조된다.

볼테르에게
1771년 3월 14일 / 3월 3일,[1]
상트페테르부르크

선생, 당신의 《백과사전》을 읽으면서 내가 1,000번이나 말한 것을 계속 반복했습니다.[2] 당신 이전에 이렇게 쓴 사람이 없으며, 당신 이후에 과연 당신 같은 사람이 있을지 무척 의심스럽다고요. 당신의 가장 최근 편지인 1월 22일과 2월 8일 자 편지가 도착했을 때 나는 이런 생각을 하던 중이었습니다.

그것을 받고 내가 얼마나 기뻐했는지 짐작할 수 있겠지요.[3] 당신의 운문과 산문은 누구도 결코 능가할 수 없을 것입니다. 나는 이것을 완벽한 모범으로 간주하고 따라야 할 거예요. 당신의 글을 읽은 사람은 당신의 글을 다시 읽고 싶어 하며 다른 모든 글에 흥미를 잃습니다.

1 평소와 다르게 신력 날짜가 먼저 적혔다.
2 《백과사전에 대한 질문들*Questions sur l'Encyclopédie*》(1770~1772)은 볼테르의 사유를 모은 마지막 전서이다. 440여 개 장이 알파벳 순서로 정렬되어 있다. 몇몇 장이 디드로와 달랑베르가 편집한 《백과전서》의 장과 맞물리지만 볼테르의 이 저작은 그의 철학을 체계화하기 위한 수단이지 논평이 아니다.
3 《백과사전에 대한 질문들》.

당신이 내가 하인리히 왕자를 위해 마련한 축전이 괜찮다고 생각하니, 그것이 성공적이었다고 봐도 되겠어요.[4] 예전에 그를 위해 시골에서 축제를 열어준 적이 있어요. 양초 동강과 로켓이 있었지만 파리에서 일어난 끔찍한 사건이 우리에게 신중을 기하도록 했기 때문에 주의했으며 다친 사람이 없었습니다.[5] 게다가 나는 오랫동안 그보다 더 활기찬 축제를 본 기억이 없어요. 10월부터 2월까지 축제, 무도회, 공연밖에 없었습니다. 최근의 군사 원정 때문에 그렇게 보인 것인지, 정말로 우리가 환희에 빠졌는지 모르겠어요. 어디에서나 사정이 이렇지만은 않다는 사실을 압니다. 방해 없이 달콤한 평화를 8년 동안 누린 곳에서조차 말입니다. 이교도의 불행에 대한 기독교인의 연민이 이런 상황을 낳은 것은 아니기를 바랍니다. 이 감정은 최초의 십자군의 후예[가톨릭교회]에게 어울리지 않을 거예요. 얼마 전에 프랑스에서 우리와 같은 이들에 맞서는 도덕적 십자군에 대해 설교하는 새로운 성 베르나르가 있었습니다. 진정 무엇을 위한 것인지 그 자신이 알았으리라고 생각하진 않지만요. 하지만 그 성 베르나르는 첫 번째 성 베르나르와 똑같이 자신의 예언에서 실수를 저질렀습니다. 그의 예언 중 어느 것도 실현되지 않았어요.[6] 그는 오직 사람들의 기분을 상하게 했을 뿐이에요. 이것이 그의 목

4 1770년 12월 4일 / 12월 15일 자 편지를 참고하라.

5 1770년 5월 미래의 루이 16세Louis XVI(1754~1793, 1774~1792 재위)와 마리 앙투아네트Marie Antoinette(1755~1793)의 결혼을 축하하는 불꽃놀이에서 군중의 밀집으로 130명 넘는 사람이 사망했다.

6 첫 번째 성 베르나르는 베르나르 드 클레르보Bernard de Clairvaux(1090~1153)를 말한다. 두 번째는 장자크 루소이다. 예카테리나는 러시아가 타타르인에게 정복당할 것이라는 장자크 루소의 예언을 가리키고 있다. 1763년 9월의 편지를 참고하라.

표였다면, 그가 성공했다고 인정해야 할 겁니다. 그러나 이 목표는 아주 옹색합니다. 선생, 당신은 너무나 훌륭한 가톨릭 신자입니다. 당신과 신앙을 공유하는 이들에게 예카테리나 2세 아래의 그리스 교회는 라틴 교회를 비롯해 물이 가득 차 먹구름으로 뒤덮인 다른 어떤 것에 대해서도 아무런 악의가 없다고 설득해주어요.[7] 그리스 교회는 오직 자신을 방어할 방법만을 알고 있어요. 선생, 이 전쟁이 우리 전사들의 빛을 발하게 했다고 인정해요. 알렉세이 오를로프 백작은 끊임없이 사람들이 그에 대해 이야기하도록 하는 위업을 세우고 있습니다. 그는 막 알제리와 살레의 죄수 86명을 몰타의 기사단장에게 보냈습니다. 알제에 있는 기독교 노예와 교환해달라는 요청을 하면서요. 예루살렘의 성 요한 기사단의 기사가 이교도의 수중에서 이렇게 많은 기독교인을 데려온 지 꽤 오래되었습니다.[8] 선생, 백작이 튀르크 함대를 패배시킨 이후, 도시를 살려달라고 탄원한 스미르나가 유럽 영사들에게 보낸 편지를 보았나요? 당신은 그가 한 파샤의 비품과 하인을 실은 튀르크 선박을 돌려보낸 일에 대해 말하고 있지요. 사실은 이렇습니다. 체슈메 해전 며칠 뒤에 튀르크 재무상이 부인과 아이들과 함께 그의 모든 소지품을 배에 실어 카이로에서 돌아오는 중이었습니다. 콘스탄티노폴리스로 향하고 있었

7 전쟁이 3년째에 접어든 시기에 예카테리나는 볼테르에게 프랑스 정부가 러시아에 맞선 오스만튀르크 제국을 계속 지지하고 있다고 지적하고 있다. 《백색의 티란트*Tirant lo Blanch*》(1490)와 같은 중세 로망스를 읽은 10대 시절부터 중세에 매혹된 예카테리나는 가톨릭 프랑스와 모슬렘 오스만튀르크 제국 사이의 군사적·외교적 제휴의 역설을 강조하면서 러시아의 위업을 십자군의 그것으로 바꾸고 있다.

8 로도스와 몰타의 예루살렘 성 요한 병원기사단Sovrano Militare Ordine Ospedaliero di San Giovanni di Gerusalemme di Rodi e di Malta의 일원.

습니다. 오는 중에 그는 튀르크 해군이 러시아를 물리쳤다는 잘못된 소식을 들었고, 술탄에게 처음으로 소식을 전하기 위해 서둘러 육지로 향했습니다. 그 소식이 사실이라고 기대하면서 위험할 정도로 빠른 속도로 이스탄불로 질주했어요. 우리 배 하나가 그의 선박을 [알렉세이] 오를로프 백작 앞으로 대령했고 백작은 누구든 여성용 선실에 들어가거나 배의 화물칸을 건드리는 것을 엄격하게 금지했습니다. 그는 튀르크의 딸 중 가장 어린 여섯 살배기를 그의 앞으로 데려오게 했어요. 그는 그 딸에게 다이아몬드 반지와 모피 몇 점을 선물로 주었고 그녀와 가족 전체, 그리고 그들의 소지품을 콘스탄티노폴리스로 돌려보냈습니다. 이것은 대체로 신문에 인쇄된 내용과 같지만, 아직 인쇄되지 않은 것이 있어요. 루먄체프 백작이 고관의 진영으로 장교를 보냈을 때 장교가 먼저 고관의 중위 앞으로 인도되었다는 사실입니다.[9] 처음의 찬사 이후에 중위는 그에게 오를로프 백작들 가운데 루먄체프 원수의 군대에 속한 사람이 있는지 물었습니다. 장교는 아니라고 대답했습니다. 튀르크는 열의에 차서 그들이 어디에 있는지 물었습니다. 장교가 대답하기를 두 명은 해군으로 복무 중이고 다른 세 명은 페테르부르크에 있다고 했습니다. 자 그럼, 하고 튀르크가 말했어요. 내가 그들을 존경하며 우리 모두가 목전에 있는 것에 놀랐다고 알려주겠습니다. 그들은 특히 나에게 관대함을 베풀었습니다. 그들에게 아내와 아이들과 재산을 빚지고 있는 사람이 나예요. 나는 이 빚을 어떻게도 갚을 수 없지만, 생전에 그들에게 도움이 될 수 있다면 행복으로 여길 겁니

9 고관의 중위Kiaya-bey.

다. 그는 여러 맹세를 더하고, 무엇보다 고관이 그의 사의를 알고 있으며 그것을 인정했다고 말했습니다. 그는 눈물을 머금고 말했습니다. 그리스 교회의 러시아인들이 지닌 관대함에 눈물을 흘릴 정도로 감복한 튀르크를 봐요. [알렉세이] 오를로프 백작의 행동을 그린 그림이 언젠가 스키피오에 관한 그림에 필적하는 작품으로 내 화랑에 걸릴지 모릅니다.[10]

나의 이웃인 중국의 군주가 몇몇 부당한 장애물을 제거하도록 눈감아줘서 그의 신민들은 내 신민들과 아주 잘 교역하고 있습니다. 그들은 교역이 재개되고 처음 네 달 동안 300만 루블어치 재화를 교환했어요. 이웃의 궁정 제조소는 나를 위한 융단을 제작하느라 바쁜 반면, 나의 이웃은 밀과 양을 요청했어요.

선생, 당신은 나이에 대해 자주 언급하지만, 나이와 무관하게 당신의 글은 한결같아요. 새로운 내용으로 가득한 《백과사전》이 증거예요. 그것을 읽기만 해도 당신의 천재성이 팔팔하게 살아 있음을 알 수 있습니다. 당신을 보면 나이 탓으로 돌려진 불상사는 편견이 됩니다. 당신이 후원한 시계 장인들의 시계를 무척이나 받아보고 싶어요. 당신이 아스트라한에 식민지를 세우게 된다면, 그곳에 가서 당신을 만날 구실을 찾을 텐데요. 타간로크의 기후는 아스트라한과 비교할 수 없을 정도로 맑고 건강에 좋

10 로마 장군 푸블리우스 코르넬리우스 스키피오 아프리카누스 아이밀리아누스Publius Cornelius Scipio Africanus Aemilianus(기원전 185~129)가 후한 몸값을 거절하고 여성 포로를 약혼자에게 돌려보낸 일화는 17, 18세기 가극과 회화에서 인기 있는 소재였다. 1771년 로마 화가 폼페오 지롤라모 바토니Pompeo Girolamo Batoni(1708~1787)는 예카테리나의 의뢰로 〈스키피오의 절제Continenza di Scipione〉를 그리고 있었다. 추가로 그리고리 알렉산드로비치 포툠킨Григорий Александрович Потемкин(1739~1791)을 위한 그림 한 점이 조슈아 레이놀즈Joshua Reynolds(1723~1792)에게 의뢰되었고 이는 1789년에 완성되었다.

아요. 그곳에서 오는 이들은 모두 그곳을 아무리 좋게 말해도 부족하다고 하지요. 《캉디드》의 노파가 그랬듯, 나도 이에 대해 이야기를 해보고자 합니다. 표트르 대제가 처음 아조프를 점령하고 나서 그는 이 해양에 항구를 두고 싶어 했고, 타간로크를 부지로 선정했습니다. 그가 오랫동안 페테르부르크를 발트해에 세울지 타간로크에 세울지 고민했으나 결국 당시의 상황이 그를 발트해로 기울게 한 끝에 항구가 지어졌습니다. 우리는 기후 면으로 볼 때 성공하지 못했어요. 그곳[타간로크]에는 겨울이 전혀 없는 반면에 우리의 겨울은 굉장히 깁니다.

선생, 무스타파의 천재성을 칭송하는 프랑스인은 그의 용맹도 칭송하나요?[11] 이 전쟁에서 나는 무스타파가 고관 몇 명의 머리를 자르게 한 것 이외에는 용맹하다고 할 만한 행동을 했는지 아는 바가 없어요. 그는 콘스탄티노폴리스의 민중을 통제하지 못했고, 그의 바로 눈앞에서 유럽 주요 열강의 대사를 두들겨 팼습니다. 이때 내 대사는 일곱 성탑에 있었어요(빈의 교황 대사는 그 타박상으로 죽었습니다).[12] 만일 그것이 천재성의 표시라면 나는 그것을 면할 수 있기를 그리고 그것을 전부 무스타파와 그의 지지자인 토트 기사를 위해 남겨두기를 하늘에 기원합니다. 토트 기사는 언젠가 교살당할 겁니다. 고관 메흐메트는 술탄의 목숨을 구해주었고 이 군주의 사위였음에도 분명히 당했습니다.

평화는 공보가 알린 것만큼 가까이 있지 않아요. 세 번째 원정

11 예카테리나는 프랑스인을 가리키는 말로 "벨슈"라는 표현을 사용했다. 이 표현에 대해서는 1765년 11월 28일 자 편지의 각주 11번을 참고하라.
12 일곱 성탑은 이스탄불의 예디쿨레를 말한다.

이 불가피하고 알리 베이 씨는 스스로 정비할 시간을 벌 겁니다. 마침내 그가 실패하면, 그는 겨울을 나고자 시골에 간 당신네 망명객들과 함께 베네치아에서 축제에 참가할 수 있을 겁니다.[13]

바라건대 선생, 당신이 덴마크의 젊은 왕에게 적어 보냈다고 언급했던 운문 편지를 보내주어요.[14] 당신이 쓴 글의 한 줄도 놓치고 싶지 않아요. 이로부터 내가 당신의 글을 읽는 데서 얻는 기쁨과 내가 그것을 얼마나 높이 평가하는지, 그리고 나를 자신의 총아라 부르는 페르네의 신성한 은둔자에 대해 내가 어떤 우정과 존경을 가지고 있는지 판단해주어요. 내가 이것으로 젠체하는 것이 보이지요.

13 1770년 3월 31일 자 편지의 각주 8번을 참고하라.

14 볼테르의 《덴마크 왕에게 보내는 편지*Épître : Au roi de Danemark*》(1771)는 1770년 9월 제약 없는 언론의 자유를 확립한 것에 대해 덴마크의 크리스티안 7세Christian VII(1749~1808, 1766~1808 재위)에게 축의를 표했다. 이 자유는 단명했으며 1773년에 제한되었다.

볼테르에게
1771년 3월 7일 / 3월 26일

선생, 당신이 2월 19일과 27일에 보낸 편지 두 통을 거의 동시에 받았어요. 당신은 내가 편지 중 하나에서 언급한 중국의 조야함과 어리석음에 대해서 뭔가를 말해주기를 바라지요. 알다시피 우리는 이웃 사이입니다. 우리의 국경 양쪽에 목자, 타타르인, 이교도가 살고 있어요. 이 부족들은 약탈을 하는 강한 경향이 있지요. 이들은 서로의 짐승과, 심지어 사람들을 납치합니다(흔히 응징을 위해서입니다). 이런 간헐적인 다툼을 국경 지방에 파견된 병참 장교들이 해결합니다. 나의 중국인 대감님들은 트집 잡기를 너무 좋아해서 그들의 불평을 멈추려면 바닷물을 다 마셔야 될지도 모릅니다. 우리는 그들이 협상할 것이 고갈되자 망자의 뼈를 요구하는 것을 여러 번 보았습니다. 그들을 기리기 위한 것이 아니라 그저 트집을 잡기 위해서였지요. 그들은 10년 동안 정말 하찮은 것을 핑계로 교역을 중단하곤 했습니다. 내가 핑계라고 하는 까닭은 중국의 황제 폐하가 대신 한 명에게 러시아와 독점 교역할 권한을 주었다는 데 진짜 이유가 있기 때문이에요. 중국인과 러시아인은 그 조치에 대해 똑같이 불평해왔습니다. 자연스럽게 발생하는 모든 교역을 저지하기 힘드니, 두 국민은 세관이 설치되지 않은 곳이라면 어디에서나 상품을 교환했고 위험 부담보다 필요를 더욱 중요시했어요. 그러나 그 대신은 국경 지방을 억압하고 아무런 교역을 하지 않았습니다. 우리 측에서 그들에게 사정을 적어 보냈더니, 답신으로 굉장히 장황하고 형편없는 구성에다 철학적 정신이나 예의를 조금도 발견할 수 없는 글을 잔뜩 받았어요. 답신은 처음부터 끝까지 무지함과 야만성의 연속이었습니다. 우리는 그들의 방식이 유럽과 아시아 양쪽에서 분별없는 것으로 여겨지니 그대로 따를 의향이 없다고 전했습니다. 혹자는 중국을 정복했던 타타르인이 고대 중국인만 못하다고 대응할 수도 있겠지요. 나는 이 말을 믿고 싶으나, 어찌 되었든 이는 정복자들이 정복당한 사람들의 예의를 받아들이지 않았다는 것을 증명해줍니다. 후자는 우세한 관습으로 끌어내려질 위험에 처해 있어요.

이제 당신이 친절하게도 나와 공유해주었고 내 기분을 아주 좋게 만드는 〈법제〉 장에 대해 이야기하겠어요.[1] 분명 술탄이 부당하게 나에게 전쟁을 선포한 일만 아니었으면, 선생이 말한 것 가운데 많은 일을 했을 거예요. 그러나 지금으로서는 이미 인쇄된, 당신도 아는 내 원칙들에 따라서 입법이라는 커다란 나무

1 볼테르가 《백과사전에 대한 질문들》에 적은 〈법제Loix〉 장을 가리킨다. 볼테르는 이 장에서 예카테리나의 1767년 입법위원회와 《교서》를 칭송했다. 볼테르는 이 장을 출판보다 이른 시점인 2월 19일에 예카테리나에게 보냈다.

의 가지들을 계획하는 것 이상으로 더 많은 일을 할 수는 없어요. 우리는 싸우느라 바쁘고, 현재로서는 이 막대한 작업에 적절히 전념하는 것만 해도 너무 많은 주의를 요합니다.

선생, 나는 결정적인 순간에 돌아서서 달아날지 모르는 지원군의 파견보다 당신의 시를 더욱 선호해요. 당신의 시는 동시대인의 메아리에 불과할 후세에게 기쁨을 줄 것입니다. 당신이 가장 최근에 보낸 것은 사람의 기억에 저절로 각인되고, 그 안의 불길은 충격적입니다. 그것은 나에게 예언을 하도록 영감을 줍니다. 당신은 200년을 살 거예요. 사람은 소망하는 바를 선뜻 기대하지요. 내가 처음으로 한 예언이니, 부디 이를 실현해주어요.

예카테리나

볼테르에게
1771년 5월 20일 / 5월 31일

선생, 북방의 나라들은 정말 당신이 보낸 훌륭한 편지들에 크게 빚지고 있어요.[1] 나는 내가 받은 몫에 감탄하고 있고, 나의 젊은 동료들 모두 자기가 받은 몫에 대해 똑같이 말하리라고 확신합니다. 내가 답례로 당신에게 줄 수 있는 것이 형편없는 산문뿐이라 무척 유감입니다. 내 생에 한 번도 시를 쓰거나 음악을 연주할 수 있던 적이 없으나, 결코 천재의 작품에 감탄의 마음이 부족한 것은 아니에요.

세계 제일의 민족에 대한 당신의 묘사를 보면 어떤 이도 프랑스인에게 시기심을 갖지 않을 거예요. 내가 보기에 그들은 지금 유행을 따르는 것이 아니라면 정확히 왜 그러는지 모르는 채로 공연한 소란을 피우고 있어요. 때로 파리에서 유행이 이성을 대

1 볼테르는 1771년에 러시아의 예카테리나 2세, 덴마크의 크리스티안 7세, 스웨덴의 구스타브 3세Gustav III(1746~1792, 1771~1792 재위) 앞으로 편지를 적었다. 1771년 3월 14일 / 3월 3일 자 편지의 각주 14번을 참고하라.

신한다고들 하지요. 그들은 고등법원을 원해요. 그것을 갖게 됩니다. 궁정이 이전의 구성원들을 추방합니다. 왕이 그의 총애를 잃은 이들을 추방할 권력에 아무도 이의를 제기하지 않아요. 그 구성원들은 성가신 존재가 되었고 국가에 혼란을 초래했다고 인정해야 합니다. 이 모든 소란이 어디로도 향하지 못하지요. 궁정에 반대하는 무리가 작성한 글 전부에서 권위에 근거한 원칙보다 허풍이 훨씬 더 많아 보여요. 나처럼 멀리서 지켜보는 입장으로서는 형세가 어떤지 판단하기 어려운 것 또한 사실입니다.

분명 튀르크인들은 토트 양반의 대포를 그다지 중히 여기지 않나 봅니다.[2] 이들이 마침내 나의 변리공사를 풀어주었으니 말입니다. 튀르크 대신들의 말을 믿을 수 있다면, 변리공사는 바로 지금 오스트리아 영토에 있을 거예요.[3] 역사상 한 번이라도 튀르크인들이 전쟁 중에 그들이 그토록 심하게 국제법을 위반하면서 모욕한 나라의 대신을 놓아준 적이 있나요? 루먄체프 백작과 [알렉세이] 오를로프 백작이 그들에게 사는 법을 조금 가르쳐준 것 같습니다. 보다시피 우리는 평화를 향해 한 발자국 나아갔어요. 그렇지만 평화를 이루었다는 뜻은 아니에요. 선생, 당신이 전해 들은 것과 같이, 군사 작전의 개시는 우리에게 아주 유리하게 되었어요. 바이스만 소장이 도나우강을 두 번 건넜어요, 첫 번째

2 예카테리나는 프랑수아 드 토트 남작François Baron de Tott(1733~1793)을 "토트 양반Sieur Tott"이라고 부르면서 그의 사회적 지위를 장인이나 공예가에 불과한 것으로 폄하하며 낮춘다. 예카테리나는 '양반'이라는 호칭을 비꼬는 의미로 자주 사용한다.

3 콘스탄티노폴리스의 러시아 변리공사 알렉세이 미하일로비치 오브레스코프는 러시아가 폴란드에 개입을 멈추겠다고 맹세하기를 거부한 1768년 10월, 오스만튀르크인에게 수감되었다. 오브레스코프는 1771년에 석방되어 8월 말에 상트페테르부르크에 도착했다.

에는 700명, 두 번째에는 2,000명을 거느리고요. 그는 6,000명의 튀르크 부대를 물리쳤어요. 또 이삭차를 점령해 적의 저장고, 그들이 짓기 시작한 다리, 그리고 가지고 갈 수 없는 갤리선, 호위함, 배들을 불태웠어요. 그는 많은 약탈품을 챙기고 포로를 잡았습니다. 더불어 그는 청동포 51문을 획득하면서 사용하지 못하도록 이 중 절반에 못을 박았습니다. 그런 뒤에 그는 고관과 6만 병사가 이삭차에서 불과 여섯 시간 행군 거리인 바바다그에 있음에도 불구하고, 아무런 제지를 받지 않고 강의 이쪽 편으로 돌아왔습니다. 만일 올해에 평화를 달성하지 못한다면 당신의 제조소에 시계를 주문하는 것을 잊지 말아요. 미래의 고수집가들이 학술적 논고 몇 개의 주제로 삼을 수 있도록 성 소피아에 그 시계를 두려고 합니다.[4] 나는 당신이 나에게 보내는 시계들의 우수한 공예술을 의심하지 않아요. 그것들을 누구에게 보냈는지 말해준다면 감사하겠어요. 당신도 알고 있는 나의 감정들을 믿어주기 바라고, 적어도 당신의 무리가 당신을 위해 기도하기 시작할 때까지 잘 지내요.[5] 틀림없이 그때 무시받았던 그들의 기도가 당신을 대신해 실현될 것이고 당신에게 다시금 장미처럼 생기가 깃들 것입니다.

예카테리나

4 콘스탄티노폴리스의 아야 소피아 성당.
5 볼테르가 페르네에서 후원한 시계공의 무리.

볼테르에게
1771년 7월 22일 / 8월 3일[1]

선생, 당신의 6월 19일 자 편지와 7월 6일 자 편지에 이보다 더 나은 답을 할 수 없겠어요. 타만과 다른 3개의 작은 마을, 아조프해에서 흑해로 통하는 해협 저편의 커다란 섬에 있는 템류크, 아차이, 아추에보가 7월의 첫 몇 날에 내 군대에 항복했어요. 섬과 본토에 거주하는 20만 명이 넘는 타타르인이 그들의 뒤를 따라 항복했습니다.

소함대와 함께 운하를 떠난 세냐빈 제독이 재미 삼아 적들의 배 14척을 공격했으나, 안개가 그들을 제독의 손아귀에서 지켜주었어요. 지세도를 바로잡기 위한 자료를 많이 모으지 않았나요? 이 전쟁을 치르는 동안 우리는 이전에 이름을 전혀 들어본 적이 없고 지리학자들이 황무지라고 한 장소들에 대해 알게 되었습니다. 난 네 명분으로 충분할 만큼 개척하지 않았던가요?[2]

1 예카테리나가 신력 날짜를 틀리게 계산했다. 8월 2일이어야 한다.
2 프랑스 시인이자 극작가 알렉시 피롱Alexis Piron(1689~1773)은 프랑스한림원에서

당신은 사람이 없는 마을을 점령하는 데 많은 재기가 필요치 않다고 말할지 모릅니다. 바로 이것이 내가 참을 수 없을 정도로 자랑스러워하는 이유이기도 합니다. 자긍심으로 말할 것 같으면, 솔직히 나는 이 전쟁에서 원대한 성공을 거두었고 아주 자연스럽게도 이에 기뻐했습니다. 혼자 되뇌었어요. 러시아는 이 전쟁으로 유명해질 것이다. 사람들은 러시아가 용감한 불굴의 민족이고, 러시아에 탁월한 재능을 가진, 영웅을 이루는 자질을 모두 갖춘 사람들이 있음을 알게 될 것이다. 사람들은 러시아에 자원이 부족하지 않으며, 러시아가 자원을 소모하지 않았고, 그보다는 부당하게 공격을 당했을 때 스스로를 방어하고 높은 기세로 수월하게 전쟁에 임할 수 있음을 알게 될 것이다. 이런 생각을 한껏 하면서 나는 결코 예카테리나를 염두에 두지 않았습니다. 42세에 신체나 정신이 더 이상 자라지 않고, 오히려 자연의 섭리에 맞게 지금과 같이 유지되어야 하고 그렇기도 한 예카테리나요. 그러면 그녀의 자긍심은 어디에서 오겠습니까? 일이 잘 되어가고 있나요? 그녀는 답합니다. 더할 나위가 없다! 그녀의 일이 잘 되고 있지 않다면, 나는 내 능력을 모두 동원해 가능한 한 최선의 경로에 오르도록 할 것입니다. 이것이 나의 야망이고, 그 외의 것은 없어요.[3] 당신한테 말하는 것은 사실입니다. 더 나아가서 사람의 피를 아끼기 위해 나는 진정으로 평화를 바란다

한 번도 자리를 얻지 못하자 한림원을 가리켜 "40명이 있으나 네 명이면 충분할 만큼의 재치만 있다"라고 말했다. 예카테리나는 이 표현을 즐겨 사용했다.

3 예카테리나는 이 대목에서 그녀elle와 나je를 혼용해서 스스로를 지칭하고 있다. 예카테리나는 러시아가 얻을 명성을 생각하며 본인을 떠올리지 않았다고 하면서도, 러시아와 본인을 모두 여성 단수 대명사로 가리키면서 둘의 경계를 넘나드는 언어유희를 하고 있다.

고 말해야겠어요. 다만 평화는, 튀르크인들이 열렬히 바랄지라도, 꽤나 여러 이유에서 여전히 굉장히 요원합니다. 저들은 평화를 이룰 줄 모릅니다. 나 역시도 분별없는 폴란드 분쟁이 진정되기를 바라요. 나는 공동의 평화에 기여하기보다는 제각기 변덕스럽고 생각 없이 이를 방해하려는 바보들을 다루고 있어요.

내 대사가 공개 선언을 했습니다.[4] 그들이 눈을 뜨게 하고 그럴 능력이 있다면 이성을 되찾게 하기 위해서요. 하지만 폴란드인들은 분명 형세를 최후까지 방치하고 난 뒤에야 현명하고 적절한 결정을 내리기 위해 스스로를 추스를 수 있을 것입니다. 폴란드가 아닌 어느 곳에서도 데카르트의 소용돌이가 존재한 적이 없어요.[5] 그곳에서는 모든 두뇌가 자기 주위를 끊임없이 돌고 있으며 오로지 우연에 따라서만 멈출 뿐인 소용돌이이지 결코 이성이나 판단에 따르지 않습니다.

당신의 《질문들》도, 페르네에서 오는 당신의 시계도 아직 받지 못했습니다.[6] 당신이 감독하는 만큼, 당신의 제조소에서 만든 작품들이 완벽할 것임을 의심하지 않아요. 성 소피아 성당에 두기 위해 제작하는 자명종이 우리 손에 들어오는 날, 그 자명종은 걸작이 되어 있으리라 자신합니다. 다만 그들이 콘스탄티누스와 그의 어머니 성 헬레나를 그려 넣지 않기를 바라요.[7] 그리스[정]교회의 수장으로서 그런 이들이 주로 수탉과 뻐꾸기에게 주

4 폴란드의 러시아 대사 카스파르 폰 살데른Каспар фон Сальдерн(1711~1786).

5 17세기의 프랑스 철학자 르네 데카르트René Descartes(1596~1650)는 행성 운동을 미소 입자의 서로 맞물리는 소용돌이로 설명했다.

6 《백과사전에 대한 질문들》.

7 성 헬레나는 콘스탄티누스 황제의 어머니로서 기독교로 개종한 사람이다. 성 십자가를 발견했다고 알려져 있다.

어지는 자리를 차지하는 것을 보고 싶지 않기 때문입니다. 솔직히 말하건대 그들은 똑같이 어울리지 않는 자리에 있지만, 후자는 최소한 시간을 알려주는 반면 자명종에 있는 전자에게는 무엇을 기대할 수 있을지 정말 모르겠어요.[8] 나에게 너무 많은 시계를 보냈다고 당신의 정착민들을 나무라지 말아요. 내가 그 비용 때문에 파산하지는 않을 겁니다. 그런 작은 액수를 지불하지 않아도 되는 상태가 된다면 나에게 무척 불행한 일이에요. 부디 유럽의 몰락한 나라들에 견주어서 나의 재정을 판단하지 말아요. 그것은 나에게 부당한 일이랍니다. 비록 우리가 3년 동안 전쟁 중이었어도 건축과 모든 다른 일들은 평시와 마찬가지로 계속되었습니다. 2년 동안 새로운 조세가 부과되지 않았습니다. 지금 전쟁에 쓰기 위해 최종적으로 결정한 자체 고정 예산이 있고, 다른 영역을 전혀 건드리지 않아요. 카파를 한두 군데 더 점령하면 전쟁 비용이 모두 치러질 것입니다.[9] 당신의 인정을 받을 때마다 나는 스스로에게 만족스러워할 거예요.

나는 심지어 몇 주 전에 법전을 위한 《교서》를 가져오게 했어요. 그때는 실제보다 우리가 더 평화에 가까이 있다고 생각했기 때문이에요.[10] 그리고 내가 그것을 작성할 때 옳았다는 것을 알게 되었습니다. 이미 법전을 위해 여러 자료가 준비되었고 여전히 준비하고 있으나, 법전이 내가 원하는 만큼의 완벽성을 확보

8 여기서 후자란 수탉과 뻐꾸기를, 전자란 콘스탄티누스와 그의 어머니를 이른다.

9 1771년 러시아가 점령한 카파는 전쟁 후에 공식적으로 독립한 크림 칸국의 일부가 되었다. 1783년에 다른 크림반도 지역과 함께 러시아로 합병되면서 페오도시야로 개칭되었다.

10 예카테리나는 입법 과제를 재개하려고 했으며, 관련 자료를 수중에 두기를 바랐다.

하기까지 많은 어려움을 안겨줄 것이라고 인정해야겠어요. 그렇다 하더라도 이 과업은 반드시 완수해야 합니다.

비록 타간로크 남쪽으로 바다가 있고 북쪽으로 고지가 있을지라도, 육해의 모든 위협에서 주변의 평화를 보장하기 전까지 당신이 그곳에 품은 계획을 실현할 수 없습니다.[11] 크림반도를 장악하기 전까지 그곳은 타타르 지역과 경계를 맞대고 있었으니 말입니다. 머지않아 크림의 칸 본인이 내 앞에 대령할지도 모르겠습니다. 그가 튀르크인들과 바다를 건너지 않았으며 오히려 컬로든에서의 패배 이후 스코틀랜드의 왕권 참칭자와 비슷하게 아주 작은 수행단을 거느린 채 크림의 산맥을 여전히 배회하고 있다고 들었습니다.[12] 그가 돌아오면 우리는 이번 겨울에 그의 정신이 활기를 되찾게 하고, 춤을 추게 할 겁니다. 우스꽝스러운 행동을 시켜 그에 대한 원한을 풀어야 할 것이며, 그는 코메디 프랑세즈에 갈 것입니다. 잘 지내요, 선생. 나와 우정을 계속해주고 내가 당신에게 품은 감정을 알아주기 바라요.

내 《교서》가 프랑스에서 맞닥뜨린 모험에 대해 알려준 당신의 7월 10일 자 편지를 받았을 때 나는 막 이 편지를 줄이려고 하고 있었어요. 나는 그 이야기를 슈아죌 공작의 명령으로 일어났다는 후담과 함께 알고 있었어요. 고백하건대 신문에서 그것

11 볼테르는 예카테리나에게 볼가강 유역의 아스트라한에 시계공들의 식민지를 세우고 싶다고 편지를 보냈고, 예카테리나는 기후가 더 온후한 타간로크를 대신 제안하며 표트르 대제가 페테르부르크 천도 이전에 타간로크도 후보로 고려했다고 답했다. 볼테르는 병자 성사라는 종교 의례를 치르는 것을 피하기 위해 타간로크에서 죽겠다고 말하기도 했다. 1771년 3월 14일 / 3월 3일 자 편지를 참고하라.

12 스튜어트 왕가의 왕권 참칭자 찰스 에드워드 스튜어트Charles Edward Stuart(1720~1788)는 1746년 4월 16일(신력) 컬로든 전투에서 패배했다. 그는 미남 왕자 찰리Bonnie Prince Charlie라는 별명을 가지고 있었다.

을 읽었을 때 소리 내어 웃었고, 나를 위한 복수가 이미 이뤄졌다는 것을 알았습니다.

경찰의 보고에 따르면 상트페테르부르크 화재가 총 140채의 가구를 불태웠어요. 그중 20채가 석조로 지어진 것이었습니다. 나머지는 전부 나무로 된 오두막에 불과했어요. 이튿날 강풍에 불이 붙어서 초자연적인 현상처럼 보이긴 했으나, 바람과 폭염이 모든 손상의 원인임이 분명하고, 손상된 가구는 곧 보수될 것입니다. 우리는 여기서 유럽의 어느 국가보다도 민첩하게 건물을 짓습니다. 1762년의 화재는 두 배 더 컸고 인근의 거대한 목조 건물 지역을 불태웠어요. 이 지역은 3년이 채 지나지 않아 벽돌로 재건했답니다. 당신이 나에게 보이는 모든 우정에 사의를 반복하는 것을 허락하겠지요.

볼테르에게
1771년 9월 4일 / 9월 15일

선생, 《백과사전에 대한 질문들》이 페르네의 시계와 함께 도착했습니다. 청구서에 작성한 것보다 시계가 더 많이 왔다는 것을 알려줘야겠어요. 모든 시계에 가격이 붙어 있었기 때문에 청구서 세부 내역 없이도 총액을 쉽게 알아낼 수 있었습니다. 제조소의 수중에 돈이 확실히 가게 할 믿을 만한 방법을 달리 알지 못해서 당신에게 금액을 보내라고 지시했습니다. 바라건대, 선생, 내가 일으킨 소동을 용서해주고, 두 꾸러미에 대한 내 사의를 받아주었으면 좋겠습니다.[1] 당신이 말했던 시계 하나를 꾸러미에서 찾지 못했어요. 나는 지금 《질문들》을 읽고 있으며 내려놓을 수가 없어요. 당신은 "내 군대가 페레코프에 진입하던 바로 그 순간에 도나우강에서 튀르크에 불리한 움직임이 있었던 것이

1 볼테르는 페르네에서 전 유럽에 시계를 내다 팔았는데, 예카테리나에게는 주문받은 것보다 더 많은 시계를 다소 기만적으로 발송했다. 그럼에도 예카테리나는 자비롭게 값을 모두 치렀다.

사실인지" 물었지요. 올여름에 도나우강 이쪽 편에서 벌어진 전투는 오직 중장 렙닌 공작과 그의 파견대가 튀르크 파견대에 승리한 단 한 차례밖에 없었다고 답해줄게요. 튀르크군은 지우르지우의 사령관이 진영을 적에게 돌려준 뒤에 진군했습니다. 드 노아유가 황제 카를 6세의 사후 프랑스 군대를 지휘할 때 로터부르가 오스트리아인에게 넘어간 것과 다소 비슷한 방식이었습니다.[2] 렙닌 공작이 병들었을 때 에센 중장이[3] 지우르지우를 되찾고 싶어 했으나 공격이 격퇴되었습니다.[4] 그렇지만 신문에서 무엇이라고 말하든, 부쿠레슈티는 지우르지우에서 흑해에 이르는 도나우강 변의 모든 다른 진영과 더불어서 우리 수중에 있어요. 나는 당신이 알려준 당신 고국의 공적을 전혀 시기하지 않아요. 고등법원이 추방되고 8년 동안의 평화 끝에 세금이 새로 부과되었지요. 이에 대해 파리 오페라 극장의 탁월한 무용가의 아름다운 팔과, 온 세상을 감복시킬 오페라 코미크 극장이 프랑스를 위로해줄 수 있다면 정부에 꼭 필요한 복무를 했다고 인정해야 할 겁니다. 그러나 그들이 이 세금을 징수했을 때, 왕의 금고가 차고 국가가 해방되나요? 선생, 당신은 프랑스 해군이 파리에서 생클루로 항해를 준비하고 있다고 말합니다.[5] 당신의 새로운

2 1744년 아드리앵 모리스 드 노아유Adrien Maurice de Noailles(1678~1766)가 이끄는 프랑스인들이 네덜란드를 향해 진군할 때 합스부르크 군대가 뒤에서 행군해 프랑스 국경의 가장 동쪽에 있는 로터부르를 차지했다.

3 크리스토프 유리예비치 폰 에센Христофор Юрьевич фон Эссен(1717~1771).

4 1771년 상관 표트르 루먄체프가 반감을 표출해 렙닌 공작이 건강을 구실로 군을 떠나 독일 온천으로 요양을 가도록 압력을 가했다.

5 루이발타자르 네엘Louis-Balthazar Néel(1695~1754)의 가상 여행기 《해로를 통한 파리에서 생클루로의 여행과 육로를 통한 생클루에서 파리로의 귀환*Voyage de Paris à Saint-Cloud par mer et retour de Saint-Cloud à Paris*》(1748)을 암시하고 있다. 예카테리나

소식을 내가 지닌 소식으로 교환해야겠어요. 내 해군은 아조프에서 페오도시야 그리고 콘스탄티노폴리스로 갔습니다. 어떤 이들은 크림반도의 손실에 대해 꽤 우울해합니다. 누군가 그들의 사기를 북돋기 위해 모종의 희가곡[오페라 코미크]을 보내야 하고, 폴란드 폭도들은 그곳을 망가뜨리기 위해 온 다수의 프랑스 장교 대신 꼭두각시 인형을 맞아야 합니다. 내 군대가 포로로 붙잡은 이들은 토볼스크에서 수마로코프 씨의 희극 공연에 갈 수 있을 것입니다.[6] 그곳에는 아주 훌륭한 배우가 몇 명 있어요.

이만 줄이겠습니다, 선생. 그들이 자초한 일이니 쉬려 들지 않는 악인들과 싸워 이겨보아요. 나를 사랑해주고, 잘 지내요.

는 역사적이고 문학적인 유사물을 통해 완벽과 거리가 먼, 도나우강의 소식에 대해 면치레하고 있다. 또한 예카테리나는 러시아의 사건을 오스트리아 왕위 계승 전쟁(1740~1748) 동안 알자스에서 있었던 일에 견주면서 희가곡과 패러디 같은 더 열등하고 가벼운 문학 장르와 고상하고 엄숙한 비극 장르에 프랑스와 러시아를 결부하며 둘을 비교하고 있다.

6 알렉산드르 페트로비치 수마로코프Александр Петрович Сумароков(1717~1777)는 러시아의 신고전주의 시인이자 극작가로, 스스로를 러시아 고전 비극의 창시자로 여겼다.

볼테르에게
1771년 10월 6일 / 10월 17일,
상트페테르부르크

선생, 〈광신〉 장에 조금 보충할 내용을 당신에게 알려주어야겠어요. 내가 《백과사전에 대한 질문들》에서 가장 만족스럽게 읽은 〈모순〉 장에도 어울릴 겁니다. 무엇에 관한 것인지 보아요. 모스크바에 질병이 돌고 있어요. 홍반열, 악성열, 발진을 동반하거나 그러지 않은 고열이 우리가 들인 모든 노력에도 불구하고 많은 이들의 목숨을 앗아갔어요. 총사령관 [그리고리] 오를로프 백작이 이 불행을 끝내기에 무엇이 가장 좋은 조치일지 그곳에 가서 직접 볼 수 있게 해달라고 청원했습니다. 그의 훌륭하고 열성적인 행동에 승낙했으나, 그가 당면할 위험에 대해 통렬한 괴로움을 느꼈습니다. 그가 출발하고 24시간이 겨우 지났을 때 육군 원수 살티코프가 모스크바에서 구력으로 9월 15, 16일에 일어난 다음의 참사에 관해 적어 보냈어요.[1] 총명하고 공덕을 쌓은

1 당시 모스크바의 사령관 표트르 세묘노비치 살티코프Петр Семенович Салтыков (1698~1772).

도시 대주교 암브로시는 아픈 자들을(이들은 성모의 발밑에서 죽어가고 있었습니다) 고쳐줄 수 있다는 성상 앞에 며칠 새에 커다란 인파가 모여들었으며 거기로 많은 돈을 가져오고 있다는 사실을 알게 되었습니다.[2] 그는 돈을 경건한 사업에 쓸 수 있도록 돈궤에 자신의 인장을 찍어 봉인하도록 사람을 보냈어요. 이는 모든 주교가 자기 교구에서 자금을 운용하고자 할 때 행사하는 온전한 권리에 따른 것입니다. 전에도 여러 차례 그랬듯이 그의 의도는 성상을 옮기는 것이었고, 상자 봉인은 단지 서두였던 것으로 짐작됩니다. 전염병이 한창 퍼진 와중에 그토록 커다란 인파가 모이면 진정 질병을 확산시키기만 할 것입니다. 그런데 무슨 일이 일어났습니까.

대중의 일부가 고함쳤습니다. "대주교가 성모의 보물을 훔치고 싶어 한다! 그를 죽이자!" 또 다른 일부가 대주교의 편을 들었습니다. 언쟁 뒤에 난투극이 벌어졌습니다. 경찰이 그들을 분리하려고 했으나 모스크바는 도시가 아닌 세계이기 때문에, 보통 경찰로 충분치 않았어요. 가장 격앙된 집단이 크렘린을 향해 돌진했습니다. 그들은 대주교가 거주하는 수도원의 문을 부수고, 약탈했으며, 많은 상인들이 포도주를 보관해두는 지하 저장고에서 술에 취했습니다. 그들이 쫓던 사람을 찾지 못하자 이들 중 몇몇은 돈스코이라고 불리는 수도원으로 향해서 영감[대주교 암브로시]을 끌어내 잔인하게 살해했고, 다른 이들은 남아서 약탈품을 어떻게 나눌지를 두고 다투었습니다. 결국 에로프킨 중장이 서른 남짓한 병사를 거느리고 도착해서 그들을 서둘

2 대주교 암브로시Архиепископ Амвросий (1708~1771).

러 퇴각하게 했고, 가장 반항적인 이들을 체포했어요. 실로 이 유명한 18세기는 찬양할 것이 많아요. 우리는 아주 현명해졌어요. 그러나 당신은 그다지 이런 것을 들을 필요가 없습니다. 당신은 그들이 행할 수 있는 당착과 광태에 놀라기에는 인간을 너무 잘 알아요. 《백과사전에 대한 질문들》을 읽으면 당신이 인간의 정신과 마음에 깊은 조예를 가지고 있다는 것을 충분히 알 수 있어요. 선생, 나는 당신이 친절하게도 책에서 나를 언급해준 데 대해서 1,000번 감사해야 해요. 가장 예상하지 못한 문장의 끝에서 굉장히 자주 내 이름을 찾고 놀라곤 합니다. 당신이 지금쯤 나에게 시계를 보낸 제조소에 지불할 수표를 받았기를 바랍니다. 렘노스섬에서 벌어졌다는 해전에 대한 소식은 거짓이에요. 알렉세이 오를로프 백작은 7월 24일에 여전히 파로스섬에 있었고 튀르크 해군은 감히 그들의 훌륭한 걸인들과 함께 다르다넬스 해협 너머로 모험을 하려 하지 않습니다. 전투에 관한 당신의 편지는 유례를 찾기 힘들어요. 당신이 기꺼이 보낸 우정의 증표에 나는 마땅하게도 감명받았고, 당신의 매력적인 편지들에 대단히 신세 지고 있어요. 선생, 새로운 만큼이나 탁월한 내용으로 가득한 《백과사전에 대한 질문들》의 5부 61쪽 〈공공경제〉 장에서 이런 문구를 찾았어요. "합하면 독일 영토의 네 배가 되는 시베리아와 캄차카에 키루스 한 명을 군주로, 솔론 한 명을 입법자로, 쉴리 공작이나 콜베르 한 명을 재무총감으로, 슈아죌 공작 한 명을 전쟁과 평화의 대신으로, 앤슨 한 명을 해군제독으로 주어도 그 모든 천재성과 함께 굶어 죽을 것이다."[3] 위도 63도선 위로 있는 시베리아와 캄차카 지역 전체를 당신에게 주겠으나, 다른 한

편으로 위도 63도와 45도 사이에 있는 모든 땅의 대의를 변호해야겠어요. 땅의 규모에 비해 인구가 부족하고, 포도주도 마찬가지이나, 이곳은 경작이 가능할 뿐 아니라 굉장히 비옥하기까지 합니다. 밀이 너무 풍부하게 자라서 거주민들이 먹고 남은 것으로 술을 제조하는 어마어마한 양조장들이 있어요. 그러고도 충분히 남아서 겨울에는 육로로 여름에는 수로로 아르한겔스크에 얼마간 가져갈 수 있습니다. 그곳에서 곡물을 외국으로 보냅니다. 시베리아에서 결코 밀이 여물지 않는다고 말하면서 이 곡물을 섭취한 지역이 아마도 여러 곳 있을 겁니다. 이 고장에는 가축, 사냥감, 어류가 다량으로 있고, 유럽의 다른 나라들에 알려지지 않은 우수한 종들이 있어요. 전반적으로 시베리아에서 대자연의 산물이 월등히 풍요로우며, 이는 여기서 구할 수 있는 상당량의 철, 구리, 금, 은 광산과 온갖 색깔의 마노, 벽옥, 수정, 대리석, 활석 채석장으로 증명할 수 있어요. 레바논산에 있는 것만큼이나 아름다운 참나무가 놀라우리만큼 빽빽하게 군 전체를 드리운 곳들, 다양한 각종 야생 과일나무로 덮인 곳들이 있어요. 선생, 당신이 시베리아의 산물이 어떤지 보고 싶다면 오직 시베리아에서만 흔하고 다른 모든 곳에서 드문 다양한 종을 채집해서 보낼게요. 그런데 내가 보기에 우리 유모들이 말해주는 것보다

3 계몽 영웅들의 목록. 키루스 대제 کوروش دوم بزرگ(기원전 c.580~c.530)는 아케메니드 페르시아 왕조를 창시했다. 솔론Σόλων(기원전 c.638~c.560)은 아테네의 입법자였다. 막시밀리앵 드 베튄 쉴리 공작은 프랑스 앙리 4세의 고문, 장바티스트 콜베르Jean-Baptiste Colbert(1619~1683)는 루이 14세 치하의 프랑스 재무장관이었다. 에티엔 프랑수아 드 슈아죌 공작은 프랑스의 외무대신, 국방대신, 해군대신을 지냈다. 조지 앤슨George Anson(1697~1762)은 세계를 일주하고 7년 전쟁 중에 영국 해군제독이 되었다.

세계가 조금 더 오래되었다는 것을 입증하는 것이 한 가지 있어요. 시베리아 북부에서 지하로 몇 투아즈 아래에서 그 지역에서 굉장히 오랫동안 산 적이 없는 코끼리 뼈를 발견할 수 있다고 합니다. 학자들은 우리 지구의 태고성을 인정하지 않으려고 이 뼈들이 화석화된 상아로 만들어졌다고 주장했어요. 그러나 그들이 뭐라고 우기건 간에 세월이 오래되었으니 화석이 상당히 완전한 형태의 코끼리 형상으로 자라나지는 않지요. 이렇게 해서 당신 앞에 시베리아의 대의를 호소해 보였으니 내 변론에 대한 판단을 당신에게 맡겨두고, 나의 깊은 존경과 가장 진실한 우정과 찬탄을 재차 장담하면서 물러나야겠습니다.

예카테리나

볼테르에게
1771년 11월 28일 / 12월 9일

선생, 시계 제조소에 가야 할 금액이 아직 당신에게 송금되지 않았다는 것, 더욱이 가난한 이들이 그 돈을 필요로 하고 있다는 것을 당신의 9월 12일 자 편지로 알게 되어 괴롭습니다. 지연의 원인을 모른다는 것이 나에게 크나큰 고통을 줍니다. 이 수표가 언젠가 디드로 씨에게 보냈던, 파리와 프랑스 국경 사이의 우체국에서 사라진 것처럼 탈취되지 않았기를 바랍니다. 다른 우체국에서는 발송된 소포를 등기부에 표시하고 있습니다. 누군가는 이것이 내가 돈이 없다는 증거라고 다른 이들을 설득할 수도 있겠지요.[1] 그러나 이런 하찮은 술책으로 무엇을 할 수 있겠어요? 속 좁음과 앙심을 보여줄 것이 아니라면요. 이 둘 중 어느 것도 경의나 존중을 불러일으킬 수 없어요. 내 은행업자 프리드릭스 경에게 [정확하게 송금하도록] 주의를 주었습니다.[2]

내 함대는 칼키스, 볼로스, 카발라, 마크리아 미티, 로크로이와

1 에티엔 프랑수아 드 슈아죌 공작.

여러 다른 곳에서, 해양에서 차지한 것을 제하고도 튀르크 물자를 상당히 많이 차지했습니다. 그래서 내 함대의 결핍이 어떤 이들이 짐작하는 것보다 심하지 않으리라고 감히 믿겠어요. 내 군대에 합류한 알바니아인의 규모를 고려하면 처음에 계산한 것보다 더 많은 식량이 필요할 것이라고 꽤나 흔쾌히 생각했어요. 그러나 8일 전에 그곳의 전령이 가져온 가장 최근 소식을 보면 식량이 부족하다는 말은 없었습니다.[3]

주의를 기울인 덕에, 그리고 추위 덕분에 모스크바에 퍼진 질병이 거의 잠잠해지고 있습니다. [그리고리] 오를로프 백작은 이미 모스크바를 떠나 자신의 영지에서 격리 중입니다.

당신이 보이는 우정의 표시에 깊이 동한 나의 모든 사의에 아무런 의심을 갖지 않기를 바라요.

예카테리나

2 이반 유리예비치 프리드릭스Иван Юрьевич Фридрикс(1723~1779) 남작은 예카테리나의 궁중 은행업자였다.

3 프랑스 정부는 러시아가 오스만튀르크와 전쟁을 지속할 자원이 없다고 중상하고 있었다. 예카테리나는 페르네의 시계에 값을 지불하는 일이 지체된 것을 프랑스 정부의 중상을 공격할 기회로 바꾸고자 한다. 그는 1760년대에 드니 디드로에게 보낸 후원금에 이번 일을 견주고 있다. 예카테리나는 디드로에게 그녀가 사들이고 그의 생애 동안 그의 것으로 남겨둔 장서의 관리인으로서 봉급을 주겠다고 약속했으나, 두 번째 연간 납입금이 도착하지 않았다. 그래서 예카테리나는 1766년에 그에게 50년에 해당하는 봉급을 주었다. 디드로는 그로부터 20년을 더 살지 않았다.

볼테르에게
1772년 1월 30일 / 2월 1일[1]

선생, 나에게 포이냐르디니 신부들, 그 빌어먹을 동맹의 암살 시도에 관한 책자 한 부를 부탁했지요.[2] 하지만 그 몹쓸 현장에 관해서는 아무런 글도 출판된 바가 없습니다. 당신의 총아 폴랸스키 씨에게 이탈리아를 여행할 비용을 주라고 명했어요. 지금쯤 그가 돈을 받았기를 바랍니다. 마찬가지로 당신의 정착민들도 내가 전에 낸 금액에서 부족분을 지불해야 한다고 말해둔 247루블을 받았기를 바랍니다. 한 편지에서 당신은 우정에서 나온 여러 훌륭한 발상을 보여주었지요. 그중 무엇보다도 내가 더 많은 즐거움을 누리기를 바란다고 썼습니다. 나는 커다란 관심을 갖

1 예카테리나가 '0'을 빠뜨렸다. 신력 날짜는 2월 10일이어야 한다.

2 바르 동맹Konfederacja barska은 러시아의 개입과 예카테리나 2세의 힘으로 왕위에 선출된 스타니스와프 아우구스트 포니아토프스키의 개혁에 맞서기 위해 폴란드 귀족이 1768년에 만든 조직이다. 동맹원들은 1771년 11월 스타니스와프 아우구스트 포니아토프스키를 납치하고 살해하려다 실패했다. 예카테리나는 볼테르가 범법적인 예수회 회원들을 가리키는 의미로 반복적으로 사용한 포이냐르디니Poignardini를 바르 동맹의 구성원을 가리키는 데 쓰고 있다. 포이냐르디니는 프랑스어 '단검 poignard'의 이탈리아식 성이다.

고 있는 어떤 즐거운 일에 대해서 당신에게 말하고자 합니다. 그리고 그 일에 대해 당신의 조언을 간청합니다. 당신은 놓치는 게 없으니 이전에 300명의 수녀를 위해 마련했던 수도원에서 500명의 젊은 아가씨가 교육받고 있는 것을 알겠지요.[3] 이 젊은 아가씨들은 우리의 기대를 넘어서 놀라운 발전을 이루고 있습니다. 이들이 사회에 유용한 지식을 잔뜩 가진 만큼이나 붙임성도 있다고 모두들 인정하지요. 게다가 이들은 가장 나무랄 데 없는 습속을 갖추고 있으면서도, 은둔자의 까다로운 오만함은 가지고 있지 않습니다. 두 겨울이 지나는 동안 우리는 이들에게 비극과 희극 공연을 올리게 했어요. 이들은 여기서 연극을 업으로 삼고 있는 사람들보다 더 훌륭하게 역을 수행합니다. 그러나 이들에게 맞는 작품이 아주 적다는 점을 고백합니다. 수녀원장이 이들의 정념을 너무 일찍 자극하는 공연을 올리는 것을 피하고 싶어 하기 때문입니다. 프랑스 희곡 대부분에 사랑 이야기가 너무 많다고들 합니다. 가장 훌륭한 작가들조차도 이 민족의 취향이나 특색의 제약을 받곤 했습니다. 극을 새로 쓰게 하는 것은 불가능할 겁니다. 작가에게 장 단위로 값을 치러서 좋은 것을 쓰도록 할 수는 없으니까요. 그것은 천재의 일입니다. 형편없고 재미없는 작품은 우리의 취향을 망칠 텐데, 어떡하지요? 모르겠어요. 당신에게 도움을 청합니다. 장을 골라내야 할까요? 그러면 연속적인 작품보다 훨씬 흥미가 떨어질 것 같아요. 이 문제에 관해 당신보다 더 나은 결정을 내릴 사람은 없어요. 나를 도와주어요. 부디

3 예카테리나가 굉장한 자부심을 가지고 있던 귀족 여성을 위한 스몰니 학원Смольный институт이다.

조언을 해주어요.[4] 당신의 1월 14일 자 편지를 받았을 때 이 편지를 줄이려고 했어요. 애석한 마음으로 확인하건대 당신의 편지 네 통에 내가 답을 하지 않았더군요. 가장 최근 편지는 너무나 많은 생기와 열기로 쓰여 있어서 당신이 매해 거듭할수록 젊어지는 것처럼 보여요. 올해 선생이 건강을 회복하기를 기원합니다.

당신이 친절하게도 페르네에서 받아주었던 우리 장교 몇 명이 당신의 환대에 무척 기뻐하면서 돌아왔습니다. 선생, 정말이지 당신은 나에게 아주 섬세한 우정의 증표를 보여주고, 이를 당신과의 만남을 갈망하는 모든 젊은이에게까지 확장해주는군요. 그들이 당신의 호의를 남용할까 두렵습니다. 그러나 표도르 오를로프 백작이 제네바에서 24시간을 보내고도 당신을 보러 가지 않았다는 소식을 듣고 내가 그를 나무랐다고 말하면, 당신은 내가 무엇을 원하는지 모르겠다고 답할지도 모르겠습니다. 결국 그를 망설이게 한 것은 고약한 수치심이었어요. 그는 그가 원하는 만큼 프랑스어로 잘 말하지 못한다고 합니다. 나는 체슈메 전투의 주인공이 프랑스어 문법을 정확히 알지 못하는 것은 용서받을 수 있는 일이라고 답했어요. 선생이 대학살을 좋아하지 않더라도 용감하고 붙임성 좋은 장군에게 모레아의 점령과 1770년 6월 24일과 26일이라는 기억할만한 이틀에 대해 세세히 듣는 것을 후회하지 않았을 거라고 말해주었습니다. 볼테르 선생은 친절하게도 러시아에 관해서라면 모든 것에 관심을 기

4 아마추어 연극을 올리는 것은 18세기 유럽의 교육과 사교적 오락에서 중요한 부분을 차지했다. 연극이 웅변과 기품, 그리고 인기 있는 문학에 대한 정교한 지식을 가르쳐주었기 때문이다. 예카테리나가 이 편지에서 요청한 것에 대한 응답으로 볼테르는 여자아이를 위한 희곡 모음집을 편집하겠다고 약속했으나 완수하지 못했다.

울이고 있으며, 나에게 보이는 우정만 보더라도 짐작할 수 있으니까요. 또한 장군이 외국어를 완벽히 구사하지 못하는 것을 선생이 용납했을 것이라고 말했습니다. 매일같이 나오는 그 많은 출판물로 미루어보건대 많은 원어민이 그 언어를 잘 구사하지 못하더군요. 비극《칼레의 포위》를 쓴 어느 작가의 예를 들어보였습니다. 나는 이 책의 두 막을 힘겹게 다 읽었습니다. 당신의 글로 익힌 것과는 다른 프랑스어로 쓰였음에도 이 책의 작가는 프랑스한림원 회원 자격을 얻었더군요.[5]

당신은 내가 회화를 구매한 것에 놀랐더군요. 조금 덜 사는 편이 좋았겠다는 생각이 뒤늦게 들었지만, 잃어버린 기회를 되찾을 수는 없지요. 더욱이 내 돈은 국고와 별도로 운용되고, 조금만 관리하면 대국은 무엇이든 해낼 수 있습니다. 경험으로 말하는 겁니다. 프랑스가 무일푼인 까닭이, 돈이 없어서가 아니라 질서가 없거나 또는 없었기 때문이라고 거의 확신해요. 내 편지가 너무 길어지고 있다는 것을 깨달았어요. 나와 우정을 계속 이어가주기를 부탁할게요. 강화가 성사되지 않는다면 당신에게 무스타파가 전보다 더 잘 지내는 것을 보는 기쁨을 주기 위해 할 수 있는 모든 것을 하겠다고 알아주기 바랍니다. 이만 줄일게요. 모든 선한 기독교인이 우리와 함께 기뻐하기를 바라고, 그렇지 않은 이들은 어떻게든 2 더하기 2는 4처럼 확실한 증거 덕으로 이성의 편을 들게 되기를 바랍니다.

5 피에르로랑 뷔레트Pierre-Laurent Buirette(1727~1775). 필명은 도르몽 드 벨루아Dormont de Belloy이다.《칼레의 포위*Le Siège de Calais*》(1765)의 저자이며, 1771년에 프랑스한림원 회원으로 선출되었다.

볼테르에게
1772년 3월 30일

선생, 당신의 2월 12일 자와 3월 6일 자의 두 편지를 차례로 받았습니다. 답을 하지 않은 것은 부주의하게도 오른손을 다쳐서 3주 넘게 글을 못 썼기 때문이에요. 이름만 겨우 쓸 수 있었습니다. 마지막 편지를 보고 당신의 상태에 대해 진정으로 불안한 마음이 들었습니다. 이 편지를 받을 때 회복했기를 바라요. 다르타 씨의 송시는 아픈 사람의 작품이 아니에요.[1] 만일 사람들이 현명해질 수 있었다면 당신은 이미 오래전에 그들을 현명하게 만들었을 것입니다. 아, 내가 당신의 글을 얼마나 좋아하는지! 내가 보기에 당신의 글보다 더 나은 것은 없어요. 미치광이들, 그 소위 동맹이 이성을 갖고 있다면 당신은 그들을 한참 전에 설득했을 거예요.[2] 하지만 나는 그들을 낫게 할 방책을 알아요. 정부의 승

1 볼테르가 예카테리나에게 1771년 2월 12일(신력) 자 편지와 함께 보낸 《폴란드 동맹에 대한 송시, 쿠를란트의 다르타 씨 작作 *Ode aux confédérés de Pologne, par Monsieur Darta Courlandais*》은 일반적으로 볼테르의 작품으로 여겨지지 않으나 예카테리나는 그렇다고 짐작하고 있다.

인도 받지 않은 채 불한당의 가정 교사가 되기 위해 파리를 떠나온 멋쟁이들을 위한 약도 하나 있어요. 치료책은 시베리아에 있고 그들은 그곳에 도착하면 치료를 받게 될 거예요.[3] 이것은 약장수의 속임수가 아니랍니다. 실제로 효과가 있어요. 만일 전쟁이 계속된다면 비잔티움 외에 우리가 차지할만한 것이 거의 남아 있지 않을 것입니다. 나는 정말 러시아가 비잔티움을 차지하는 것이 불가능하지 않다고 생각하기 시작했습니다. 그러나 현명한 사람은 평화가 세상에서 가장 훌륭한 전쟁보다 낫다고 말할 것입니다. 모든 것이 무스타파 경에게 달려 있습니다. 나는 전자와 후자 양쪽에 준비가 되어 있어요. 사람들이 당신에게 러시아가 노신초사하고 있다고 말해도 단 한 마디도 믿지 말아요. 우리는 다른 열강이 평화 상태일 때 소진했을 1,000개의 자원을 아직 건드리지도 않았습니다. 지난 3년 동안 우리는 어떠한 세금도 신설하지 않았어요. 우리는 필요한 것이 전부 충분히 많이 있기 때문입니다.

파리의 노래꾼들이 내가 인구의 8분의 1을 징집했다는 말을 퍼뜨린 것을 알아요. 이것은 뻔한 거짓말이고 상식에 어긋납니다. 분명 당신이 있는 곳에 속기를 좋아하는 사람이 있어요. 그들이 그 만족[속는 일]을 누릴 수 있도록 허락해야 합니다. 팡글로스 박사 말처럼 최선의 세계에서 최고로 좋은 것이니까요.[4] 나에

2 바르 동맹을 말한다. 1772년 1월 30일 / 2월 1일 자 편지의 각주 2번을 참고하라.
3 멋쟁이는 폴란드 편에 가담한 프랑스인을 가리킨다. 예카테리나는 폴란드에서 동맹을 위해 싸우다가 붙잡힌 프랑스인들을 시베리아에 보내겠다고 위협한다.
4 예카테리나는 러시아에 자원이 부족하다고 주장한 프랑스인들을 조소하고자 볼테르의 《캉디드》 속 반복구를 인용하면서 신랄한 재기를 발휘한다.

대한 트롱생 씨의 모든 행동과 당신이 말해주는 것은 흠잡을 데 없습니다.[5] 나는 테오도라 황후와 같아요. 나는 그림을 좋아하지만, 잘 그린 것이어야 해요. 황후는 그림에 입을 맞추었지만, 나는 그러지 않아요. 황후는 이 때문에 곤란해질 뻔했습니다.[6] 난 당신의 시계 제조공한테서 편지를 받았습니다.

시베리아 삼나무라고 불리는 나무의 씨를 담고 있는 견과를 조금 보낼게요. 땅에 심을 수 있어요. 전혀 까다롭지 않습니다. 이 꾸러미에 든 것보다 더 원한다면 더 보낼게요.

부디 당신이 나에게 증언하는 우정에 대한 사의를 받아주고, 내 모든 감정을 알아주기 바라요.

예카테리나

5 예카테리나는 1770년 제네바의 프랑수아 트롱생에게 95점의 회화를 구매했다. 1770년 3월 31일 자 편지를 참고하라.

6 예카테리나는 열렬한 그림 수집가인 자신을 농담 삼아 비잔티움의 테오도라 황후 Θεοδώρα(c.815~c.868)에 비유하고 있다. 그의 성상 숭배는 인습 타파주의자인 남편 테오필로스 황제 Θεόφιλος(c.812~842, 829~842 재위)이 내릴 처벌의 위험을 무릅쓴 것이었다. 예카테리나가 편지 말미에 쓴 성상에 관한 불경한 논평은 볼테르에게 보내는 편지의 초판에서 검열되었다.

볼테르에게
1772년 4월 3일 (구력)

선생, 당신의 3월 12일 자 편지로 커다란 만족을 얻었어요. 우리 수도원에 당신이 제안하는 것보다 더 좋은 무언가는 없을 겁니다. 우리의 젊은 아가씨들은 비극과 희극을 상연해요. 지난해 그들은 우리에게 《자이르》를 보여주었고, 올해 축제 기간에는 러시아 비극이자 당신도 들어봤을 수마로코프 씨의 최고작 《세미라》를 상연했습니다.[1] 아! 선생, 당신이 심심풀이라고 말한, 그리고 다른 누군가에게는 굉장한 고통을 안겨줄 그 일을 사랑스러운 아이들을 위해 맡아준다면 나에게 무한한 은혜를 베푸는 것이에요. 당신은 이로써 내가 그토록 각별히 여기는 이 우정의 감동적인 표식을 주게 될 겁니다. 더욱이 젊은 아가씨들은 그들

1 《자이르*Zaïre*》(1732). 《세미라*Семира*》(1751). 표도르 알렉세예비치 코즐로프스키 Федор Алексеевич Козловский(1740~1770) 공작은 페르네의 장로에게 알렉산드르 페트로비치 수마로코프의 편지도 가져다주었다. 수마로코프는 자신의 우상인 볼테르에게 편지를 썼고 그 편지는 예카테리나의 1768년 12월 17일 자 편지와 함께 전달되었다. 수마로코프는 볼테르의 답신에 아주 기뻐했으며 그의 비극 《참칭자 드미트리*Димитрий Самозванец*》(1771)의 서문에 편지를 넣어 출판했다.

을 본 모든 사람의 말에 따르면 매력적이고, 이미 14세나 15세인 이들도 있습니다. 당신이 그들을 본다면 인정하게 될 것이라고 확신해요. 그 아이들이 보내온 쪽지를 당신에게 보여주고 싶은 유혹을 여러 번 느꼈어요. 그 작은 쪽지는 굉장히 유치하여 분명 그들의 선생이 적지는 않았을 겁니다. 그러나 그들의 천진함과 더불어 줄마다 퍼져 있는 그들의 유쾌함과 흥겨움을 느낄 수 있어요. 당신이 소녀 부대라고 부른 이 아이들 중에서 아마존들이 배출될지는 알지 못하나 우리는 이들을 수녀로 만들거나 생 시르에서 그러는 것처럼 밤에 교회에서 울부짖게 함으로써 앙상하게 만들고 싶은 마음이 조금도 없어요.[2] 그와 반대로 우리는 그들이 가족의 기쁨이 되도록 기르고 있어요. 우리는 그들이 새침데기가 되는 것도 요부가 되는 것도 바라지 않아요. 단지 그들이 상냥하고, 자녀를 기르고, 가정을 돌볼 수 있기를 바랍니다. 우리는 희곡의 역할을 이렇게 분배합니다. 우리는 그 아이들에게 이러이러한 극을 상연할 것이라고 말하고, 누가 어떤 역할을 하고 싶은지 묻습니다. 방 하나를 가득 채울 만큼 많은 아이들이 같은 역을 익히는 일이 자주 있어요. 그런 뒤에 가장 잘 하는 아이가 선택됩니다. 희극에서 남자 역할을 맡는 아이들은 그 나라에서 유행하는 일종의 긴 연미복을 입어요. 비극에서는 우리의 주인공들을 작품에도 어울리고 신분에도 적절한 옷을 입히기가 쉽습니다. 나이 든 남자 역이 가장 까다롭고, 잘 수행하지 못합니

2 파리 서편 생 시르에 있는 생루이의 왕실관은 1686년 루이 14세의 두 번째 부인인 프랑수아즈 도비녜 드 맹트농 후작 부인Françoise d'Aubigné, Marquise de Maintenon(1635~1719)이 개설했다. 왕실관은 유럽 전역에서 여자아이를 위한 교육 기관의 모범을 제공했다.

다 커다란 가발과 지팡이로는 청춘을 주름지게 하기 쉽지 않아서요. 이런 역할은 지금까지 좀 빳빳하게 수행했어요. 우리는 이번 축제 동안 매력적인 멋쟁이 청년, 독창적인 블레즈,[3] 감탄스러운 크루필라크 부인,[4] 하녀 둘과 파틀랭 변호사,[5] 그리고 아주 총명한 자스맹을 보았습니다.[6]

무스타파가 희극을 어떻게 생각하는지 모르지만 지난 몇 해 동안 그는 자신의 역할을 바꿀 결단을 내리지 못한 채 세계에 그의 패배라는 광경을 보여주었어요. 여기 하느님의 은총과 러시아의 무기 덕으로 매우 독립적인 크림의 칸의 형제인 칼가 술탄이 와 있습니다. 이 젊은 타타르 왕자는 성격이 온화하고 재기가 있어요. 그는 아랍어로 시를 적고, 공연을 놓치는 법이 없으며, 그것을 즐깁니다. 그는 일요일 오후 젊은 아가씨들이 춤추는 것을 볼 수 있도록 두 시간 동안 입장이 허용될 때 나의 수도원에 갑니다.[7] 당신은 이것이 양 우리에 늑대를 데려가는 셈이라고 말할 테지만, 놀라지 말아요. 우린 이런 식으로 합니다. 이중 난간이 설치된 넓은 방이 있어서, 아이들은 안쪽에서 춤추고 사람들은 난간 주위에 자리를 잡아요. 이때가 친척들이 12년 동안 집

3 프랑스 극작가 미셸장 스덴Michel-Jean Sedaine(1719~1797)의 《구두 수선공 블레즈 *Blaise le savetier*》(Paris : Duchesne, 1759)에 나오는 블레즈일 수 있다.

4 볼테르의 《탕아*L'enfant prodigue*》(1736)에 나오는 크루필라크 부인.

5 프랑스 극작가 다비드오귀스탱 드 브뤼이David-Augustin de Brueys(1641~1723)와 장 드 팔라프라Jean de Palaprat(1650~1721)의 《파틀랭 변호사*L'Avocat Patelin*》(1706)에 나오는 파틀랭.

6 《탕아》에 나오는 자스맹.

7 샤힌 기라이شاهين كراى(1745~1787, 1777~1782/1782~1783 재위)는 러시아의 보호 아래 있는 크림 칸국의 마지막 칸이 될 것이었다. 그가 러시아 지배계급의 문화를 수용한 것은 러시아가 남부 영토에서 새롭게 획득한 지배권을 상징한다.

[수도원]을 떠날 수 없는 우리 젊은 아가씨들을 볼 수 있는 유일한 기회입니다.

선생, 두려워하지 말아요. 크라쿠프에 있는 당신의 파리 사람들이 나에게 별로 해를 입히지 않을 겁니다. 그들은 이탈리아 희극처럼 끝날[8] 안 좋은 익살극을 올리고 있어요.[9]

덴마크의 불행한 사건이 한 번 있고 말 일이 아닐 것 같아서 염려스럽습니다.[10]

당신의 질문에 전부 답을 한 것 같아요. 가능한 한 빨리 당신의 건강에 관해 만족스러운 소식을 보내주어요. 나는 항상 한결같다는 것을 알아주기 바라며.

예카테리나

8 충격과 함께 끝난다는 의미이다.

9 예카테리나는 볼테르에게 교육에 관한 자신의 계몽된 이론을 과시하면서 전쟁을 연극에 비유하고 있다. 이 편지에 대한 답신에서 볼테르는 예카테리나가 1772년에 폴란드를 지도에서 지우는 폴란드 1차 분할에 관해 프로이센과 오스트리아와 조약을 체결 중이라는 사실을 의도적으로 언급하지 않았다고 지적했다. 예카테리나가 국정 운영 전반을 볼테르와 공유하는 듯하면서도 소식을 선별적으로 전했다는 것이다. 이교도 보호를 위한 개입에 찬동한 볼테르도 폴란드 분할은 지지하지 않았다.

10 1772년 1월 요한 프리드리히 슈트루엔제Johann Friedrich Struensee(1737~1772)와 덴마크 왕비 카롤리네마틸드Caroline-Mathilde(1751~1775)가 덴마크에서 체포되었다. 슈트루엔제는 궁중 의사이자 계몽 개혁가로 사실상 덴마크 정부를 장악했으며 왕비는 그의 애인이 되었다. 슈트루엔제는 1772년 4월 28일(신력) 처형되었다. 예카테리나가 옳았다. 덴마크 왕 크리스티안 7세는 정신이 성치 못했으며 곧 통치하기에 적합하지 못하다는 판정을 받았다.

볼테르에게
1772년 7월 6일, 페테르고프

선생, 5월 29일 자 편지에서 당신이 나의 개암을 받았다는 것을 알게 되어 기쁩니다.[1] 당신은 그것을 페르네에 심겠지요. 나는 봄에 차르스코예 셀로에서 같은 일을 했어요. 당신한테는 이 이름을 발음하기가 조금 어려울지도 모르겠지만, 나는 여기서 식물을 심고 씨를 뿌리기 때문에 이곳을 무척 좋아합니다. 툰더텐트롱크 남작 부인은 자신의 성이 모든 성 중에서 가장 아름답다고 여겼어요.[2] 내 참나무는 벌써 새끼손가락만큼 컸습니다. 당신 것은 어떤가요? 요즘 나는 영국식 정원, 그러니까 굽은 선, 완만한 비탈, 호수 모양을 한 연못, 육지의 군도에 광적으로 빠져 있어요. 곧은 선과 쌍으로 난 길은 아주 경멸해요. 물이 자연에

1 여기서 개암noisette은 참나무의 견과, 즉 도토리로 추측된다. 예카테리나가 1762년 페테르고프 정원에 직접 심었다고 전해지는 참나무는 2000년까지 서 있다가 태풍에 쓰러져 지금은 밑동만 보존되고 있다. 참나무는 러시아 여러 문인과 예술가의 애호를 받아 시와 소설, 회화의 소재로 자주 등장했다.

2 볼테르의 《캉디드》 1장.

반하는 경로로 가도록 괴롭히는 분수는 질색해요. 조각상은 화랑과 입구 등지에 처박아뒀어요. 한마디로 영국 숭배가 내 식물 숭배를 지배하고 있습니다.[3] 이런 일을 하는 중에 차분히 평화를 기다립니다. 내 대사들은 6주 동안 이아시에 있었고 도나우강, 크림, 그루지야와 흑해에 대한 휴전 협정이 구력으로 5월 19일 지우르지우에서 조인되었습니다. 튀르크의 전권대사들이 오는 중입니다. 도나우강의 저편에는 말이 부족해서 그들의 마차는 아피스 신의 종족이 끌고 있습니다.[4] 군사 작전을 편 뒤에 매번 그 양반들에게 강화를 제안했으나, 이번에는 진지하게 교섭에 임하는 것으로 보아 분명 이제는 더 이상 하이모스산 뒤에서 안심하지 못하나 봅니다. 그들이 적절한 때에 강화를 맺을 만큼 분별 있는지 알게 될 거예요. 쳉스토호바 성모의 단골손님은 성 프란치스코의 의복 아래에 숨을 것이며, 거기서 이 여인의 중재에 따라 이뤄진 위대한 기적에 대해 명상할 시간이 충분히 있을 겁니다. 포로가 된 당신네 멋쟁이들은 파리로 돌아가 러시아인은 전쟁을 할 줄 모르는 야만인이라고 살롱에서 거만하게 떠벌릴 겁니다.[5] 야만적이지 않은 나의 수도원은 당신의 관심을 청합니다. 부디 우리를 잊지 말아 주기 바라요. 나는 당신의 의견에 반해서 내가 굴복하리라는 입장을 4년 동안 견지한 이들이 틀렸음을 계속해서 입증하기 위해 최선을 다하겠다고 약속합

3 영국 숭배 Anglomanie. 식물 숭배 Plantomanie.

4 황소를 뜻한다. 아피스는 황소의 모습을 한 이집트 신이다.

5 폴란드에서 동맹 편에서 싸우다가 러시아인에게 포로로 잡힌 프랑스 장교들을 암시하고 있다. 1772년 11월 22일 자와 1772년 말 / 1773년 초 편지를 참고하라.

니다[6] 당신이 나에게 보여주는 모든 우정의 징표에 굉장한 감동을 받았다는 것을 알아주기 바라요. 선생, 당신을 향한 내 우정과 존경은 오직 내 삶과 함께 끝날 겁니다.

예카테리나

6 예카테리나는 폴란드 바르 동맹을 최종적으로 격퇴하리라는 약속을 하고 있다. 1771년 11월 스타니스와프 아우구스트 포니아토프스키 왕 살해 시도에 실패한 뒤로 그들은 수세를 취하고 있었다. 쳉스토호바 수도원의 피신처는 이 편지가 쓰이고 한 달 뒤에 무너졌고 동맹은 곧 해체되었다.

볼테르에게
1772년 10월 3일

선생, 나는 들어본 적이 없지만 당신의 8월 28일 자 편지를 받자마자 깃털이 불의 색을 띠는 흰 왜가리에 관한 당신의 궁금증을 해소하기 위해 학술원에 사람을 보내 물었습니다. 학술원에서는 깃털이 그렇게 생긴 새는 붉은 거위밖에 없다고 답했어요. 그 거위 그림을 당신에게 보냅니다. 첨부한 쪽지는 학술원이 새에 관해 아는 바를 담고 있어요. 이로써 매해 튀르크 황제에게 다이아몬드 목걸이를 두린 이 새를 보내야 한다는 이른바 프루트 조약의 조항에 관한 풍문이 터무니없다는 것을 알겠지요. 프루트 조약에는 그런 조항이 없습니다.[1] 1698년 이래로 정복한 지역은

1 1772년 8월 28일(신력) 볼테르는 예카테리나에게 러시아인이 다이아몬드 목걸이로 장식해 오스만인에게 매해 보내기로 했다던 붉은 새에 관해 묻는 편지를 보냈다. 예카테리나는 아주 기뻐하며 표트르 대제와 오스만튀르크 제국의 갈등(1710~1711)을 러시아에 그다지 유리하지 않은 조건으로 끝맺은 프루트 조약에 포함되었다고 알려진 이 이야기가 틀렸음을 밝혔다. 볼테르는 예카테리나가 당시 계몽의 문인 공화국이라고 여기는 전문가와 아마추어 지식인 집단에 자신과 자신의 학술원이 참여하고 있음을 보이는 쪽지를 첨부할 기회도 주었다.

전부 반환되었고, 모든 요새를 허무는 등의 내용이 담겨 있어요. 당신의 펠렌베르그 남작이 도착했지만, 그가 에스파냐에 복무하는 동안은 여기서 직위를 주기가 어려울 겁니다.[2] 유럽 양극단에 위치한 두 나라의 두 주인에게 동시에 복무할 수 있으면 해보라고 하겠어요. 캘리포니아와 캄차카의 유사성은 지름이 1피에인 지구본에서가 아니면 우리를 결코 이웃으로 보이게 하지 않을 거예요.[3] 나를 위한 우정을 계속해주고 잘 지내요.

예카테리나

홍학 혹은 홍조, 러시아어로 크라스노이 구스, 다시 말해 붉은 거위.[4] 이 새는 1769년에 팔라스 씨가 오렌부르크주의 작은 마을인 우파에서 학술원으로 보냈습니다. 팔라스 씨는 제국의 자연사 연구에 기여하기 위해 학술원에서 여행 경비를 지원받고 있습니다. 새는 카스피해로 흘러드는 엠바강에서 발견되었습니다. 팔라스 씨는 그의 저서 《여행》[5] 28부에서 이렇게 말합니다. "엠바강에서 목격되는 붉은 거위는 모든 면에서 지중해와 동인

2 오보스트와 펠렌베르그의 남작 장프랑수아 드 빌레가스Jean-François de Villegas(1724~?)의 아들 펠렌베르그 남작 이아생트필리프멜키오르 드 빌레가스Hyacinthe-Philippe-Melchior de Villegas일 수 있다. 그는 전에 에스파냐 왈론 수비대에 복무했으며 예카테리나에게 볼테르의 1772년 8월 17일(신력) 자 추천 편지를 전달했다.

3 피에pied는 프랑스의 옛 길이 단위로 약 32센티미터.

4 홍학 혹은 홍조Le Flamand ou Flambant. 크라스노이 구스красный гусь, krasnyi gus'. 예카테리나는 "Krasnoigous"라고 음차하고 있다.

5 페터 시몬 팔라스Peter Simon Pallas(1741~1811)의 《러시아 제국의 여러 지방 여행*Reise durch verschiedene Provinzen des russischen Reichs, 3 vols*》(St. Petersburg : Kayserliche Academie der Wissenschaften, 1771~1776), ii. 324.

도의 홍학과 동일하다."

이 새에 대한 더 긴 설명은 브리송 씨의 《체계적이고 보편적인 동물 사전》 2권 179쪽[6]과 그의 《조류학》 6권 532쪽[7]에서 확인할 수 있어요.

6 《동물들 혹은 동물계에 대한 체계적이고 보편적인 사전*Dictionnaire raisonné et universel des animux, ou Le règne animal, 4 vols*》(Paris : C.-J.-B. Bauche, 1759)은 마튀랭자크 브리송Mathurin-Jacques Brisson(1723~1806)이 아닌 프랑수아알렉상드르 오베르 드 라 셰네 데 부아François-Alexandre Aubert de La Chesnaye Des Bois(1699~1784)의 것으로 알려져 있다. 홍학에 관한 항목은 예카테리나가 언급한 쪽에서 찾을 수 있다.

7 브리송의 《조류학 혹은 질서, 구역, 유형, 종과 그 다양성에 따른 새의 분류법*Ornithologie, ou Méthode contenant la division des oiseaux en ordres, sections, genres, espèces & leurs variétés, 6 vols*》(Paris : C.-J.-B. Bauche, 1760)에서 인용한 것이 맞다.

볼테르에게
1772년 11월 22일

선생, 당신의 9월 2일 자 편지를 받았을 때 나는 이전에 달랑베르 씨에게서 받은 훌륭하고 긴 편지에 5년이나 6년간의 침묵 끝에 답을 하던 중이었습니다. 거기서 그는 철학자들과 철학의 이름으로 폴란드 각지에서 포로로 잡힌 프랑스인들을 풀어달라고 요구했답니다. 첨부한 쪽지에 내 답변이 있어요. 중상中傷이 철학자들을 오류로 이끌었고 그 점이 유감스럽습니다. 무스타파 씨는 자신의 오류를 만회하는 중이에요. 그는 레이스 에펜디를 시켜 부쿠레슈티에서 평화의 재건을 위해 아주 성실히 노력하고 있습니다.[1] 그런 뒤에 그는 알리 베이 경이 무기를 듦으로써 약간 방해했던 메카 순례를 재개할 수 있어요. 튀르크인이 자신의 성인들에 대한 경의를 어디까지 밀어붙일지 모르지만, 나는 그들이 그것[경의]을 가지고 있다는 사실의 목격자입니다. 어떻게 그런지 보기 바라요. 볼가강 유역을 여행하던 중에 나는 티

1 레이스 에펜디رىىس آفندى는 오스만 제국의 외무대신직이다.

무르 왕이 자신의 아들을 위해서 세운 고대 도시 볼가르의 폐허를 보기 위해 카잔시로부터 70베르스타 떨어진 하류에 이르러 갤리선에서 내렸습니다.[2] 실제로 석조 집 일고여덟 채와 그 정도 되는 굉장히 견고히 지은 첨탑이 여태 존재하고 있는 것을 발견했습니다. 한 오두막집 가까이에 다가갔는데, 근처에는 타타르인 40명가량이 서 있었습니다. 그 지방의 지사가 이곳이 그들에게 신성한 장소이고, 내가 본 사람들은 순례를 온 것이라고 말해주었어요. 나는 그 신앙심이 무엇으로 이루어졌는지 알고 싶었고 그래서 사려 깊게 생긴 타타르인 한 명에게 말을 걸었습니다. 그는 러시아어를 알아듣지 못한다는 몸짓을 해보인 뒤, 몇 발자국 떨어진 곳에 서 있는 남자를 부르러 달려갔어요. 그 남자가 가까이 왔고 나는 그가 누구인지 물었습니다. 그는 우리말을 꽤 잘하는 이맘이었습니다.[3] 그는 누옥이 신성한 삶을 영위했던 남자가 지내던 곳이며 근처에 있는 남자의 무덤에 기도를 올리기 위해 아주 먼 곳에서 사람들이 온다고 말해주었어요. 그 말을 듣고 그것[그들의 의식]이 우리가 성인들을 숭배하는 것과 거의 같다는 결론에 이르렀습니다. 우리의 성직자는 그들의 순례를 방해하고 있었습니다. 사실 예전에 이들은 그곳에서 열리는 타타르인들의 커다란 집회가 나라에 좋지 않다고 주장하곤 했어요. 그러나 나는 다른 견해를 따랐습니다. 그들이 그곳에서 숭배 의식을 행하는 것이 메카에 가는 편보다 낫습니다. 나는 그들을 방

2 지금의 타타르스탄 공화국에 위치한 볼가르에 사람들이 정착한 시점은 티무르보다 6세기가량 앞선다. 이곳은 오늘날에도 여전히 타타르 모슬렘들의 순례지이다.

3 이맘imām은 이슬람 교단의 지도자이다.

해하는 것을 금지했고, 그들은 무척 고마워합니다. 우리는 이번 전쟁을 치르면서 그들이 이에 대해 얼마나 감사하는지 충분히 확인했어요.

사람들 말처럼 스웨덴 왕이 노르웨이를 점령한다면, 당신이 이곳에 올 수 있는 더 짧은 경로를 제공하는 사람은 그가 될 것입니다.[4] 그의 정치적 무모함 때문에 전쟁이 전 세계적인 규모로 커질 수도 있어요.

프랑스에 돈이 없다면 에스파냐에는 돈이 충분히 많고, 에스파냐가 프랑스를 대신해 값을 지불하는 것보다 더 편리한 것은 없다고 인정해야 해요. 잘 있어요, 선생. 나를 위한 우정을 계속 해주어요. 169세까지 산 영국인 젠킨스 같은 수명을 온 마음으로 기원합니다.[5] 좋은 나이에요!

조만간 러시아 희극 두 편의 프랑스어 번역본을 보낼 겁니다.[6] 지금 정서된 사본을 만들고 있어요.

4 예카테리나는 볼테르의 가상의 상트페테르부르크 여정을 암시하고 있다. 볼테르는 이를 편지에서 여러 번 언급했으나 실행에 옮길 의사가 없었고, 예카테리나도 그를 맞으리라는 기대를 하지 않았다.

5 영국 요크셔 출신의 헨리 젠킨스Henry Jenkins는 1501년에서 1670년까지 살았다고 전해진다.

6 예카테리나 본인이 집필한 것이다.

장 르 롱 달랑베르에게
1772년 말 / 1773년 초

달랑베르 선생, 프랑스 포로에 관한 당신의 두 번째 편지를 받았어요. 한 자 한 자 첫 번째 편지와 같은 내용을 담고 있더군요. 두 번째 편지 뒤에는 세 번째가 따랐고, 이것은 내 편지에 대한 답신이라고 짐작합니다. 이 마지막 편지에서 당신은 말재주의 힘과, 문체의 조화와 아름다움만큼이나 추론의 단단함으로 내 제국에 있는 프랑스 포로를 풀어달라고 나를 설득하는군요.[1]

선생, 명목상으로만 포로 상태에 있는, 어디에서나 불화를 부

1 프랑스는 폴란드 분할에 직접적으로 연루되지 않았으나, 로렌의 장교 몇 명이 폴란드 반란군 편에서 싸웠으며 러시아에 포로로 잡혔다. 달랑베르는 예카테리나에게 그들을 풀어달라는 첫 번째 요청을 했고 거절당했다. 달랑베르는 단념하지 않고 1772년 12월 말에 예카테리나에게 다시 편지를 보냈다. 자신의 요청을 받아들이는 것이 예카테리나가 이전에 자신에게 보여준 지지의 표시이자 '철학자'에 대한 지지의 표현이 될 것이라고 주장했다. 그러나 달랑베르는 '아주 고위층'의 '아주 분명히 확실한' 출처, 다시 말해 프랑스 정부로부터 정보를 받는다고 드러내는 수사적인 실수를 범했다. 러시아와 적대적 관계에 있는 프랑스 정부와의 관련성을 보인 것이다. 예카테리나는 11월에 달랑베르의 요청을 정중히 거절한 뒤 분노를 감추지 못했다. 그런 다음 이 편지에서 달랑베르의 논리를 도리어 그에 맞서는 데 사용하고 그의 요구를 매정하게 거절하면서 서한 교환을 종결짓는다.

채질하는 선동가 무리를 해방시키는 일에 당신이 이토록 열심인 것에 나는 경악합니다. 일단 평화가 찾아오면 당신이 나에게 한 말을 내가 당신의 동포에게 다시 해야겠어요. '가세요. 자유로워지세요. 프랑스로 돌아가 철학에 감사를 표하세요.' 여기에 이렇게 첨언하겠어요. '철학이 그저 재미 삼아 사악한 일을 하지 않도록 가르쳐줄 겁니다.' 튀르크와 폴란드 포로 수천 명이 당신이 대변하는 자들에게 피해를 입고 속았어요. 그들은 인류에게 외면받았다고 호소할 수 있을 겁니다. 프랑스인을 고향으로 데려가기 위해 그토록 많은 방법이 시도되고 있지만, 고국인 프랑스는 그 제군들과 그들의 고상한 행위를 한 번도 [공식적으로] 인정한 적이 없어요.

당신에게 묻습니다. 해악을 초래한 이들에게 이익을 주고 장난감으로 취급된 이들을 불리한 처지에 내버려두는 것이 정당합니까? 내가 이해하기로 진정한 인류애는 전자보다 후자를 변호합니다. 그러나 선생, 당신의 간원에 대한 답으로 적절한 시기가 오면 내가 양쪽 집단을 풀어줄 것이라고 믿고 안심하세요. "당신의 간원에 대한 답으로"라고 말한 것은 당신이 어떤 대의를 변호함으로써 그 결과에 대해서도 지지를 표했다고 보는 것이 논리적 귀결이기 때문입니다. 그러니 당신은 당신의 비석에 프랑스 포로와 더불어 튀르크 포로의 이름을 덧붙여야 할지도 모르겠어요.[2] 말이 나왔으니 말인데, 철학을 위해 당신에게 비문

2 달랑베르가 1772년 12월 31일(신력) 자 편지 말미에 자신의 비문으로 제안한 것과 관련된다. "그는 철학과 인류애의 이름으로 불후의 예카테리나로부터 프랑스 포로들의 자유를 얻어내었다."

이 필요하기까지 오랜 시간이 걸리기를 바랍니다.

나는 선생이 나에게 퍼붓는 모든 찬사에 무척 감동받았어요. 당신도 알다시피 내가 오랫동안 당신과 당신 친구들에게 품었던 감정을 이어나갈 것이라고 알아주기를 바랍니다.

볼테르에게
1773년 3월 2일, 상트페테르부르크

선생, 그리스와 로마 교회의 황제들을 향한 당신의 12월 1일 자 노여움이 더 이상 문제 되지 않기를 바라요.[1] 상트페테르부르크 학술원에서 회원 자격증을 발급해주기를 바라고 있는 오브리 씨의 제안서를 당신이 보내지 않았다면 나는 즉시 그것[당신의 화]을 누그러뜨리고자 했을 텐데요.[2] 당신은 내가 [당신의 제안을 성사시키기 위해] 가능한 모든 학자들과 협상을 하게 만들었습니다. 그 결과로 개최된 회의는 폭샤니에서 열린 것처럼 고약한 소문을 불러일으키진 않았지만 그 이상으로 성공적이지 않았습니다. 오브리 씨를 위해 첨부한 것과 같은 답변을 어렵게 받아냈어요. 오브리 씨에 대한 우리 학술원 회원들의 논평이 조

1 1772년 12월 1일(신력) 자 편지에서 볼테르는 당대 유럽의 두 여성 군주인 러시아의 예카테리나와 오스트리아의 마리아 테레지아Maria Theresia(1717~1780, 1740~1780 재위)가 콘스탄티노폴리스를 차지해 술탄의 하렘에서 여성들을 해방시키기 위한 동맹을 맺지 않는 것에 화를 냈다.

2 샤를루이 오브리Charles-Louis Aubry(1746~1817)는 볼테르가 1772년 12월 1일(신력) 예카테리나에게 추천한 측량 기사이다.

금 성마른 것 같아요. 이어지는 내용처럼 단순히 건조하게 말할 수도 있었을 텐데요. "우리는 당신이 우리에게 제안한 것이 항상 우리 눈앞에 있었음에도 지금까지 거의 생각해본 적이 없으나, 우리 장서에서 찾은 것을 보냅니다. 황제께서 우리에게 답을 요청하셨으니, 그에 따라 이렇게 작성했습니다." 실험 물리학을 좋아하며 그 주제에 있어서 특히 명민하고 천부적인 재능이 있는 [그리고리] 오를로프 공작이 얼음을 가지고 할 수 있는 어쩌면 가장 기이한 실험을 했습니다.[3] 이렇게 말입니다. 그는 안뜰에 있는 마차용 출입문의 지반을 마련하려고 가을에 구덩이를 파게 했고, 뒤이은 겨울 중 가장 심하게 얼어붙은 시기에 지반을 조금씩 물로 채워서 물이 얼음으로 변하게 했습니다. 적당한 높이로 찼을 때 지반을 햇빛으로부터 철저히 가렸어요. 봄에는 천장이 둥글고, 굉장히 단단한 벽돌로 지은 출입문이 세워져 지금까지 4년째 서 있으며, 생각건대 누군가 무너뜨리기 전까지는 계속 서 있을 것이에요. 입구를 세운 터가 습지이고, 그 자리에 있어야 할 말뚝을 얼음이 대신하고 있다는 점을 눈여겨볼 만합니다. 물로 채우고 난 다음에 내가 있는 자리에서 얼린 폭탄을 실험했고, 한 시간이 채 안 되어 큰 소리와 함께 폭발했어요. 누군가 얼음이 땅에서 집을 들어낼 수 있다고 말한다면, 이런 일은 너절한 나무 판잣집에나 일어나고 석조 집에는 일어나지 않는다는 말을 보태야 합니다. 물론 불안정한 지반에 놓인 정원 벽이

3 볼테르와 서한 교환은 1772년 이후 줄어들었다. 예카테리나는 1773년에 그에게 오직 세 통의 편지만 보냈다. 이 편지에서 예카테리나는 문인공화국에서 통용되는 논의의 문체와 주제를 따름으로써 폴란드에 관한 둘의 정치적 의견의 불일치를 무마하려는 전략을 쓰고 있다. 주제는 실험 과학과 역사 철학이다.

얼음으로 인해 땅에서 뽑히고 조금씩 기우는 것이 사실입니다. 마찬가지로 말뚝에 얼음이 얼면 결국 들어 올려지긴 합니다.

튀르크인들이 자칭 친구들의 조언을 계속 따른다면 보스포루스 해협에서 나와 만나기로 한 당신의 바람이 거의 실현될 것이라고 확신해도 좋아요. 또한 나는 편지에 만연한 당신의 명랑함을 보고는 전혀 짐작할 수 없었던 지독하고 꾸준한 열병을 당신이 떨쳐내기 바라요. 그렇기 때문에 이 소식은 당신의 회복을 돕기에도 아주 시기적절합니다. 지금 알가로티의 글을 읽고 있어요. 그는 모든 예술과 학문이 그리스에서 태어났다고 주장해요.[4] 그런데 정말 이것이 사실인가요? 분명 그들[그리스인]은 재기가 있고, 그것이 가장 자유로운 것이기도 하지만, 그들은 너무 짓눌려서 더 이상 활력을 찾아볼 수 없어요. 그렇지만 최근 두 번째 휴전 협정이 끝난 뒤에 튀르크를 상대로 얻은 그들의 승리가 증언하듯이, 시간이 지나면 그들이 다시 강해질 수 있다고 믿기 시작했습니다. 알렉세이 [오를로프] 백작은 그곳에 감탄스럽게 처신한 이들이 있다고 합니다. 비슷한 일이 이집트 해안에서도 있었고요. 자세한 것은 아직 모르지만 그리스인 함장이 그곳에서 지휘하기도 했습니다. 당신의 펠렌베르그 남작이 군대와 함께 있습니다. 폴랸스키 씨는 미술원의 서기입니다. 그는 마차를 타고 네바강을 자주 건넘에도 가라앉지 않았습니다만, 러시아에

4 프란체스코 알가로티Francesco Algarotti(1712~1764)는 〈왜 위대한 천재들은 함께 등장하며 동시대에 번영하느냐는 문제에 관한 시론Essai sur la question, pourquoi les grands génies paroissent ensemble, & fleurissent dans le même temps〉, 《알가로티 백작 전집*OEuvres du comte Algarotti, traduit de l'Italien, 6 vols*》(Berlin : G. J. Decker, 1772), iii. 249.에서 그리스인을 "우리가 이어받은 예술과 학문의 아버지들"이라고 부른다. 18세기의 매우 상투적인 문구였다.

서 겨울에 마차로 강을 건너는 것은 아무런 위험이 아닙니다. 같은 주제로 달랑베르 씨에게서 두 번째, 세 번째 편지를 받았습니다. 그는 갖은 수사를 동원해 그의 동포를 풀어달라고 나를 설득하는 작업에 착수했습니다. 그러나 인류애는 자신의 동포에게만 해당하는 것이던가요? 왜 그는 프랑스인에게 속고 희생당한 튀르크와 폴란드 포로들은 변호하지 않나요? 그들은 여기에 있는 프랑스인보다 더 불운한 처지에 있습니다. 당신네 사람들은 왜 파리를 떠났나요? 누구도 그들에게 강요하지 않았어요. 내 영토에 예절을 들여오기 위해 그들이 필요하다고 대답하고 싶네요. 당신이 내 희극 두 편을 완전히 나쁘게 보지는 않았다고 들으니 기뻐요. 당신이 나에게 약속한 새로운 작품을 조급한 마음으로 기다리고 있으나, 그보다 당신이 낫기를 더 바라고 있습니다.[5] 선생, 당신이 해주는 모든 친절하고 기분을 좋게 하는 말에 지극히 감동했다는 것을 알아주기 바라요. 진심으로 당신의 건강이 유지되기를 바랍니다. 당신도 아는, 당신을 향한 나의 우정과 감정을 영원히 지니고 있는,

예카테리나

5 볼테르가 1773년 2월 13일(신력) 자 편지에서 약속한 그의 비극 《미노스의 법*Les Loix de Minos*》(Paris : Valade, 1773)의 판본.

볼테르에게
1774년 1월 7일

선생, 건강이 여전히 시원찮은 철학자 디드로는 2월에 고국으로 돌아갈 때까지 우리와 같이 있을 겁니다. 그림 또한 그 시기에 떠나려고 생각하고 있어요.[1] 난 그들을 무척 자주 만나는데, 우리의 대화는 끝나지 않아요. 선생, 그들은 내가 앙리 4세를, 그리고 《앙리아드》와 여러 작품을 써낸 저자를 얼마나 높이 평가하는지 당신에게 말해줄 수 있을 거예요.[2] 당신은 정말이지 그 작품들로 우리 세기를 빛내준 것이랍니다. 그들이 페테르부르크에서 굉장히 지루해하고 있을지도 모르지만, 나는 평생 지치지 않고 그들과 대화할 수 있어요. 디드로 씨에게서 고갈되지 않는

1 예카테리나는 볼테르에게 1773~1774년 자신의 궁전에 머무른 중요한 세 인물에 관해 말하고 있다. 세 사람은 드니 디드로, 프리드리히 멜키오르 폰 그림, 대공비 나탈리야 알렉세예브나Наталья Алексеевна(1755~1776)가 된 빌헬미네 루이제 폰 헤센다름슈타트Wilhelmine Luise von Hessen-Darmstadt이다.

2 《앙리아드*Henriade*》(1728)로 프랑스 민족 서사시를 창작한 볼테르는 내분을 종결짓고 종교적 광신주의를 반대한 앙리 4세의 모습을 통해 완벽한 군주의 초상을 제시하고자 했다. 예카테리나는 이 저작을 크게 찬탄했고 말년에 프랑스 혁명이 제기한 위협에 맞서 옹호할 군주적 이상을 담고 있는 작품으로 반복해서 언급했다.

상상력을 봅니다. 나로서는 그가 지금까지 존재했던 가장 비상한 사람들 축에 든다고 말하겠어요. 당신이 말하듯 그가 무스타파를 좋아하지 않는다고 하더라도, 적어도 그의 마음속에서는 무스타파가 아무런 해를 입지 않기를 바랄 거라고 확신해요. 그[디드로]가 지닌 정신의 기력과 정세가 나에게 유리하게 기울기 바라지만 그의 선한 마음이 그것을 허락하지 않을 것이에요. 좋습니다, 선생! 당신이 상대해야 했던 선한 영혼들이 디드로의 기력을 지녔다고 할 수 없었다고 인정하면서 당신의 십자군 계획의 실패에 대해 마음을 달래야 하겠어요.

그리스 교회의 수장으로서 당신을 선량한 신앙으로 되돌려놓지 않은 채 잘못을 범하는 것을 두고 볼 수 없습니다. 성 소피아 성당에서 대공비가 다시 세례받는 것을 봤으면 좋아했을 텐데요. 당신들은 말하지요. 다시 세례를 받는다고! 오, 선생, 그리스 교회는 다시 세례를 하지 않고, 어떤 기독교 교파에서 행한 세례라도 적실한 것으로 간주합니다. 대공비는 러시아어로 정교 신앙을 선언한 뒤에 다만 향이 나는 기름으로 십자 표시를 그리는 것으로 그리스 교회에 받아들여졌습니다. 이것은 당신과 마찬가지로 우리 쪽에서도 견진 성사라고 부르는, 세례명이 주어지는 성대한 예식과 함께 치러졌습니다. 우리는 이름 수십 개를 주는 당신네보다 인색해서, 여기서는 각자 필요한 것 이상으로 이름을 갖고 있지 않아요. 우리에게 이름은 오직 하나라는 뜻입니다. 당신에게 이 중요한 점을 알렸으니 당신의 11월 1일 자 편지에 이어서 답을 하겠어요. 당신은 이제 알지요, 선생. 내 군대에서 파견한 부대가 10월에 도나우강을 건넜고, 굉장히 막대한 튀르크 부대를 이겼으며, 부대를 지휘하던 꼬리 셋 달린 파샤를 포로 로 잡았다는 것을 말입니다.[3] 이 사건은 여파를 낳을 수도 있었으나 (당신이 만족스러워하지 않을지도 모르는 일입니다만) 그러지 않았습니다. 무스타파가 천식 발작을 겪었고 나는 그렇지 않았다는 것을 제외하면 우리는 대략 6개월 전과 같은 상황에 처해 있어요. 이 술탄이 우월한 지성의 소유자일지도 모르나, 그는 생프리스트 씨의 조언과 토트 기사의 지시에도 불구하고 5년 동안 패배했습니다. 토트 기사는 흰 담비 털로 만든 카프탄을 입고 죽을 때까지 대포 주조와 포병 훈련을 할 수는 있겠지만, 그런다고 튀르크 포병대가 나아지거나 장비를 더 잘 갖추게 되지는 않을 거예요. 이것은 마땅히 그래야 하는 것보다 훨씬 과하게 중요시하는 유치한 짓거리라고 할 수 있습니다. 어디선가 이러한 사고방식이 프랑스인들에게 자연스럽다고 읽었어요.[4] 선생, 이만 줄입니다. 잘 지내고 나보다 당신의 우정을 높이 여기는 사람은 없다는 것을 알아주기 바라요.

3 1769년 7월 14일 자 편지를 참고하라.

4 예카테리나는 프랑스인을 가리키는 말로 "벨슈"라는 표현을 사용했다. 이 표현에 대해서는 1765년 11월 28일 자 편지의 각주 11번을 참고하라.

볼테르에게
1774년 3월 15일

선생, 오직 신문에서만 토트 씨와 직접적으로든 간접적으로든 아무 관계가 없는 도적 푸가초프에 관해 떠들어댑니다.[1] 나는 토트 씨가 주조한 대포를 푸가초프의 기도企圖와 마찬가지로 중요하게 생각합니다. 푸가초프 씨와 토트 씨는 어쨌든 공통점이 있는데 한 명은 나날이 교수용 밧줄을 꼬고, 그러는 동안 다른 한 명은 비단 줄 형을 당할 위험에 처한다는 겁니다.[2] 디드로 씨가 파리로 돌아가기 위해 떠났어요.[3]

1 예카테리나는 1773년 내내 볼테르에게 푸가초프 반란Восстание Пугачева(1773~1774)에 대해 말하는 것을 피했다. 1774년 1월 19일 자 편지에서 마침내 이야기를 꺼냈을 때 예카테리나는 예멜리얀 이바노비치 푸가초프Емельян Иванович Пугачев(c.1742~1775)를 경멸 조로 "노상강도voleur de grand chemin"라고 칭했으며 그가 치세에 가하는 위험을 최소화해서 말했다. 볼테르는 신문 보도를 통해 소요에 대해 잘 알고 있었다. 1774년 3월 2일(신력) 자 편지에서 볼테르는 프랑스인들이 러시아와 오스만튀르크의 전쟁에 대해 그런 것처럼 이 일도 프랑수아 드 토트와 같은 자문관을 통해 사실과 다르게 받아들이고 있다고 암시했다.

2 비단 줄 형이란 잘못된 정보를 퍼뜨리고도 아무런 벌을 받지 않는다는 의미이다.

3 디드로는 상트페테르부르크를 떠나 러시아 대사 드미트리 미하일로비치 골리친과 봄을 나러 헤이그로 갔다.

우리는 무척 자주 대화를 나눴고 그의 방문은 나에게 커다란 기쁨을 주었습니다. 그는 비상한 정신을 소유했고, 그런 정신은 자주 볼 수 없는 것입니다. 그는 우리를 떠나면서 괴로워했어요. 가족과 함께하기 위해 돌아가는 것이 그들에게 보일 수 있는 가장 강한 애정의 표시라고 말하더군요. 당신이 그를 보고 싶어 한다고 그에게 전해야겠어요. 그는 헤이그에 잠시 머물 겁니다. 이 편지는 선생의 신력 3월 2일 자 편지에 대한 답신이에요. 지금으로서는 당신에게 전할 아무런 흥미로운 소식이 없으나, 당신이 오랫동안 나한테 불러일으킨 경의, 우정, 관심을 반복하는 일이 지겨워지는 일은 없을 거예요.

예카테리나

볼테르에게
1774년 11월 2일

선생, 기꺼이 푸가초프에 대한 당신의 궁금증을 풀어주겠습니다. 이것은 더군다나 나에게 수월한 일일 터인데, 그가 한 달 전에 붙잡혔기 때문입니다. 모든 방면에서 파견대가 그들을 공격하고 쫓았어요. 그리하여 볼가강과 야이크강 사이의 황량한 평원에서 붙들린 거지요. 더 정확히 말하자면 그는 그 자신의 추종자들에 의해 묶여서 감시당하는 지경에 처했습니다. 식량과 물자를 보충할 방책이 없는 데다가 그의 잔인함에 진저리가 난 그의 동지들이 자신들의 사면을 바라면서 그를 야이크 요새의 지휘관에게 넘겼고, 지휘관이 그를 심비르스크의 장군 [표트르] 파닌 백작에게 보냈으며, 그곳에서 지금 모스크바로 호송하는 중입니다. 첫 심문을 위해 파닌 장군 앞으로 끌려갔을 때 그는 그가 돈 카자크 사람이라는 것과, 그의 이름과 출생지에 대해 말했습니다. 돈 카자크의 딸과 결혼했으며, 그의 아내가 살아 있고, 아이가 셋 있으며, 동란 중에 또 다른 이와 결혼했고, 그의 형제들과 조카들이 제1군에 복무하고 있으며, 그 자신도 튀르크에 맞서는 처음 두 전투에 가담했다는 것을 순순히 털어놓았습니다. 파닌 장군은 카자크 사람을 여럿 데리고 있고 그 민족의 부대는 도적의 꾐에 빠지지[봉기에 가담하지] 않았기 때문에 그의 진술은 전부 푸가초프의 동포들에 의해 곧 확인되었습니다. 푸가초프는 읽거나 쓰는 법을 모르나, 지극히 대담하고 결연한 사람이에요. 지금까지 그가 어떤 외국의 요원 혹은 첩보이거나 다른 사람에게 선동당했다는 흔적은 나오지 않았습니다. 푸가초프 씨가 다른 누군가의 종자이기보다 도적 우두머리라고 짐작되어요. 생각건대 티무르 이후에 그만큼 사람을 많이 죽인 인간은 거의 아무도 없어요. 우선 그는 무자비하게 어떤 식의 재판도 없이 그가 공격할 수 있는 모든 귀족 가문, 남자, 여자, 아이, 장교, 군인을 교수형에 처했어요. 그와 그의 무리가 약탈하거나 들쑤시는 일 없이 지나간 곳은 한 군데도 없습니다. 심지어 그의 잔혹한 행동을 막고 그의 호감을 사기 위해서 그를 잘 대접했던 사람들까지 약탈과 살해를 면치 못했습니다. 그런데 그가 얼마나 오만한지를 보여주는 것은 내가 그를 용서할지도 모른다는 희망을 감히 품고 있다는 사실입니다. 그는 미래의 복무로써 과거의 범죄를 지울 수 있으리라고 용감하게 말합니다. 만일 그가 해를 가한 상대가 오직 나뿐이었다면 그의 논리가 그럴듯했을지 모르고, 나는 그를 사면했을 것입니다. 그러나 이 사안은 제국과 관련된 것이고, 제국에는 법이라는 것이 있답니다.

이런 이유로, 선생, 내가 그 대부의 견해를 무릅쓰고 이야기를 듣지 않았던 변호사 뒤메닐 씨도 법을 조작하러 오기에는 너무

늦었을 겁니다.[1] 6년 전에 우리가 네발로 긴다고 짐작하고 우리를 뒷다리로 서게 하고자 마르티니크로부터 친히 오는 수고를 했던 라 리비에르 씨조차도 너무 늦게 왔어요. 당신이 물어본, 사제들의 손에 입을 맞추는 행위는 그리스 교회의 관습이라고 할 수 있으며, 생각건대 교회와 거의 동시에 확립되었습니다. 지난 10~12년 전부터 신부들은 그들의 손을 뒤로 젖히기 시작했는데, 어떤 이들은 정중함에서, 다른 이들은 겸양으로 그렇게 합니다. 그러니 사라지고 있는 옛 관습에 너무 격분하지 말아요. 열네 살 때부터 정립된 관습을 따랐던 나를 보고 당신이 제법 나무랄지도 모르겠어요. 그렇더라도 비판을 받아야 하는 것이 나만은 아닐 겁니다. 만일 당신이 이곳에 와서 신부가 된다면, 나는 당신의 축복을 청할 거예요. 당신이 축복해준다면 나는 기꺼이 그토록 많은 진실과 이롭고 아름다운 것을 남긴 손에 입을 맞출 겁니다. 당신이 내가 어디에 있는지 알 수 있도록 올겨울에는 모스크바에 갈 것이라고 알려둡니다. 이만 줄일게요. 잘 있어요.

1 푸가초프의 위협이 지나간 뒤에 예카테리나는 마침내 볼테르에게 소요를 직접 설명한다. 그러나 예카테리나는 푸가초프의 임박한 사형에서 더 재미있는 이야기로 빠르게 주의를 돌린다. 1774년 10월 6일(신력) 볼테르는 그가 추천 편지를 보내야 할 의무를 느꼈던 프랑스인에 대한 말을 거두었다. 아마도 그 프랑스인은 러시아 제국의 입법자가 되라고 조언했다는 장 제르맹 뒤메닐Jean Germain Dumesnil(1740~1798)이었을 것이다. 볼테르가 조심한 것은 옳은 일이었다. 예카테리나는 그런 모험에 경멸감을 보이는 것으로 답했다.

볼테르에게
[1775년 11월]

선생, 당신의 10월 18일 자 편지로 당신이 평화의 축전 판화를 받았고 그 일에 만족한다는 것을 알게 되었어요. 밤의 어둠과 선박들이 육지의 바다라는 환상을 불러일으킬 수 있도록 도왔습니다. 여하간 선생, 축제가 우리 시간을 전부 소진했습니다.

얼마 전에 법전을 위한 《교서》에 뒤지지 않는다고들 하는 지방 행정을 위한 일련의 규정을 제국에 도입했습니다. 4절 판으로 인쇄되었고 215쪽으로 구성되어 있습니다. 나는 이번 것을 더 선호해요. 이것은 나 혼자 다섯 달 동안 작업한 결과물입니다. 번역해서 당신에게 보내라고 말해두었습니다.

나는 리옹 출신의 화가가 그린 그림을 받지 못했어요.[1]

당신의 영사와 부영사는 자리가 나지 않았거나, 내정자가 있

1 화가 피에르마르탱 바라Pierre-Martin Barat(1736~1787)를 가리킨다. 볼테르는 이전 편지에 바라가 그린 자신의 초상화를 첨부해 보냈다. 바라는 예카테리나의 초상화를 앞에 두고 글을 쓰고 있는 볼테르의 모습을 그림으로 담았다.

거나, 그 지역에 자리가 없거나 해서 임명되지 않았습니다.[2]

생각건대 아르투아 백작 아래서 복무했고, 이름은 잊어버린 당신의 총아를 희생해서 잠시 즐거워할 수 있게 허락해주어요.[3] 그는 최근에 튀르크 대사에게 가서 복무와 터번 착용을 제안했습니다. 대사는 그런 목적이라면 콘스탄티노폴리스에 가서 제국 앞에 모습을 보이면 되지만, 평화를 좋아하는 대사는 개종하려 하지 않는다는 답을 보냈습니다. 유감스럽게도 그의 상관이 이 일을 알았고 러시아 군복을 입고 다른 세력에 복무를 제안했다는 것에 화를 냈습니다. 그는 군복을 압수당했어요. 그는 쥐네 후작에게 불평했으나 후작이 그의 편을 들어주지 않았기에 루멜리아의 베이르베이를 따라 콘스탄티노폴리스로 갈 수밖에 없었습니다.[4] 펠렌베르그 남작에 관해 말하자면, 그가 독일 성직자 못지않게 포도주를 들이키며 마실 때 자신이 당신의 조카라는 것을 모두가 알아주기 바란다고 합니다.[5] 여하간 선생, 내가 당신에게 품은 감정과 당신과의 우정에 갖는 무한한 관심을 어떤 것으로도 바꿀 수 없음을 알아주기 바랍니다. 잘 지내고, 가능하다면 당신의 글이 인류의 기억에 남아 있을 만큼 오래 살아요.

2 발송되지 않은 이 편지의 초안에서 예카테리나는 프랑스의 각종 모험가와 등용을 모색하는 이들을 후원해달라는 일련의 양해의 말을 담은 볼테르의 1775년 10월 18일(신력) 자 편지에 다소 비꼬는 투로 답한다. 이전 편지들에서 볼테르는 마르세유의 러시아 영사와 카디스의 러시아 부영사가 될 후보들을 제안했다.

3 장베르나르 고티에 드 뮈르낭Jean-Bernard Gauthier de Murnan(1748~1796)인 듯하다. 볼테르는 결투 후 프랑스군을 떠난 그를 1774년 10월 예카테리나에게 추천했다. 그는 러시아에서 잠깐 복무했고 미국 독립 전쟁과 프랑스 혁명 전쟁에 복무했다.

4 베이르베이بكلربكى는 오스만 제국의 총독을 가리킨다. 루멜리아의 베이르베이인 압둘케림Abdülkerim 파샤는 1775년 오스만 제국의 특별 사절로 러시아를 방문했다.

5 1772년 10월 3일 자 편지를 참고하라.

볼테르가 장 르 롱 달랑베르에게
1763년 2월 4일, 페르네 성[1]

나의 소중하고 영화로운 동료에게,

프랑스에서 학자연하는 이들 몇몇이 철학을 공격했음에도, 그들은 그다지 그 덕을 보지 못한 것 같고, 그녀는 북쪽의 열강과 동맹을 맺은 듯합니다. 러시아의 황제한테 온 아름다운 편지는 당신의 명예도 회복해주고 있습니다. 아리스토텔레스는 알렉산드로스 대왕을 교육하는 일을 승낙하는 영예를 누렸고, 당신에겐 그것을 거절하는 영광이 있다는 차이를 제외한다면 이 편지는 필리포스 대왕이 아리스토텔레스에게 보낸 것과 비슷합니다.

내가 어릴 때는 언젠가 모스크바에서 프랑스한림원 회원에게 이런 편지가 올 줄은 전혀 생각지 못했다고 기억합니다. 나는 개벽의 시대를 목격했습니다. 보세요. 한 남성[표트르 대제]이 시작한 일을 네 명의 여성이 연이어 완성했습니다.[2] 당신의 프랑스식

1 신력 기준.

정중함은 역사상 전례가 없는 이 비범한 일에 대해 여성에게 얼마간의 찬사를 주어야 마땅합니다.

예카테리나가 얼마나 아름다운 편지를 보냈는지요! 알렉산드리아의 카타리나도, 볼로냐의 카타리나도, 시에나의 카타리나도 결코 이와 같은 것을 쓰지 못했을 겁니다. 공주들이 나서서 그들의 정신을 이런 식으로 가꾼다면, 살릭법은 잘 작동하지 않을 것입니다.[3]

위대한 본보기와 위대한 교훈이 자주 북쪽으로부터 우리에게 온다는 것을 알아채지 못했나요? 뉴턴들, 로크들, 구스타브들, 표트르 대제들과 그 부류의 사람들은 로마 선전宣傳의 대학에서 자라지 않았습니다. 지난 며칠 동안 예수회 수도사들의 에토스와 파토스로 가득한 긴 변론을 읽었습니다. 거기에 우리 세기를 빛낸 위대한 천재들의 이름이 열거되어 있습니다. 그들은 모두 예수회 회원들입니다. 저자가 말하기를 페뤼소 한 명, 뇌빌 한 명, 샤플랭 한 명, 보도리 한 명, 뷔피에 한 명, 데비용 한 명, 카스텔 한 명, 라 보르드 한 명, 브리에 한 명, 가르니에 한 명, 페즈나 한 명, 시모네 한 명, 후트 한 명, 그리고 그가 부연하기를, 그토록 오랫동안 문인들의 대가였던 그 베르티에가 있습니다.[4]

2 《표트르 대제 치하의 러시아 제국사》에 나오는 비슷한 대목을 인용하고 있다.

3 살릭Salic법은 남성의 왕위 상속을 규정하는 법을 말한다.

4 실뱅 페뤼소Sylvain Perussault(1679~1753), 샤를 프레이 드 뇌빌Charles Frey de Neuville(1693~1774), 샤를장바티스트 르 샤플랭Charles-Jean-Baptiste Le Chapelain(1710~1779), 조제프 뒤 보도리Joseph Du Baudory(1710~1749), 클로드 뷔피에Claude Buffier(1661~1737), 프랑수아 조제프 테라스 데비용François Joseph Terrasse Desbillons(1711~1789), 루이베르트랑 카스텔Louis-Bertrand Castel(1688~1757), 비비앵 드 라 보르드Vivien de La Borde(1690~1748), 필리프 브리에Philippe Briet(1601~1668), 장 가르니에Jean Garnier(1612~1681), 에스프리 페즈나Esprit Pézenas(1692~1776), 에드몽 시모네

나는 제법 트집의 대가가 된 듯한데, 나는 베르사유에 가던 중에 사망한 것으로 알고 있었던 베르티에 수사를 제외하면 이들 중 한 명도 알지 못합니다. 그래도 결국 프랑스에 여전히 위대한 사람들이 있어서 기쁩니다.

이 탁월한 천재들 가운데 가라스 신부의 유려함으로 설교하는 외스타슈의 선교자 르 루아 씨도 있다고도 합니다.

당신에게 진지하게 말하건대, 이 세기에 명예를 안기는 일이 있다면 그것은 마리에트 씨, 드 보몽 씨, 드 몰레옹 씨가 불행한 칼라스 가문을 위해 쓴 세 편의 반박문이라고 생각합니다.[5] 그들의 수고, 시간, 수사, 신망을 이렇게 쓰는 것 그리고 전혀 보수를 받지 않으면서 억압받는 자들을 돕는 것. 이것이 진정으로 위대하며 브리에, 위트, 베르티에 수사의 시대보다 키케로와 호르텐시우스의 시대와 더 닮은 일입니다. 나는 판결이 주어지기를 평온하게 기다리고 있습니다. 왜냐하면 하느님께 감사하게도 유럽이 이미 심판했고, 서로 다른 나라 출신의 모든 진실한 사람들이 속한 법정을 제외하고는 오류를 범하지 않는 법정을 알지 못하

Edmond Simonnet(1662~1733), 아담 후트Adam Huth(c.1696~1771), 기욤프랑수아 베르티에Guillaume-François Berthier(1704~1782).

5 피에르 마리에트Pierre Mariette(1694~1774)의 《장 칼라스 씨의 미망인 안로즈 카비벨 부인을 위한 보고서*Mémoire pour dame Anne-Rose Cabibel, veuve du sieur Jean Calas, marchand à Toulouse, Louis & Louis-Donat Calas leurs fils, & Anne-Rose & Anne Calas leurs filles, demandeurs en cassation d' un arrêt du parlement de Toulouse du 9 mars 1762*》(Paris : Le Breton, 1762), 장바티스트자크 엘리 드 보몽Jean-Baptiste-Jacques Élie de Beaumont(1732~1786)의 《참조를 위한 보고서, 미망인 안로즈 카비벨 칼라스 부인과 그 아이들을 위한 감정서*Mémoire à consulter et consultation pour la dame Anne-Rose Cabibel, veuve Calas, et pour ses enfants*》(Paris : Le Breton 1762), 알렉상드르제롬 루아조 드 몰레옹Alexandre-Jérôme Loiseau de Mauléon(1728~1771)의 《순교자 피에르와 루이 칼라스를 위한 보고서*Mémoire pour Donat, Pierre et Louis Calas*》(Paris : Daniel Aillaud, 1762).

기 때문입니다. 그들은 부지불식간에 실수를 범할 수 없는 인격체를 구성합니다. 그들에게 집단 이기주의가 없기 때문입니다.

나는 당신이 말하는, 크레비용의 작품 몇 개를 평가한 것과 관련해서 내가 모욕당했다는 사소한 중상에 대해 알지 못합니다. 평가에 관해서도, 모욕에 대해서도 모릅니다. 그런 허접한 작품들을 전부 읽어야 했다면 할 일이 너무 많을 겁니다.

표트르 대제와 위대한 코르네유가 나를 바쁘게 합니다. 불행하게도 나는 《페르타리트》를 읽고 있고, 마음을 달래기 위해 조카딸과 결혼을 해야겠습니다.[6] 혼인 계약서에는 그녀가 시멘의 친사촌이며 그리모알트도, 위눌프도 자신의 부모로 인정하지 않는다고 적을 겁니다. 그녀는 책이 발행되기 전에 아이를 갖게 될지도 모릅니다. 많은 대귀족들이 관대하게 구독 신청을 했지만, 조판사들은 그들의 이름이 수표만큼의 값어치가 있는 것은 아니라고 말합니다.

칼데론의 작품에서 번역했고 프랑스어로 헤라클리위스라고 적힌 《헤라클레스》를 한림원에 보냅니다.[7] 칼데론과 코르네유 중에서 누구 것이 원작인지 판단할 수 있을 것입니다. 당신은 실소를 터뜨릴 겁니다. 하지만 이 칼데론에게 굉장히 번뜩이는 천재의 광채가 있다는 것을 보게 될 겁니다. 당신은 일종의 보편사도 곧 받게 될 것입니다. 거기서 인류는 4분의 3만큼 그려집니다.

6 피에르 코르네유의 희곡 《페르타리트*Pertharite*》(Paris, 1652). 조카딸은 마리 루이 미뇨Marie Louis Mignot(1712~1790)를 말한다.

7 페드로 칼데론 데 라 바르카Pedro Calderón de la Barca(1600~1681)의 희곡 《사랑은 짐승도 온순하게 만든다*Fieras Afemina Amor*》(1672)를 번역한 볼테르의 《헤라클레스*L'Héraclius Espagnol ou La Comédie Fameuse*》(Genève : Cramer, 1764).

다른 판본에서는 오직 윤곽에 불과했습니다. 난 나이가 아주 많지만 매일매일 인간에 대해 배워가고 있습니다.

잘 있어요, 무척이나 걸출한 나의 철학자여. 나는 라 모트처럼 눈이 멀어가고 있다고 말해야겠습니다.[8] 트뤼블레 신부가 알게 된다면 내 시를 더 좋게 볼 것입니다.

8 〈맹인으로 태어난 남자D'un Aveugle-nay〉(1653)를 집필한 프랑수아 드 라 모트 르 바이에르François de La Mothe Le Vayer(1588~1672)를 말한다. 라 모트는 정신적 맹목과 신체적 맹목을 구별하며 후자에 불편함이 따를지라도 진정으로 위대한 사람들은 그에 방해를 받지 않는다고 적었다.

옮긴이 해제

18세기 러시아와 예카테리나 대제

예카테리나의 삶과 통치

러시아의 18세기는 표트르 대제Петр I Алексеевич(1672~1725, 1682~1725 재위)와 함께 막을 올리고 예카테리나 대제Екатерина II Алексеевна(1729~1796, 1762~1796 재위)와 함께 막을 내렸다. 표트르 대제는 유럽을 직접 여행하며 익힌 문물을 러시아에 옮겨오고, 유럽을 향한 창으로서 러시아 최서단 습지에 자신의 이름을 딴 새로운 도시를 만들었다. 예카테리나 대제는 독일에서 태어나 독일을 숭배한 남편 표트르 3세Петр III Федорович(1728~1762, 1761~1762 재위) 대신 러시아 제위에 올라 유럽에 러시아 민족의 명성을 알렸다. 시인 표트르 안드레예비치 뱌젬스키Петр Андреевич Вяземский(1792~1878)는 이렇게 말했다. "위대한 러시아인[표트르 대제]은 우리를 독일인으로 만들고 싶어 했고, 위대한 독일인[예카테리나 대제]은 우리를 러시아인으로 만들었다." 예카테리나는 러시아 민족을 유럽의 일원으로 만들기 위해 나라 안팎으로 부단히 애썼다. 1762년 장자크 루소는 러시아인이 유럽을 정복하려고 하고, 타타르인이 다시 러시아와 유럽을 복속시킬 것이라고 말했다. 타락한 유럽이 야만의 세계에서 온 민족에게 침략당해 멸하리라고 예언한 것이다. 1796년 예카테리나 대제가 사망한 시점에 러시아는 명실상부한 유럽의 주요 강국이 되어 있었다. 예카테리나가 조각가 에티엔 모리스 팔코네에게 주문해 1782년 상트페테르부르크에 표트르 대제의 청동 기마상을 세웠을 때, 거기에는 표트르의 유산 못지않게 예카테리나 자신의 업적을 기념하는 의미가 담겼다.

18세기의 북서부 독일 소공국은 러시아를 비롯한 유럽 열강의 운명을 결정하는 데 커다란 역할을 한 인물을 배출한, 유럽의 흥미로운 한 귀퉁이였다. 조피 아우구스테 프리데리케 폰 안할트체르프스트Sophie Auguste Friederike von Anhalt-Zerbst는 1729년 4월 21일 프로이센의 소공국 슈테틴에서 태어났다. 조피의 어머니 요한나 엘리자베트 폰 홀슈타인고토르프Johanna Elisabeth von Holstein-Gottorp(1712~1760)는 북서부 독일의 수많은 소공국의 통치 가문 중 하나인 홀슈타인고토르프가家에 속했다. 조피의 아버지 크리스티안 아우구스트 폰 안할트체르프스트Christian August von Anhalt-Zerbst(1690~1747)는 같은 지역의 그보다 더 작은 공국의 통치 가문인 안할트체르프스트가에 속했다. 조피의 아버지는 프리드리히 2세 아래에서 연대장, 소장, 슈테틴 사령관으로 복무했고, 쿠를란트 공작 위 후보였으나 선출되지 못했다. 그는 러시아 엘리자베타 황제의 후원을 받아 프로이센의 육군 원수직에 올랐고 거기서 외국 복무 경력을 마쳤다. 끝없이 나뉜 수많은 가문의 자제들이 빠듯한 예산으로 갑갑한 생활을 하면서 그 환경을 벗어나게 해줄 예기치 못한 행운을 기다리고 있었다. 조피는 이처럼 타국의 국면에 촉각을 곤두세우고 있던 왕위 후보들이 들끓던 소굴에서 태어났다.

홀슈타인고토르프 가문은 표트르 대제의 맏딸 안나 페트로브나Анна Петровна(1708~1728)가 카를 프리드리히 폰 슐레스비히홀슈타인고토르프 공작Karl Friedrich, Herzog von Schleswig-Holstein-Gottorf(1700~1739, 1702~1739 재위)과 결혼한 뒤로 러시아 역사에서 중요한 지위를 차지했다. 18세기 초부터 예카테리나의 외가 친척은 외국에서 복무하거나 혼인을 통해 외국의 왕위를 모색했다. 스웨덴 국왕 칼 12세Karl XII(1682~1718, 1697~1718 재위)의 누이와 결혼한 프리드리히 4세 폰 슐레스비히홀슈타인고토르프Friedrich IV von Schleswig-Holstein-Gottorf(1671~1702, 1695~1702 재위)는 예카테리나의 큰 외조부로, 대북방 전쟁에서 처남의 군대에 가담해 싸우다 전사했다. 프리드리히 4세의 아들이자 예카테리나의 외당숙 카를 프리드리히 폰 슐레스비히홀슈타인고토르프 공작은 표트르 대제의 맏딸 안나 페트로브나와 결혼한 뒤 스웨덴 왕위 계승을 기대했으나 성사되지 않았다. 홀슈타인고토르프 가문이 그 대신 1742년 스웨덴 왕위 계승 후보로 올린 이는 카를 페터 울리히 폰 슐레스비히홀슈타인고토르프Karl Peter Ulrich von Schleswig-Holstein-Gottorf였다. 하지만 그는 옐리자베타가 이미 자신의 뒤를 이을 러시아 황위 계승자로 점찍어둔 조카였고, 실제로 옐리자베타를 이어 표트르 3세로 제위에 오르게 된다. 옐리자베타는 예카테리나의 외삼촌 아돌프 프리드리히 홀슈타인Adolf Friedrich Holstein(1710~1771, 1751~1771 재위)을 스웨덴 국왕으로 옹립했다. 예카테리나의 또 다른 외삼촌 카를 아우구스투스Karl Augustus(1706~1727)는 황녀 시절의 옐리자베타와 약혼했으나 혼인 전에 사망했다. 이런 상황 속에서 브라운슈바이크의 한 나이 많은 수사 신부가 예카테리나의 어머니에게 "당신 딸의 이마에서 왕관 3개를 봅니다"라고 말한 것은 무리가 아니었다. 세계는 주인 없이 남겨진 외국 왕관을 씌울 머리들을 골라내는 일에 이미 익숙했다. 여러 상황을 고려한 끝에 옐리자베타는 약혼자의 친척이라는 사실에도 불구하고, 혹은 그 사실 때문에 애틋하게 생각한 가문을 고려해서 조카 표트르의 신부를 정한 것이었다.

슈테틴 소공국의 조피 아우구스테 프리데리케 폰 안할트체르프스트는 황태자비와 황비를 거쳐 1762년 제위를 찬탈하기까지 국제 정치의 객체에서 세계에서 가장 힘 있는 여성으로 변모하는 과정에서 부단히 공부에 몰두하였다. 당시 독일 상류층의 자녀 교육은 위그노교도가 장악하고 있었다. 칼뱅파 개신교도인 위그노교도는 낭트 칙령 폐지로 프랑스를 떠나 독일을 가득 메우고 있었다. 예카테리나는 교황의 열렬한 종복인 프랑스 사제와 루터와 교황 모두를 경멸한 칼뱅파 교사에게 성전과 그 외 과목을 배웠다. 페테르부르크에 도착한 뒤에는 정교회 대수도원장 시몬 표도로비치 토도르스키Симон Федорович Тодорский(1700~1754)에게 그리스 정교회 신앙을 배웠다. 시몬 표도로비치 토도르스키는 독일 대학에서 신학을 공부하고 교황,

루터, 칼뱅 모두를 단일한 기독교 진리를 분할한 독단주의자로 간주하는 인물이었다. 이토록 다양한 환경에서 교육받은 이력은 어린 조피가 자신의 야망을 좇아온 페테르부르크 궁정에서 천상의 왕국이 아닌 지상의 왕국을 추구할 수 있도록 그녀의 정신을 길러냈다. 1744년 겨울, 러시아에 도착한 조피는 6월 28일 루터교에서 정교회로 개종할 때 이미 그녀를 위해 작성된 신앙 고백을 막힘없이 외웠다. 이제 예카테리나 1세와 같은 이름을 얻은 미래의 예카테리나 2세는 이튿날인 6월 29일 표트르와 약혼했고, 이듬해 8월 21일 식을 올렸다. 예카테리나는 황태자비로 보낸 17년의 지루하고 고독한 세월을 읽고 쓰는 두 열정으로 채웠다. 프랑스의 계몽사상가 볼테르의 글을 접한 예카테리나는 운율과 교훈이 그의 글에 미치지 못하는 다른 모든 글을 이제는 참고 읽지 못하겠다고 평하며 그의 저작을 탐독했다.

황위 계승자를 출산하기 위해 타국에 온 모든 황태자비가 그렇듯, 예카테리나는 파벨 1세Павел I(1754~1801, 1796~1801 재위)를 낳기 전까지 페테르부르크 궁정에서 아무런 영향력이 없었다. 출산 이후에도 사정은 크게 변하지 않았다. 상트페테르부르크에서 예카테리나의 취약한 입지는 1758년 예카테리나가 러시아의 외무대신 알렉세이 페트로비치 베스투제프류민Алексей Петрович Бестужев-Рюмин(1693~1766)이 반역죄로 체포된 일에 연루되면서 큰 위기에 놓였다. 예카테리나는 옐리자베타 황제와 두 차례 면담을 하면서 결백을 주장하는 동시에 독일로 돌아가겠다고 제안했다. 예카테리나의 행실에서 진정성을 확인한 옐리자베타는 그녀를 궁정에 남게 하였다.

1761년 말 옐리자베타가 사망한 후 즉위한 표트르 3세의 통치는 반년 뒤인 1762년 6월 28일 그리고리 그리고리예비치 오를로프, 알렉세이 그리고리예비치 오를로프, 예카테리나 로마노브나 보론초바다시코바Екатерина Романовна Воронцова-Дашкова(1743~1810)의 지원 속에서 예카테리나가 직접 즉위하면서 짧게 끝났다. 예카테리나는 표트르 3세의 폐위 이유를 설명한 포고령에서 그가 그리스 교회의 토대를 흔들고 다른 종교를 들일 여지를 보였고 러시아 최대의 적인 프로이센과 강화를 맺음으로써 러시아의 명예를 실추했다는 혐의를 내세웠다. 또한 포고령은 이러한 표트르 3세의 통치가 우연이 아닌 국가 구조에 기인했다고 선언했다. 포고에 따르면 선과 박애의 기질을 갖추지 못한 절대 군주의 자의적 통치는 국가에 해롭고 치명적이었다. 러시아 역사에서 최고 권력이 통치의 자의성을 비판한 경우는 전에 없는 일이었다. 그동안 러시아에서 기본법의 부재를 대신하는 것이라고는 군주가 후계자를 자의로 선정할 수 있다고 규정해 군주의 의지에 따른 통치를 원칙으로 확인한 표트르 1세의 칙령밖에 없었다. 예카테리나의 포고문은 이런 러시아에 처음으로 법에 기초한 국가가 들어설 가능성을 예고했다.

제위에 오른 예카테리나를 기다린 것은 2개의 현안이었다. 하나는 남쪽 국경을 크림반도를 포함하는 흑해의 북부 해안과 아조프해, 캅카스산맥의 자연적 경계선까지 확장하는 '동부 문제'였다. 러시아 서부 지역을 재통합해 러시아 민족을 정치적으로 통일하는 '서부 문제'도 있었다. 이 두 문제는 서로 분리된 지역의 문제였으나, 국제 관계의 본질적 복잡성 속에서 유럽의 거의 모든 주요 국가가 관여하는 하나의 타래로 엉켜들어갔다.

러시아는 오스트리아와 동맹을 유지해왔고 7년 전쟁 중에는 프랑스가 이 동맹에 합류했다. 즉위 직후 시기에는 예카테리나가 국제 정세와 러시아의 외교 정책을 완전히 장악하기 전이었고, 예카테리나는 표트르 3세가 프로이센과 체결한 강화를 두고 참모들에게 조언을 구했다. 참모들은 오스트리아와 동맹 연장을 조언했다. 알렉세이 페트로비치 베스투제프류민도 같은 입장이었다. 예카테리나의 오랜 친구였던 그는 유형을 떠나 있다가 예카테리나가 복귀를 지시해 수도로 돌아와 있던 상황이었다. 그런데 더 젊은 외교관인 니키타 이바노비치 파닌Никита Иванович Панин(1718~1783)은 프로이센과의 강화를 지지했으며, 프로이센의 프리드리히 2세 없이 폴란드에서 아무것도 할 수 없다고 주장했다. 예카테리나는 자신이 포고문에서 공개적으로 러시아의 악당으로 선언한 프로이센 왕과 동맹을 맺길 꺼려했다. 그러나 결국 파닌의 의견이 채택되었고, 러시아는 7년 전쟁이 끝난 뒤 1764년 프로이센과 동맹을 체결하였다.

예카테리나가 제위에 오른 시점부터 18년 동안 외교 정책을 주도한 외무대신 니키타 이바노비치 파닌은 북방 체계를 구상하고 있었다. 이 기획은 파닌의 발명품이 아닌, 코펜하겐 주재 러시아 대사 요한 알브레히트 폰 코르프Johann Albrecht von Korff(1697~1766) 남작이 1764년 프랑스를 위시한 부르봉 세력에 맞선 러시아, 프로이센, 영국, 스웨덴, 덴마크, 폴란드의 동맹을 기획한 데서 유래한 것이다. 파닌은 이러한 동맹이 러시아를 유럽 정세의 주역으로 자리매김하고 북방에서 안정을 유지할 수 있게 하리라 보았다. 그는 주로 개신교 국가로 이뤄진 이 동맹이 오스트리아와 프랑스라는 가톨릭 강국들에 맞설 수 있을 것이며, 러시아를 제외하면 영토가 작은 나라들이 강국에 맞서 약국의 연합을 이루는 모습을 띠기 바랐다.

파닌은 1764년 예카테리나의 전 애인이자 정실주의의 결과로 폴란드의 새로운 국왕으로 선출된 스타니스와프 아우구스트 포니아토프스키가 차르토리스키Czartoryski 공들과 함께 추진한 개혁 시도를 반겼다. 차르토리스키 공들은 의회 무질서의 원흉으로 지목된 자유 거부권인 리베룸베토liberum veto권을 과반수 의결로 대체하고, 세습 군주정을 수립하고, 정치 세력 간 동맹 결성 권리를 폐지하는 등의 개혁으로 국가를 무정부 상태에서 구해내려 했다. 파닌은 폴란드가 '야만 상태'에서 빠져나오는 것을 도운 사람으로 알려지고 싶은 욕망을 품었다. 러시아와 폴란드는 오스만튀르크라는 공동의 적에 맞선 유용한 동맹이 될 수 있었기 때문에 폴란드가 얼마간 강해지는 것은 러시아 국익에 이롭기도 했다.

그러나 예카테리나가 '서부 지역'의 향방을 직접 결정하고 싶어 하는 한 러시아와 폴란드의 진정한 협조는 불가능했다. 결국 파닌의 거대한 구상은 현실적 조건에 맞지 않는 목가적 상상에 불과한 것이었다. 영국은 1766년 러시아와 통상 조약을 체결했으나 오스만튀르크 제국과 충돌 시 러시아를 지원해야 한다는 조건으로 동맹을 체결하는 것은 거부했다. 스웨덴에서 왕정복고를 막고 친러시아 정당을 세우려는 파닌의 시도는 1772년 프랑스가 지원하는 가운데 절대 왕정이 복원되면서 수포로 돌아갔다. 또한 예카테리나가 홀슈타인고토르프 공국에 대한 아들의 권리를 포기함으로써 덴마크의 지지를 얻으려던 파닌의 계획은 환영받지 못했다. 프로이센의 프리드리히 2세는 러시아, 영국, 덴마크, 작센을 포괄하는 군사 동맹을 원하지 않았으며, 러시아의 영향력이 지배적인 연합에 가담하고 싶어 하지도 않았다. 다만 프로이센은 러시아와 단독으로 동맹을 체결함으로써 폴란드를 향한 예카테리나의 야망을 자국에도 이익이 되도록 만들고자 했다. 파닌은 북방 체계의 토대로서 러시아와 프로이센의 동맹 제안을 반겼다. 폴란드가 무력감에서 빠져나오는 것을 조금도 반기지 않았던 프리드리히 2세와의 동맹은 결과적으로 예카테리나가 차르토리스키의 개혁 정당을 물리치도록 압박했다. 양국은 제3자의 공격 시 상호 지원을 약속하고 폴란드 헌법의 개정을 막고 폴란드 국내 정교회 신자와 개신교도의 완전한 시민적·정치적 권리를 보장하기 위해 함께 노력하기로 합의했다. 결정적으로 1768년 러시아와 오스만튀르크 사이 전쟁이 발발하면서 파닌의 북방 체계는 역사의 뒤안길로 사라졌다.

자신의 대외적 위상을 구축하는 방편으로 서한 교환을 적극적으로 활용한 예카테리나는 비가톨릭교도 보호를 위한 러시아의 폴란드 개입이 종교적 자유를 수호하는 행위라는 논리를 유통시켰다. 볼테르와 활발히 편지를 주고받기 시작할 무렵, 예카테리나는 볼테르에게 황제에 우호적인 러시아 소식통의 역할을 부여했으며 그가 관용의 투사로서 활동할 수 있도록 충분한 정보를 제공하고자 했다. 예카테리나를 볼테르의 이상적 계몽 군주의 현현으로 만든 것은 무엇보다도 농노를 제외한 모든 사회

구성단위에서 파견된 대표로 구성된 입법위원회의 소집과 새로운 법전 편찬을 위한 《교서》의 발간이었다. 예카테리나는 유례없는 대표성을 확보한 입법위원회를 통해 러시아 각지의 상황을 파악해 개혁의 청사진을 마련했다. 동시에 예카테리나는 러시아의 '유럽적' 정체성을 공고히 하는 자신의 개혁을 대외적으로 알리고, 개혁 군주의 위상을 활용해 계몽사상가의 조언을 구할 기회를 놓치지 않았다. 예카테리나는 서한 교환망과 사교계의 작동 방식을 정확히 인식했다. 예카테리나는 마리테레즈 로데 조프랭 부인의 살롱에서 낭독될 의도로 《교서》를 언급하는 편지를 보냈으며, 장 르 롱 달랑베르와 드니 디드로에게 조언과 도움을 청했다. 1768년 오스만튀르크 제국과 전쟁 발발 이후 입법위원회의 주요 구성원이 자리를 비웠고 법전 편찬이라는 결실을 맺기 전에 입법위원회가 해산되었다. 그러나 즉위 초기 예카테리나와 입법위원회 대표들의 합동 작업은 황제의 전 통치기에 걸친 입법의 방향을 밝혀주었다.

오스만튀르크가 밝힌 개전의 이유는 바르 동맹을 뒤쫓던 카자크 부대가 오스만튀르크 제국의 영토를 습격했다는 것이었다. 프랑스와 오스트리아는 튀르크에 전쟁 개시를 부추겼으며 러시아가 단독으로 폴란드의 헌정을 보장할 수 없다며 유럽 내 불안감을 조성했다. 러시아도 튀르크도 전쟁을 위한 채비를 완전히 하지 못한 상태였다. 그러나 이 전쟁은 러시아에서 가장 유명한 해전의 배경이 되었으며, 도나우강을 오르내리는 작전은 이 시기 예카테리나의 편지에서 거듭 회자되었다. 자신의 통치를 안정시키기 위한 현실적인 목표를 추구하면서도, 예카테리나는 러시아가 '야만과 무지'에 대항해 '문명'의 승리를 홀로 이끄는 국가라는 명성을 얻게 하려고 힘을 아끼지 않았다. 볼테르는 러시아 군대에 그리스풍 전차를 도입하라고 조언해 예카테리나의 작전에 고전적인 인상을 입혔고, 예카테리나를 통해 접한 소식을 정확히 그녀의 논리로 선전하면서 러시아의 입장에 힘을 실었다. 러시아의 연이은 승전은 1770년 체슈메 해전의 승리로 이어졌고, 볼테르는 러시아 함대의 지중해 동부 첫 진출이 기존 해상세력 균형에 강력한 도전을 제기했다고 평했다.

러시아가 오스만튀르크 제국으로부터 영토를 획득하리라는 전망은 이웃 국가인 오스트리아와 프로이센이 자국의 영토 확장을 모색하도록 자극했다. 1770년 상트페테르부르크를 방문한 프리드리히 2세의 동생 프리드리히 하인리히 루트비히는 예카테리나에게 폴란드를 삼분三分하자고 제안했다. 1772년 여름, 러시아는 바르 동맹을 결정적으로 격퇴했으며, 폴란드 영토의 상당 부분을 세 나라에 할양하는 조약이 8월에 조인되었다. 1774년 7월 10일 러시아와 오스만튀르크와 전쟁을 종결하는 퀴취크카이나르자 조약이 체결되기까지 협상에 2년이 더 걸렸다. 러시아는 아조프와 타간로크 항구와 더불어 아조프 북부 해안을 획득했으며 드네프르강과 부크강 사이 흑해로의 창구를 획득했다. 러시아 상선이 흑해에서 항해의 자유와 보스포루스 해협에서 통행의 자유를 확보했다. 국경이 새롭게 확정되면서 러시아 남부의 가장 비옥한 땅에서 해양으로 진출로가 열렸으며, 최소한 평시에는 지중해의 온후한 해양이 러시아와 다른 유럽 지역을 이어주었다. 오스만튀르크 제국의 보호령이던 크림은 독립 칸국이 되었다. 술탄은 크림반도의 기독교도 신민의 종교적 자유의 수호자로서 예카테리나와 그 후계자의 지위를 인정했다. 술탄은 러시아와 기독교도 신민의 종교적·민족적 연관을 인정함으로써 예카테리나에게 오스만튀르크 제국 북부 지역의 내정에 간섭할 수 있는 토대를 허락한 셈이었다.

국외 상황이 안정될 무렵인 1773~1774년, 예카테리나는 국내의 소요를 진압하는 데 힘써야 했다. 돈 카자크 출신의 예멜리얀 이바노비치 푸가초프가 예카테리나의 죽은 남편 표트르 3세를 참칭하면서 우랄산맥 남부의 국가 농민, 공장 농민, 사유 농노 사이에서 일어난 광범위한 봉기를 선동했다. 넓은 지역에 번진 푸가초프 반란을 진압하는 것은 예상보다 쉽지 않았다. 이 반란은 모스크바를 위협하기까지 했다. 성공적인 진압 이후 토지 개혁과 농노의 처우 개선은 더욱 다루기 까다로운 주제가 되었다.

푸가초프, 튀르크, 폴란드만이 예카테리나의 러시아를 공격한 것은 아니었다. 천연두는 18세기에 가장 많은 공포를 자아낸 질병 중 하나였다. 18세기 초 중동에서 예방 접종법이 도입되었고 계몽사상가들은 이를 열렬히 옹호했으나 교회의 신뢰를 얻지 못했다. 예카테리나는 영국 의사 토머스 딤스데일에게 예방 접종을 받고 자신의 아들도 받게 함으로써 1774년 이 질환으로 사망한 루이 15세를 포함한 여러 유럽 지도자보다 더 진취적인 계몽 군주를 자처하였다. 딤스데일은 상트페테르부르크에 예방 접종 병원을 세웠고, 예카테리나는 사회 각급 인구를 접종하는 공공시설을 마련하였다.

전쟁에 전념하지 않아도 되는 때가 오자, 예카테리나는 전쟁 중에도 관심의 끈을 놓지 않았던 국내 개혁에 집중하였다. 1775년 11월 공포한 러시아 제국의 주 행정을 위한 법령[1]은 러시아 주의 행정과 사법을 전폭적으로 재구성했다. 이때 형성된 지방 법원 체계는 1861년 농노 해방 이전까지 존속했으며, 행정적 영토 구획의 골자는 1917년 혁명기까지 유지되었다. 예카테리나는 개혁을 계획하면서 영국 법학자 윌리엄 블랙스톤William Blackstone(1723~1780)의 《영국법 주해*Commentaries on the Laws of England*》(Oxford : Clarendon Press, 1765~1769)를 읽었다. 지방 개혁 법령은 일정 규모 이상의 모든 마을에 초등 교육 기관을 수립할 의무를 지방 정부에 부과했다. 이제 예카테리나의 고민은 1786년 러시아 고등 교육에 관한 법령[2]으로 귀결되었다. 예카테리나는 1782년 말 러시아한림원을 새로 개설하면서 페테르부르크학술원장을 맡고 있던 예카테리나 로마노브나 보론초바다시코바를 총재로 임명했다.

이 시기 예카테리나의 문화 교류망은 전환기에 있었다. 페테르부르크를 두 번째로 방문한 1776년 9월부터 1777년 7월 사이, 프리드리히 멜키오르 폰 그림은 정식으로 러시아 공직에 진출해 연간 2,000루블의 봉급을 받았다. 그림은 후원자인 예카테리나의 위상을 세우는 데 기여했다. 이를테면 바르나베 오귀스탱 드 마이Barnabé Augustin de Mailly(1732~1793)에게 체슈메 해전의 승리를 기념하기 위한 잉크 받침의 의뢰를 중개했으며, 그가 볼테르 사후 예카테리나의 요청에 따라 유족으로부터 구매한 볼

1 Учреждение для управления губерний Российской империи

2 Устав о народных училищах

테르의 장서는 예카테리나의 바람대로 아직까지 상트페테르부르크에 보존되어 있다.

러시아-오스만튀르크 전쟁 이후 예카테리나는 유럽 외교의 막강한 권력자가 되었다. 예카테리나는 직접 전선에 나서지 않는 시기에도 국제 정치에 러시아의 위세를 알렸다. 예카테리나는 러시아에 직접 관련되지 않는 일에 지원을 삼가기로 결정했다. 오스트리아의 요제프 2세가 바바리아를 손에 넣으려 한 시도를 프로이센의 프리드리히 2세가 저지하면서 1778년 바바리아 왕위 계승 전쟁이 발발했다. 프로이센은 1764년 조약으로 러시아에 군사적 지원을 기대할 수 있었으나, 예카테리나는 그 대신 양측이 러시아의 중재 아래 1779년 테센 조약으로 강화를 맺도록 설득했다. 조약은 베르사유 강화의 보증인 역할을 러시아에 부여하면서 유럽 내 세력 균형의 조정자로서 러시아의 외교적 지위를 법조문의 형태로 전시하고 각인하였다. 1775년부터 시작된 미국 독립 전쟁에서도 예카테리나는 정치적으로 영국을 지지하는 편에 속했으나, 그것이 식민지 주민에 맞서 싸우기 위해 러시아 군대를 파견할 충분한 이유가 된다고 여기지는 않았다. 1780년 2월의 무장 중립 선언은 러시아 선박을 자극하던 영국을 비롯한 독립 전쟁의 교전국들에 러시아의 힘과 지위가 부족하지 않음을 보이기 위한 것이었다. 예카테리나는 중립국이 방해 없이 교역을 할 수 있어야 한다고 선언했으며 1783년에는 덴마크, 스웨덴, 네덜란드, 프로이센, 오스트리아, 포르투갈, 두 시칠리아 왕국을 포괄하는 이례적인 규모의 전 유럽적 정책 협정을 구성하였다.

무장 동맹의 형성과 함께 외무대신으로서 파닌의 경력은 끝났다. 예카테리나는 1781년 말 오스트리아의 요제프 2세와 새로운 비밀 동맹을 체결했고, 이로써 프로이센과의 동맹은 소멸한 것으로 간주했다. 외교 정책은 이제 파닌의 손에서 1차 오스만튀르크 전쟁 동안 명성을 얻은 두 사람의 수중으로 넘어갔다. 문관으로 복무를 시작한 그리고리 알렉산드로비치 포툠킨은 1768년 표트르 알렉산드로비치 루먄체프Петр Александрович Румянцев-Задунайский 아래에서 군 복무에 자원했고 빠르게 장군으로 진급해 루먄체프의 추천으로 상트페테르부르크로 소환되었다. 포툠킨은 1774년부터 2년 동안 예카테리나의 연인이었고, 1789년 새로운 총아 플라톤 알렉산드로비치 주보프Платон Александрович Зубов(1767~1822)가 등장하기 전까지 예카테리나에게 계속 외교 정책 관련 조언을 건넸다. 외무대신 파닌의 후임인 알렉산드르 안드레예비치 베즈보로드코Александр Андреевич Безбородко(1747~1799)는 포툠킨에게 부족한 면밀함을 보완해주었다. 외교 정책 고문이 바뀌면서 예카테리나는 프로이센, 오스트리아와 3국 동맹을 단념하였다. 빈과의 접촉은 테센 조약 이전 예카테리나와 마리아 테레지아의 서한 교환으로 재개되었으며, 오스트리아의 수상 벤첼 안톤 라이히스퓌르스트 폰 카우니츠리트베르크Wenzel Anton Reichsfürst von Kaunitz-Rietberg(1711~1794)는 프로이센과 추후 충돌에 대비한 보안책을 모색하던 참이었다. 오스트리아와의 동맹으로 러시아 외교 정책을 재조정하는 계획은 1780년 요제프 2세의 페테르부르크 방문 당시부터 구상된 것이었다. 카우니츠리트베르크가 새로운 동맹을 프로이센을 겨냥한 것으로 여긴 반면, 예카테리나에게 동맹은 튀르크 공격을 위한 대비로서 의미를 지녔다.

베즈보로드코는 1781년에 이르러 발칸반도 전체를 정치적으로 재구성하는 계획, 소위 '그리스 기획'을 고안했다. 이 계획에 따르면 러시아는 부크강과 드네스트르강 사이의 흑해 연안, 두 강 어귀를 통제하는 오차키우 요새를 포함하는 지역을 장악하고 난 뒤 그 지역에서 더 이상 영토 주장을 하지 않을 것이었다. 다음 단계는 베사라비아, 몰다비아, 왈라키아를 튀르크로부터 해방시켜 러시아로부터 독립되어 있으나 정교회 신자인 군주가 통치하는 하나의 다키아 공국으로 통합하는 것이었다. 또한 튀르크를 유럽에서 완전히 몰아낸 뒤에는 비잔티움 제국을 부활시켜 예카테리나의 둘째 손자 콘스탄틴 파블로비치Константин Павлович(1779~1831, 1825~1825 재위)를 황제로 옹립할 계획이 수립되었다. 베즈보로드코는 오스트리아가 베오그라드를 포함하는 세르비아 일부 지역을 차지하고, 프랑스에는 이집트 혹은 오스만튀르크 제국의 다른 아프리카 지역 일부가 부여될 것이라고 제안했다. 영국과 에스파냐를 위한 모종의 보상도 언급했다. 예카테리나가 동맹국과 이 계획을 상의하자 요제프 2세는 계획의 규모에 아연하면서도 오스트리아의 몫이 작다고 불평하며 몰다비아와 왈라키아를 요구했다. 예카테리나는 물러서거나 단념하지 않았다.

1783년 러시아는 포툠킨의 주도 아래 크림반도를 합병하였다. 포툠킨은 러시아 황제에게 충성하겠다는 주민들의 맹세를 받아냈으며, 오스만튀르크 제국은 이에 개입하지 않았다. 크림

복속 계획의 진행 상황에 관한 포톰킨의 편지를 기다리면서 예카테리나는 당시 러시아와 스웨덴의 국경에 있던 프리드릭샴에서 스웨덴의 구스타브 3세와 대면했다. 구스타브 3세는 자신의 덴마크 점령 계획에 대해 예카테리나의 승인을 구하고자 러시아와 동맹을 맺고 싶어 했으나, 예카테리나는 역으로 러시아-스웨덴-덴마크 동맹을 제안함으로써 영리하게 거절했다. 1787년 예카테리나의 크림반도 여정은 성공적인 합병을 선전하기 위해 의도한 것이었다. 예카테리나는 특히 여행에 동반한 요제프 2세를 감명시키고 싶어 했다. 그들은 소함대를 타고 드네프르강을 따라 이동하면서 예카테리나와 포톰킨이 크림의 칸들에 속했던 지역에 세운 도시인 헤르손에 들르고, 세바스토폴에 들러 새로운 해군 기지와 흑해 함대를 점검했다. 크림의 장관을 전시한 것은 이후에 있을 오스만튀르크 제국과의 충돌에서 자신을 지지해달라는 의사의 표현이었다.

한편 국내에서는 법전 편찬 기획이 일련의 핵심 법안들로 귀결되었다. 1782년 질서 및 내치 법령[3]은 경찰과 사법 기관의 관할을 구분하고 내치 지침을 제공했으며, 1783년에는 사적 인쇄소의 설립이 허용되었다. 1785년의 귀족 헌장[4]과 도시민 헌장[5]은 각 신분의 권리와 의무, 도시의 자치를 규정하였다. 보건도 중요한 문제로 취급되었다. 의사이자 작가인 요한 게오르크 치머만Johann Georg Zimmermann(1728~1795)은 황제의 요청

3 Устав благочиния или полицейскии

4 Грамота на права, вольности и преимущества благородного российского дворянства

5 Грамота на права и выгоды городам Российской Империи

에 따라 크림과 다른 남부 영토에서 러시아에 복무할 독일인 의사 23명을 모집했다. 토머스 딤스데일은 1781년 러시아를 재방문해 예카테리나의 두 손자 알렉산드르 파블로비치Александр Павлович(1777~1825, 1801~1825 재위)와 콘스탄틴 파블로비치에게 예방 접종을 해주었다. 예카테리나가 이전에 수립한 예방 접종 병원은 수요가 적었으나 황제는 접종에 꾸준한 관심을 기울여 1783년 새로운 격리 및 접종 시설을 개설했다.

예카테리나와 요제프 2세의 크림 여정이 암시한 상징적인 위협은 1787년 오스만튀르크에게 전쟁을 개시할 동기를 제공했다. 러시아에서는 1788년 발트해 함대를 지중해로 보내는 계획이 새롭게 고안되었으나 영국 해군성은 1770년과 같은 지원을 하지 않기로 결정했다. 상트페테르부르크에서 함대가 출발하기 전, 스웨덴의 구스타브 3세는 영국의 윌리엄 피트William Pitt(1759~1806) 정부가 부추기는 가운데 튀르크와의 오랜 동맹을 상기해 러시아에 전쟁을 선포하였다. 스웨덴군은 예카테리나의 궁전에서 불과 수십 마일 떨어진 곳에서 공격을 감행했으며, 양국의 전쟁은 1790년까지 2년 동안 지속되었다. 예카테리나는 2차 오스만튀르크 전쟁기에 프로이센-영국-네덜란드의 3국 동맹과 충돌했다. 오스트리아는 늦게 참전해 서유럽의 격변을 주시하며 전쟁에 임했고, 혁명이 벨기에로 확산하자 튀르크와 서둘러 강화를 맺었다. 프로이센 왕은 공공연히 튀르크의 편을 들었으며, 스웨덴에 군사적 지원을 약속했다. 1791년 3월 영국의 피트 정부는 예카테리나에게 오차키우를 포기하고 합리적인 조건으로 강화를 체결하라는 최후통첩을 발송할 준비를 했다. 프로이센은 러시아의 영토 획득을 막는 동시에 자국은 폴란드로부터 단치히와 토룬을 얻고 싶어 했다. 러시아가 남부에 전념하는 틈에 폴란드인들은 프로이센의 지원을 받으면서 1791년 5월 이전의 취약한 과두정을 더욱 강한 세습 군주정으로 전환하는 새로운 헌법을 공포했다. 예카테리나는 러시아의 후견을 벗어나게 할 정부가 폴란드에 수립되는 것을 인정할 수 없었다.

1790년 여름 스웨덴 국왕은 대對프랑스 전쟁 준비에 몰두했고, 베즈보로드코는 전쟁 이전 상태에 기초한 강화 제안을 받아들였다. 그는 핀란드에 대한 러시아의 주장을 포기하고, 스웨덴 헌법의 보호자로서의 권리도 단념하겠다고 동의했다. 베즈보로드코는 오차키우 점령에 대한 피트의 항의를 외면했으나 발칸에서 계획한 바를 더 이상 추진하지 않기로 했으며 포툠킨의 군대 일부를 폴란드로 이동시키고자 했다. 포툠킨은 1791년 10월 사망했고, 알렉산드르 바실리예비치 수보로프Александр Васильевич Суворов(1730~1800) 장군이 이즈마일 성채를 점령하고 니콜라이 바실리예비치 렙닌 공작이 도나우강 남부 전투에서 튀르크를 격퇴했으나, 1792년 비교적 온건한 조건으로 이아시에서 강화 협상이 진행되었다. 오스만튀르크 제국은 크림을 러시아에 넘기겠다고 동의했고, 술탄은 머지않아 오데사의 터가 될, 부크강과 드네스트르강 사이의 해안을 할양했다. 이아시 조약은 다키아 왕국이나 콘스탄티노폴리스의 제위에 황제의 둘째 손자를 앉히는 일 없이 18년 전에 합의한 퀴취크카이나르자 조약의 조건을 확인했다.

오스만튀르크와 전쟁을 종결한 뒤 러시아의 힘은 폴란드를 복속시키는 데 집중되었다. 폴란드의 2·3차 분할은 이전과 같은 주체에 의해, 동일한 방식으로 진행되었다. 폴란드는 러시아가 1차 오스만튀르크 전쟁을 치른 비용을 부담한 것처럼 오스트리아와 프로이센이 혁명기 프랑스와 치른 전쟁의 비용을 자국 영토로 지불했다. 러시아는 더 이상 프로이센이 아닌 오스트리아와 동맹을 맺었으나, 아군이 적군보다 나을 것은 없었고 다만 공통의 전리품이 친구와 적을 화해시켰을 뿐이었다. 러시아 군대가 폴란드에 진입한 명분은 폴란드를 중독시키고 이웃 국가에 극심한 위험을 제기한 '민주 정신'의 독소 제거였다. 2차 분할 이후 한쪽 해양에서 반대쪽 해양에 이르던 1,000만 인구의 폴란드는 300만 인구에 낡은 헌법, 그리고 국왕의 외교 정책이 러시아의 감독 아래 놓이게 되었다. 영토도 비스와강 중류와 상류에서 네만강 사이의 좁은 띠로 축소되었다. 1794년 폴란드 장교 타데우시 안드레이 보나벤투라 코시치우슈코Tadeusz Andrzej Bonawentura Kościuszko(1746~1817)가 주도한 봉기는 러시아가 소요의 불씨를 없애기 위해 최종적으로 폴란드에 개입할 구실을 제공했다. 1795년 10월 13일, 3국이 폴란드의 나머지 지역을 분할하기로 결정하면서 국가 폴란드는 지도에서 사라졌다.

포툠킨과 베즈보로드코의 외교 정책을 교체하면서 등장한 플라톤 알렉산드로비치 주보프는 그만의 콘스탄티노폴리스 정복 계획으로 전임자를 능가하고자 했다. 러시아는 한편으로 발칸을 통한 전통적 공격을 계속하고, 다른 한편으로 캅카스와 페르시아를 통해 소아시아에 진입했다. 양쪽 군대가 만나면 예카테리나가 직접 지휘하는 가운데 흑해 함대가 보스포루스 해협에 진입해 해상에서 튀르크 수도를 공격할 것이었다. 예카테리나는 말년에 이르러서도 만방으로 영예를 추구하기를 멈추지 않았다. 1796년 2월 페테르부르크에서 페르시아로 원정대가 떠났고, 11월 예카테리나는 폴란드의 '자코뱅'을 다스려야 한다는 이유로 파견을 미루고 있던 수보로프의 정예 부대 일부를 프랑스 혁명군과 맞서 싸우던 오스트리아에 지원군으로 보내는 데 동의했다. 하지만 곧이어 황제의 사망으로 모든 계획이 멈췄고, 파벨은 서둘러 어머니의 유산을 폐기하는 일에 나섰다.

예카테리나 사후 60년 동안 러시아에서 일어난 변화는 그녀의 34년 치세에 비해 무시해도 좋을 수준이었다. 예카테리나가 확정한 유럽과 러시아의 국경은 1809년 핀란드와 1812년 베사라비아의 획득, 1815년 폴란드 입헌 왕국 이외에 1796년부터 제정이 몰락할 때까지 변하지 않을 것이었다. 베즈보로드코는 자신의 경력이 끝날 무렵 젊은 외교관들을 향해 "제군들 시대에는 어떨지 모르나 우리 시대에는 유럽에서 러시아의 허락 없이 감히 대포 한 발도 쏘지 못했다"라고 술회했다.

입법위원회

17세기 후반 러시아는 표트르 대제가 유럽 문물을 전격적으로 도입하면서 기존의 관습과 절연하고 유럽 문명으로 향하는 궤도에 놓이는 듯했다. 이후 서구적 경로를 따르느냐 러시아의 독자성을 지향하느냐 하는 문제는 러시아 지식인의 담론을 가르는 주요한 표지가 되었다. 19세기에는 표트르 대제의 서구화를 평가하면서 러시아의 나아갈 길을 물은 서구주의자와 슬라브주의자의 역사 철학 논쟁이 있었다. 20세기 초에는 혁명의 방향과 세계사 속 러시아의 위치에 대한 논쟁이 있었다. 혁명 이후에는 미하일 세르게예비치 고르바초프Михаил Сергеевич Горбачев(1931~)의 개혁을 표트르 대제의 서구화에 비견하면서 이러한 개혁을 러시아를 유럽적 국가로 변모시키려는 시도로 보는 평가와 동시에 본래 기질과 불화하는 급격한 변화가 러시아의 몰락을 부추겼다는 비판적 시각이 제기되기도 했다. 러시아가 서구와 맺는 독특한 관계, 즉 러시아가 서구를 모방하면서도 독자적 정체성을 유지해나가는 방식은 현재까지도 러시아의 발전을 논하는 자리에 빠지지 않는 이정표이다.

예카테리나 2세는 표트르 대제가 시작한 서구화를 더욱 심화한 양상으로 진전시켜, 러시아 제국의 정치적 제도와 경제적 구조를 재편하는 데 이르렀다. 예카테리나는 프로이센 소공국 출신으로 표트르 3세의 황태자비로 낙점되어 러시아에 왔다. 1762년 황위에 오른 뒤 예카테리나가 실행에 옮긴 일련의 개혁은 그를 표트르 대제와 함께 계몽 군주의 반열에 오르게 한 공적이 되었다. 남편을 대신하여 무력으로 황위를 획득한 예카테리나는 신성한 권리나 계승 이론으로 자신의 권위를 정당화할 수 없었다. 그 대신 프랑스와 독일 지식인의 사상을 차용하여 자연법과 공공의 복지에 기초한 정당화를 시도했다. 예카테리나는 서유럽의 최신 연구를 습득하고 걸출한 학자와 서한을 주고받으며 항상 유럽이라는 타자를 의식하면서 개혁을 구상했다. 1767년 새로운 법전안의 편찬을 위한 입법위원회[6]를 소집하고 거기에 직접 보낼 지침으로 《교서》를 작성한 일은 예카테리나의 가장 이른 사업 중 하나였다. 예카테리나는 나중에 출간된 《앙티도트*Antidote, ou examen du mauvais livre superbement imprimé intitulé "Voyage en Sibérie"*》(St. Petersburg, 1770)에서 러시아와 유럽의 발전에 관해 동란의 시대(1598~1613) 전까지 러시아가 대체로 유럽의 다른 지역과 같은 발전 단계에 있었다고 말했다. 이어서 알렉세이 1세와 표트르 대제의 재위기에 진보의 길을 따라 몇 발자국 더 나아갔으며, 《교서》는 그 길에서 가장 앞선 위치를 장식하고 있다고 선언했다.

예카테리나가 법전 편찬을 지시한 시점에 러시아는 알렉세이 1세가 1649년에 공포한 《울로제니예Уложение》라는 이름의 복잡한 법전의 적용을 받고 있었고 표트르 대제 치세 이후 새롭게 제정된 칙령указы, 포고манифесты, 칙서рескрипты, 법령уставы, 규정постановления 등이 체계적으로 정리되지 않은 채로 남아 있었다. 수많은 법률이 서로 모순되고 중복되어 자의적으로 해석할 수 있었기 때문에 행정 및 재판 절차의 합리적 진행을 방해했다. 표트르 대제, 예카테리나 1세, 표트르 2세, 안나 이바노브나가 몇몇 수정을 가했으나 상황을 명료하게 만들지는 못했다. 예카테리나 2세가 새롭게 구성한 입법위원회는 1649년 《울로제니예》를 새로운 법률로 보충하는 작업에 착수했지만 성공을 거두지 못해 뒤따라 시작한 것이었다. 법전 정비를 위한 위원회는 관료와 귀족으로 이루어지기도 했지만 대부분 다른 성직자나 상인

6 Коммиссия о сочинения проекта нового уложения

신분 중에서 위원을 선출했다. 여러 신분으로 입법위원회를 구성하는 것은 1550년 법전 《수제브니크》와 1649년 법전 《울로제니에》가 편찬되는 방식이 반영된 결과였다. 《수제브니크》는 고대 루스의 가장 중요한 법전이었고, 《울로제니에》는 전국 주민 회의를 거쳐서 편찬되었다. 1761년 입법위원회가 원로원과 더불어 1754년에 마련된 안을 재검토하려고 시도했을 때 원로원은 모든 주에서 귀족 두 명, 상인 한 명을 대표로 선출해서 보내라고 명령했고, 신성종무원의 대표도 성직자 중에서 뽑도록 권장했다. 1763년 위원회가 해산될 때까지 과제는 미완인 채로 남았고 위원회만 존속하던 상태에서 예카테리나 2세가 새로운 대표를 소집한 것이 1767년 입법위원회였다.

입법위원회는 새로운 법전안을 편찬하기 위해 위원을 소집하는 1766년 12월 14일 포고[7]와 함께 시작했다. 입법위원회의 구성은 상당한 수준의 대표성을 보장했다. 지역별, 신분별 대표의 구성을 정하는 포고를 완성하는 데에도 최소 7개의 초안을 작성했다. 검찰총장 알렉산드르 알렉세예비치 뱌젬스키 Александр Алексеевич Вяземский(1727~1793), 나중에 입법위원회의 의장이 된 알렉산드르 일리치 비비코프Александр Ильич Бибиков (1729~1774), 황제의 비서 그리고리 바실리예비치 코지츠키 Григорий Васильевич Козицкий(1724~1775) 등이 포고안 작성 단계에서부터 긴밀한 역할을 수행했다. 포고에 따라 위원회는 제국의 전체 영토에서 예외 없이 똑같은 규정에 따라 위원을 선출했

7 Манифест об учреждении в Москве Комиссии для сочинения проекта нового Уложения, и о выборе в оную Депутатов

고 중앙 정부 기관의 대표와 사회의 각종 인구 집단의 대리인으로 구성되었다. 원로원сенат, 신성종무원синод, 콜레기야коллегия와 중앙 정부의 주요 관청приказ에서 위원을 한 명씩 보냈으며 각 도시город의 자택 소유주 중에서 한 명, 각 현уезд의 귀족 중에서 한 명, 각 군провинция의 자영농, 군인-농민, 황실 소유 농민, 세례 여부와 관계없이 비러시아 부족 단위에서 한 명씩, 다시 말해 이 모든 인구 집단이 있는 군에서는 위원 네 명을 선출했다. 카자크 대표의 수는 상부 지휘관이 결정했다. 귀족이나 도시민 대표로 선출되기 위해서는 25세 이상의 행실이 바른 사람이어야 했으며 황실 소유 농민의 대표가 되려면 35세 이상으로 결혼한 가정에서 자녀를 둔 아버지여야 했다. 현과 도시에서는 직접 선거를 했고 군 선거는 세 단계를 거쳤다. 현의 지주와 도시의 자택 소유주는 2년 임기로 선출된 의장의 진행 아래 위원회에 보낼 대표를 직접 선출했고, 대도시에서만 지역별로 먼저 선거인단을 구성할 수 있었다. 단일 세대주와 앞에서 언급한 다른 인구 집단에 속하는, 지방 교구погост에 집과 토지를 소유한 다른 자유로운 지방 거주민은 교구 대표를 선출했고, 이들이 현 대표를 정하면 그중에서 군을 대표하는 위원이 선출되었다.

이로써 중앙 정부 기관과 몇몇 사회적 신분, 비러시아 부족, 거주지 단위가 입법위원회에서 대표성을 띠게 되었다. 확대된 대표성에도 불구하고 입법위원회는 러시아 제국의 모든 계층 구성원을 포괄적으로 대변하지는 못했다. 농노를 배제한 것을 차치하고서라도, 이전 세기에 회의에 계속 참여해온 교구 성직자는 도시 선거에 참여하는 것 이외에 위원회에 대표를 보낼 집단으로 인정되지 않았다. 또한 교회 농민(혹은 이들을 관리한 경제 콜레기야의 이름을 따서 부른 '경제' 농민)이었으나 1764년 세속화 조치로 자유를 얻은 이들, 법원 농민, 공장이나 탄광에서 일하는 황실 소유 농민의 대표도 없었다. 입법위원회에는 대표가 총 564명 선출되었으나 대표의 양적 배분은 인구 대비 대표된 집단의 규모에 비례하지 않았다. 국가에서 차지하는 중요도에 상응하는 것도 아니었다. 단적인 예로 도시에서 선출한 대표가 가장 많았는데 도시별 크기와 상관없이 대표를 한 명씩 보냈기 때문에 페테르부르크와 모스크바는 몇백 명의 거주민을 둔 도시 부이와 똑같이 위원 한 명만 선출했다. 또한 도시 대표는 위원회 구성원의 39퍼센트를 차지한 반면 도시 거주민은 제국 인구 전체의 5퍼센트에도 미치지 않았다.

결과적으로 각 단위에서 위원을 선출하는 과정은 1767년 입법위원회를 개최할 수 있는 일정에 마감되었다. 그러나 공적인 업무에 참여한 경험이 없다시피 한 대다수 인구에게 참여를 종용하는 과정에서 몇 가지 어려움이 따랐다. 예카테리나는 우선 국가의 업무에 참여하는 일이 조세 신설을 비롯한 각종 부담으로 이어질 것이라는 편견에 직면했다. 신민에게 신뢰를 얻기 위해 정부는 입법위원회 구성을 위한 선거·회의에 출석하지 않으면 불이익을 주겠다는 이전의 위협적 자세를 버렸다. 정부는 위원직에 선출된 이에게 봉급을 주고 사형, 고문, 체벌, 재산 몰수를 평생 면제해주는 혜택을 제공하는 유화책으로 선회했다.

위 문제에 더하여 대大러시아와 다소 다른 행정을 유지해온 변경 지역에서 중앙 정부와 토착 사회의 오랜 반목이 수면 위로 떠올랐다. 남부와 남서부의 슬로보다우크라이나와 소러시아 지역에서 1760년대 초 개혁 이전처럼 토착 카자크 세력을 배치해달라는 요구가 표출되었다. 가장 폭력적인 갈등이 빚어진 소러시아 군에서는 체르니고프, 스타로두프, 흘루히우, 네진과 바투린 선거에 상당한 소동을 벌이러 반대자들이 나타났고 실제로 살인과 같은 범죄가 발생했다. 카자크 지도 체계인 헤트만 제도를 대체하고자 중앙에서 파견된 총독 표트르 알렉산드로비치 루먄체프는 소러시아에서 회의가 순조롭게 진행되는 일이 없다는 증언을 비롯하여 여러 서한을 작성하여 중앙에 계속 보고했다. 루먄체프는 헤트만 제도의 부활을 외친 지도자급 인사를 재판에 회부하여 한동안 문제를 잠재웠다. 북서쪽으로는 리보니아에서 입법위원회를 모집하는 포고가 있기 약 20년 전부터 기사단을 등록하는 계보를 마련하여 특정한 계보에 등록한 르이황제스트보рыцарство, Ritterschaft가 등록하지 않은 젬스트보земство, Landschaft와 세력을 다투고 있었다. 두 세력을 통합하여 선거를 진행하기가 어려웠던 데다가, 예카테리나는 리보니아의 자체 계보를 인정하지 않았고, 중앙에 별도의 등록 체계가 있는 것도 아니었다. 후에 소러시아에서 파견된 위원은 리보니아 대표가 이전의 권리와 특혜를 유지할 필요가 있다는 점에 동의했다고 과시했으나, 양 집단의 내적 차이로 인해서 위원회에서 견고한 전선을 형성하는 데 이르지는 못했다.

전 러시아 지역에서 다양한 모집단의 대표로 선출된 위원이 1767년 한자리에 모여서 가장 먼저 한 일은 "나카즈наказ"라고 불리는 동명의 상이한 두 문서의 낭독을 듣는 것이었다. 수도의 입법위원회로 모이기 전에 요구 사항을 수합하는 논의나, 이후에 의제를 선별하여 이해관계를 조율하는 논의 과정상 난관을 고려하더라도, 〈진정서наказы〉의 존재야말로 1767년 입법위원회의 가장 큰 혁신이었다. 예카테리나 2세가 입법위원회에 법전 편찬의 지침으로 하달한 문서가 대문자와 단수 형태로 표기된 《교서*Наказ*》라면, 둘 중에 소문자로 시작하여 복수 어미로 끝나도록 제시된 〈진정서〉는 각 위원이 자신이 대표하는 집단에서 수합한 요구 사항이었다. 선거인은 법정에서 해소할 사적 사안을 제외한 사회적 필요와 어려움을 대표에게 제시했다. 선거인은 이 장치를 자신의 일상적 요청을 황제에게 직접 전달할 경로로 이해했고, 위원은 공동체의 필요를 위한 청원의 전달자였다. 위원들은 1,500명에 달하는 인원의 두 배에 해당하는 지침을 위원회에 가지고 왔다. 특히 지방의 대표들이 가져온 〈진정서〉의 양이 많았던 것은 수합 방식에 기인했다. 도시와 귀족 집단의 직접 선거에서는 대표를 고른 뒤에 다섯 명으로 이루어진 위원회를 만들어 3일 동안 유권자의 요구에 관한 진술을 듣고 다시 3일 동안 유권자 앞에서 확인받아서 위원에게 전달하는 절차를 거쳤다. 반면 군 대표 선출을 위해 세 단계를 거친 집단에서는 교구 선거인이 각기 작성한 청원을 현 대표에게 전달했고, 다시 현 대표가 군 대표에게 전달했다. 그래서 교구민의 수만큼이나 많은 요구 사항이 모인 것이다.

이렇게 출범한 입법위원회는 예카테리나 황제에게 어떤 칭호를 올릴지 논의하느라 많은 시간을 보냈고, 중요한 논의를 시작하지 않는 것에 황제가 불편한 심기를 내비치자 여덟 번째 회기에 비로소 본격적인 회의에 들어섰다. 1767년 위원회에서 가장 먼저 청취한 〈진정서〉는 노브고로드주 벨로제르스크군 카르고폴현 농민에게 수합한 것이었으며 여기에 대해 26개의 연설과 글로 작성한 의견이 제시되었다. 14차례의 회기 동안 지방 〈진정서〉 12개를 읽고 논의했지만 그 뒤로 대표들의 〈진정서〉는 더 이상 대위원회에서 읽지 않았고 대신 귀족의 권리에 관한 입법을 논의하면서 토론을 이어갔다.

과거에는 법전이 편찬될 때 고위 관료가 법안을 작성하고, 신분별 대표는 보조 도구로 소집되었다. 이와 달리 예카테리나는 12월 14일 포고를 통해 입법위원회에 두 가지 역할을 부여했다. 대표들은 각 지역의 요구 사항을 보고할 뿐 아니라 새로운 법전의 초안을 마련하기 위해 위원회에 소집되었다. 복잡한 과제를 수행하기 위하여, 위원회 전체를 일컬었던 대위원회Большая комиссия에서 대표 다섯 명으로 구성된 세 소위원회를 선출했다. '관리위원회дирекционная комиссия'는 운영을 맡아 법전의 서로 다른 부분을 도맡을 특별위원회частные кодификационные комиссии를 다섯 명 이하로 구성하도록 대위원회에 제안했다. 그리고 이들의 작업을 감독하고 황제의 위대한 《교서》에 반하는 내용을 확인하여 수정한 뒤 정정한 부분을 전체 회의에서 설명했다. 편집 기능을 맡은 '조사위원회экспедиционная комиссия'는 특별위원회의 제안서와 대위원회의 법안에서 모호하고 이해할 수 없는 표현을 다듬었다. '준비위원회подготовительная комиссия'는 대표의 〈진정서〉를 주제에 따라 발췌하여 전체 회의에 회부했다. 세 소위원회는 대위원회에서 일종의 행정 부서를 구성했다.

하부위원회를 구성하여 기능을 분리하려는 노력이 있었음에도 입법위원회의 논의는 순조롭게 진행되지 않았다. 귀족의 권리, 소시민 관련법, 리보니아와 에스토니아의 특권 등의 의제가 일정한 질서 없이 산발적으로 제시되었다. 신분을 다루는 특별위원회가 '귀족의 권리'를 대위원회에 회부하여 이미 많은 시간을 할애한 이 주제를 또 논의하기 위해 3개월을 허비하고, 대표의 의견과 조율하기 위해 다시 특별위원회에 돌려보냈다. 1768년 12월, 대의원회를 해산하라는 황제의 지시에 따라 입법위원회는 별다른 성과 없이 막을 내렸다. 대의원회는 1년 반 동안 203차례 회의를 진행했으며 다시 소집되는 일은 없었다. 오직 특별위원회만이 존속하여 몇 년간 활동을 이어갔다.

《교서》

《교서》는 입법위원회에 내려진 황제의 뜻이었다. 인구 집단별로 대표 선출과 〈진정서〉를 수합하는 사전 절차를 거쳐 1767년 7월 30일 크레믈에 모인 위원들은 코스트로마 귀족 대표 알렉산드르 일리치 비비코프를 의장으로 선출하고, 황제 편에서 작성한 《교서》를 정독하는 일로 첫 회기를 개시했다. 위원별로 가져온 〈진정서〉와 구분하고자 《대大교서*Большой Наказ*》라고도 부른 황제의 《교서》는 1767년 7월 30일 발표한 526개 조항과 1768년 2월 28일에 추가한 40개 조항, 4월 8일에 추가한 89개 조항을 합하여 총 655항으로 이루어져 있다.

그렇다면 예카테리나의 《교서》에 대한 학자들의 평가는 어떠했을까? 예카테리나가 얼마나 많은 내용을, 그리고 구체적으로 어떤 내용을 몽테스키외의 저술에서 빌려왔느냐는 문제는 지금까지 《교서》 연구를 둘러싼 중요한 쟁점 중 하나이다. 니콜라이 드미트리예비치 체출린Николай Дмитриевич Чечулин(1863~1927)에 따르면 《교서》의 성격과 외부 문헌의 차용 정도에 관한 연구는 《교서》를 출판한 지 100년 뒤부터 이루어졌다. 알렉산드르 표도로비치 키스티야콥스키Александр Федорович Кистяковский(1833~1885)는 〈베카리아가 러시아 형법에 미친 영향Влияние Беккарии на русское уголовное право〉(1864)에서 《교서》가 체사레 베카리아Cesare Beccaria(1738~1794)의 《범죄와 형벌*Dei delitti e delle pene*》(Livorno : Marco Coltellini, 1764)에서 많은 내용을 가져왔으며 몽테스키외의 저술에서 단순히 번역하여 가져온 조항도 300개나 된다는 점을 지적했다. 1889년에는 벨리코프С. Я. Беликов가 베카리아의 책을 완역해 출간하면서 《교서》가 형벌에 관해 기술할 때 베카리아와 몽테스키외의 저술에서 정확히 어떤 대목들을 차용했는지 알려주는 설명을 첨부했다. 벨리코프는 키스티야콥스키가 지목한 58개 이외에 51개 조항의 출처를 추가로 밝혔다. 표트르 카를로비치 셰발스키Петр Карлович Щебальский(1810~1886)는 슬라브주의 성향 잡지 《노을*Заря*》에서 예카테리나가 《교서》의 토대를 몽테스키외에게서 빌려온 것이 맞지만 그 내용을 선택할 때에는 독립적으로 판단했다고 강조했다. 셰발스키는 이어서 《교서》에서 상당한 정도로 황제의 독창성을 발견할 수 있다고 말했다. 아돌프 카를로비치 류트시Адольф Карлович Лютш(1872~1918)도 예카테리나가 몽테스키외를 꽤나 주체적으로 변용하여 수용했다고 주장했다. 국가 크기와 기후 같은 지리적 조건이 정치체의 성격을 결정한다고 했던 몽테스키외의 정체 분류에 따르면 커다란 영토가 전제정의 조건이다. 하지만 예카테리나는 전제 권력이라는 표현을 1인 통치를 의미하는 말로 교체했다는 게 그 이유다. 류트시는 황제가 몽테스키외와 달리 러시아를 전제정의 한 유형으로 간주하지 않아서 그러한 교체가 일어났다고 설명했다. 체출린도 황제가 자국을 군주정이나 1인 통치 체제로 이해했다고 보았다. 황제는 몽테스키외의 분류에 따라 러시아의 규모에는 군주에게 권력이 집중된 정체가 바람직하다는 결론을 도출하면서도 자국을 전제정으로 분류하지 않았고 용어도 바꾸었다는 것이다.

《교서》가 황제의 지적 유희에 그쳤느냐, 실효적 개혁이라는 성과를 이뤘느냐를 두고도 연구자들의 평가는 엇갈렸다. 바실리 오시포비치 클류체프스키Василий Осипович Ключевский(1841~1911)가 보기에 《교서》는 서구 문명의 가장 높은 곳에 있는 나뭇잎들을 잘라내서 가져온 것에 불과했다. 그는 《교서》를 가리켜 러시아의 현실 문제에 대한 해답을 러시아적 경험을 하지 않은 곳의 외국인이 발전시킨 이론에서 모색하는, 오래 지속될 관습의 출발점이 되었다고 비판했다. 게다가 그는 《교서》가 당시 대중에게 사실상 알려지지 않았다는 점을 지적한다. 호기심 많은 사무관에게 노출되지 않도록 관청에서도 《교서》를 단단히 잠가서 보관하라는 원로원의 명령이 있었다고 한다. 반면에 체출린은 《교서》가 예카테리나의 독창적 저작물이라는 기준으로는 높이 평가받을 수 없고 제안된 내용이 곧바로 법문화된 경우는 거의 없으나, 뒤이은 정부 사업에 결국 반영되었다는 점에 주시했다. 더욱이 그는 예카테리나가 걸출한 당대 지성인들의 사상을 융해해 입법위원회의 대중 앞에서 《교서》를 낭독시키고, 그 사본을 여러 부처와 지방 관청에 보냈으며, 재위 기간에만도 여덟 번에 걸쳐 출간하면서 널리 확산시킨 것에 주목했다. 그는 황제가 《교서》를 통해 러시아 민중에게 커다란 봉사를 한 것으로 높이 평가해야 한다고 역설했다. 체출린의 긍정적 평가는 클류체프스키가 영향을 받아 이후 판본에서 자기 견해를 수정하게 만들 만큼 권위를 얻었다.

소비에트 역사학자들은 일관되게 《교서》를 낮게 평가했다. 1920년대 대표적인 소비에트 역사학자 미하일 니콜라예비치 포크로프스키Михаил Николаевич Покровский(1868~1932)는 《교서》에 그토록 많은 관심이 집중되어왔다는 사실에 경악하면서 아이들이 예카테리나의 끔찍한 《교서》보다는 푸가초프 반란을 이해하는 편이 낫다고 말했다. 그는 예카테리나의 계몽사상이 실제 정책에 거의 영향을 주지 않았으며 재위 기간 후기에 특히 그러했다고 강조했다. 계몽 군주에 대한 관심이 고조된 20세기 중엽인 1964년에도 니콜라이 미하일로비치 드루지닌Николай Михайлович Дружинин(1886~1986)은 계몽 군주로서 예카테리나의 정책은 표트르 대제가 시작한 관료제화를 지속하고 강화했지만 사회의 봉건적·계급적 질서를 그대로 놔둔 채 황제의 권력을 끝없이 늘렸다고 비판했다. 이는 경제적으로 뒤떨어지고 시초축적이 지연된 대국에서 부르주아가 더디게 성장하고 있는 현실을 바탕으로 한 비판이었다. 부르주아에 대한 진보적 관점과 보수적 봉건주의 관점이 결합하는 데서 나오는 모순을 예카테리나가 피하지 못했다는 것이다.

그러나 위 평가들은 애초에 그 시대의 질문들에 대한 그 시대의 대답들이다. 여기서는 황제와 그의 시대를 이해하기 위해 독창성이나 역사 발전 단계론의 관점에서 제기된 문제들을 한쪽으로 밀어두고 《교서》의 내용을 간략하게 살펴보자. 먼저 황제는 "신이시여! 제 목소리에 귀를 기울이셔서 당신의 인민을 성스러운 법과 정의로 심판할 수 있도록 제게 지성을 주십시오"라는 외침으로 《교서》를 시작한다. 예카테리나는 《교서》 1장에서 그리스도의 율법이 모든 민중의 가슴속에 뿌리내려 민중이 조국의 번영, 명예, 행복, 평화를 소망하고 계율에 반하는 모든 시도로부터 법의 보호를 받기를 희망할 것이라고 적었다. 황제는 이를 위해 러시아의 자연환경과 인민의 습속 및 기질에 어울리는 법을 제정할 수 있다고 보았다. 예카테리나는 신앙, 자연조건, 지리적 조건을 법의 토대로 간주하고, 그 셋을 유기적으로 연결해서 통치의 원리로 삼고자 했다.

《교서》는 러시아의 '유럽 국가'적 정체성을 강조했다. 여러 민족의 혼합과 타국의 침략에 따른 오랜 습속이 러시아를 지배했지만, 기존의 습속보다 표트르 대제가 들여온 유럽의 습속이 러시아 민중과 더 잘 호응했다. 황제는 그 원인을 러시아가 유럽 국가이기 때문이라고 보았다. 황제는 이어서 러시아 제국의 지리적 연장을 명시하고, 러시아의 영토가 광활하므로 신속하고 효율적인 국사 처리를 위해 권력이 군주에게 집중되어야 한다고 선언했다. 러시아에서 유일하게 가능한 정부 형태는 1인 통치이며, 다른 모든 정부 형태는 파멸을 불러오리라는 것이었다.

《교서》 3장 〈국가 구조의 안정에 관하여〉에서 예카테리나는 황제의 대권에 종속되는 '중간 권력'이 국가 통치 형태의 본성을 형성한다고 적었다. 모든 권력의 근원은 군주에게 있으나, 국가의 기본법이 아래로 통과할 수 있는 하위 재판소를 구성하는 것이다. 예카테리나는 하위 재판소가 군주의 하명에 일정한 반대 의사를 표명할 수 있도록 허락하는 기본법을 제정함으로써 국가의 통치 구조 전체를 안정적인 지반 위에 올려둘 수 있으리라고 믿었다.

《교서》 4장 〈법의 수탁소에 관하여〉에는 러시아에서 새롭게 입안된 법을 알리고 잊힌 구법을 재생하며 황제의 칙령에 반대 의사를 표명할 권리가 있는 법의 수탁소가 바로 원로원이라고 덧붙였다. 《교서》에 따르면 원로원은 기본법과 통치 구조를 사려 깊게 고려하여 황제의 뜻을 관찰하는 역할을 부여받았다.

《교서》 5장 〈국가의 모든 주민의 상태에 관하여〉와 6장 〈법 일반에 관하여〉에는 시민이 누리는 자유와 평등, 그들에게 적용되는 법 일반에 관한 내용이 담겼다. 시민의 평등은 모두가 같은 법을 적용받는다는 사실에 기인한다고 선언되었다. 그리고 자유는 방종이 아니라 적절한 수준의 법치, 즉 역지사지의 정신이 깃든 법에 따라 행동 범위를 일정한 수준에서 제한하는 것을 내포한다고 규정했다. 또한 안전을 향유하고 있다는 생각에서 비롯된 마음의 안정이 정치적 자유의 토대이며, 따라서 이 자유를 보장하기 위해 시민이 타인을 두려워하지 않고 오직 법률만을 두려워하도록 법을 마련해야 했다. 법은 꼭 필요한 제한 사항만을 두어야 하며, 최대한 모든 것을 허용하는 방향으로 제정되어야 했다. 인간을 지배하는 신앙, 기후, 법, 그리고 국가의 기초로 채택된 원리, 선례, 습속, 관습 따위의 조건에서 인민의 공통된 사고방식이 유래하며, 법조문은 민중의 지혜를 따라야 하는 것이었다. 황제는 관습으로 고쳐야 할 것을 법으로 고치는 통치는 취약하며, 불필요하게 부과된 형벌은 압제가 된다고 강조했다. 재판의 집행을 규정한 내용에 이어서 고문이나 사형 같은 가혹한 형벌이 건전한 판단력에 반할뿐더러 사회에 유익하지 않으니 제한해야 한다고 명시한 데서는 베카리아의 목소리를 들을 수 있다. 이는 6장의 내용과 더불어 법과 통치가 징벌보다 교정 효과를 주기를 바라는 황제의 입장을 확인해준다.

황제는 《교서》 9장 〈재판 진행 일반에 관하여〉에서 중죄를 재판할 때 피고가 재판관을 선택하거나 최소한 특정인을 거부할 수 있도록 허락되어야 한다고 규정했다. 또한 피고가 자신을 폭압할 수 있는 자들의 손아귀에 놓였다고 생각하지 않도록 몇몇 재판관은 피고와 동일한 신분으로 배정해야 한다고 했다. 법 앞의 평등을 말하는 동시에 재판부의 신분 안배 원칙을 규정하는 데서 예카테리나가 평등을 차등적 신분 질서 내에 놓이는 것으로 사유했다는 점을 알 수 있다.

《교서》 11장 〈시민 사회에 관하여〉는 세상에는 통치하고 명령하는 쪽과 복종하는 쪽이 있지만 건전한 이성이 허락하는 한 예속민의 사정을 개선할 의무가 있고, 국가적 효용과 극단적인 필요성에 따르는 경우가 아니라면 인민을 노예 상태로 전락시키는 것을 피할 의무가 있다고 선언했다. 15~17장은 농민, 시민, 귀족이라는 세 신분을 정의하고 구분하고 설명했다. 15장의 첫 세 항목에서 황제는 세 신분을 정의했다.

이어지는 여러 장에서 황제는 농업이 가장 고된 노동이며 상업과 제조업이 성행할 수 있는 중요한 토대라고 설명했는데, 이는 18세기 정치경제학의 기본 가정에서 한 치도 벗어나지 않는 것이었다. 〈모든 지출, 수입 및 공공 행정, 다시 말해 국가 경제 혹은 재정의 집행에 관한 보충〉이라는 제목으로 나중에 추가된 22장에서도 오직 농업만이 인민에게 양식을 주고 다른 모든 경제 활동을 지탱하므로 최우선으로 장려해야 한다고 강조했다.

《교서》 19장 〈법의 제정과 문체에 관하여〉는 법의 위계를 최상위법, 임시 규정, 칙령이라는 세 단계로 구분했다. 또한 법문이 명료해야 하며 해석상의 혼란에 대비하여 작성되어야 한다고 지시했다. 새롭게 두 장을 보충하기 전까지 《교서》의 마지막 장이었던 20장 말미에서, 황제는 체계적이고 계몽된 입법을 통해 러시아가 정의로우면서 번영하는 국가가 되기를, 러시아 인민이 인간으로서 가능한 한도 내에서 최대한 행복을 누리기를 바라는 의도를 천명했다.

옮긴이 해제

계몽의 시대, 황제의 편지

예카테리나는 러시아의 황제인 동시에 18세기 유럽의 '문인공화국' 속에서 한 역할을 맡았다. 문인공화국 혹은 문필공화국으로 번역되곤 하는 프랑스어 'république des lettres'는 인쇄물과 수기 문서의 유통뿐만 아니라 궁정, 아카데미, 살롱, 카페에서의 대화를 포괄하는 큰 개념이다. 18세기에 '사회성sociabilité'이라는 개념은 우선 '대화'를 가리켰다. 그러나 문인공화국은 대화만큼이나 '문자'에 의해 세워지고 유지되는 공동체였다. 17세기에 이 공화국의 구성원을 서로 이어주는 주된 방식은 편지였으나, 18세기가 되면 지식인끼리 또는 지식인과 정치권력이 만나서 서로에게서 이득을 취하는 장으로서 살롱과 클럽의 '사회성'이라는 사교 활동이 중요하게 대두했다. 이 사교계는 기본적으로 철저하게 대귀족의 경제적·문화적 지배 아래 있었으며, 베르사유 궁전의 연장선에 놓인 유럽의 정치와 외교의 장이기도 했다. 그곳에서는 귀족이 허영을 채우고 무수한 작가와 화가가 출세와 일신의 영달을 추구했으며 약간의 지적 교류도 있었다. 사교계 바깥 세계에서는 시대적 문제의식을 반영한 여러 쟁점을 놓고 인쇄물 또는 인쇄 이전 원고를 중심으로 '여론'을 자임하는 논쟁이 치열하게 전개되었다. 따라서 예카테리나가 속한 18세기의 맥락에서는 '문인공화국'이라는 단어가 편지보다는 사교계와 출판계를 가리키는 경우가 더 많다.

그러나 '문文, lettres'은 문자, 문학, 인문학, 지식, 문인들, 문필가들, 문인의 세계라는 넓은 뜻과 함께 좁고 구체적인 뜻으로서 편지라는 의미도 갖는다. 실제로 파리, 밀라노, 런던, 에든버러와 같은 소수의 문필 중심지가 아닌 곳에 거주하는 숱한 문인들은 편지를 통해 이론, 사상, 감각, 감정을 나눴다. 중심지에 거주하는 문인들은 살롱, 클럽, 카페의 대화와 교류에 토대를 둔 '사회성'의 빛, 즉 계몽을 유럽의 다른 지역과 주고받는 도구로서 편지라는 매체를 가장 광범위하게 활용했다. 18세기 서양인들이 서한 교환에 필요성을 느낀 강도는 우리가 온갖 종류의 소셜네트워크서비스에서 소통의 필요성을 느끼는 것과 유사했을까? 어쨌든 18세기는 편지를 쓰는 방법을 친절하게 알려주는 서한 교본의 시장이 따로 형성될 만큼 편지의 세기였다. 그런 면에서 'république des lettres'는 편지공화국으로도 옮길 수 있다.

편지는 사적인 소통 매체가 아니었다. 몇몇 가문이 통제한 유럽의 우편 제국에서, 개개인이 주고받는 편지는 각국 정치권력의 촘촘한 검열 아래 놓여 있었다. 발신지와 수신지의 공권력이 편지를 검열하는 일은 흔했다. 페르네의 말단 관리는 볼테르가 "광신을 파괴하라Ecrasez l'infame"의 약어로 편지 말미에 쓴

"Ecrlinf"가 편지 작성자의 서명이라고 착각하여 "Ecrlinf"라는 이름을 가진 위험 분자를 찾아내려고 혈안이 되었다. 물론 편지는 때로는 발신인의 사적인 이야기를 담은 내밀한 소통 수단이었다. 그러나 편지 작성자는 대부분 검열과 별개로 자신의 편지가 공개적인 장소에서 낭독될 가능성을 염두에 두고 글을 썼다. 발신인이 "이 편지는 절대로 아무에게도 공개하지 말라"라고 썼다 하더라도, 수신인이 그 편지를 살롱에서 낭독하는 것이 문제가 되지 않았다. 편지와 살롱은 서로의 영역을 자유로이 넘나들었다. 문인공화국에서 서한 교환과 살롱의 대화는 상호 보완적인 매체 또는 장르였던 셈이다.

문자 매체의 경우도 보자. 인쇄 출판물과 수기 문서는 성격이 상이하면서도 완전히 다른 세계에 속하지는 않는 두 종류의 매체였다. 대량 유통이 가능하다는 특장점을 지닌 출판 문서는 당국의 사전 검열을 받아야 했고, 정치적으로 위험한 문건을 출판하려고 시도하는 경우에 출판업자와 저자는 심각한 위험에 빠질 수 있었다. 반면에 수기 문서는 대량 유통이 쉽지 않지만 당국의 출판물 검열을 피할 수 있었으며, 내용의 정치적 함의에 대한 염려로부터 비교적 자유롭게 작성되고 교환되곤 했다.

18세기 문인들은 수기 문서의 이러한 특징을 전략적으로 포착하고 활용했다. 한 예로 프리드리히 멜키오르 폰 그림은 1753년부터 유럽의 주요 통치자, 세도가, 문인에게서 '구독 신청'을 받아 수기로 필사된 《문학 서간*La Correspondance littéraire, philosophique et critique*》의 발행을 지휘했다. 《문학 서간》은 1748년에 기욤 토마 프랑수아 레날Guillaume Thomas François Raynal(1713~

1796)이 창간한 것이었는데 주로 파리의 살롱과 궁정에서 일어난 사건들을 유럽 각지에 소개하고 최근의 미술, 음악, 연극, 문학, 과학에 대한 비평을 게재했다. 디드로가 미술 비평으로 유명한 〈살롱전 비평Les Salons〉을 연재한 것도 《문학 서간》의 지면이었다. 그림은 1773년까지 20년간 《문학 서간》을 격주간으로 작성하여 발행했고, 그 후에는 자크앙리 마이스터Jacques-Henri Meister(1744~1826)에게 편집권을 넘겼다. 《문학 서간》은 1790년까지 발행되었다. 예카테리나 2세도 《문학 서간》의 구독자였으며, 이 사실은 《문학 서간》의 명성을 드높였다. 황제는 이런 역학 관계를 매우 잘 파악하고 있었으며 십분 활용했다. 황제와 볼테르의 서한 교환도 이런 맥락에서 접근해볼 수 있다.

볼테르는 누구인가? 다시 말해 18세기에 볼테르라는 이름은 어떤 의미였는가? 그는 프랑스 서사시의 호메로스Hómēros였다. 디드로의 소설 《라모의 조카*Le Neveu de Rameau*》에서 라모의 조카는 "시인으로는 볼테르를 으뜸으로 꼽을 수 있다"라고 말했다. "그다음으로는?" "볼테르가 있지." "세 번째로는?" "볼테르가 있지." "네 번째로는?" "볼테르가 있다네." 그 정도였다. 볼테르는 계몽의 대표 주자, 베르사유 궁전의 공식 역사가, 철학적 세계사의 저자, 뜻밖에도 산문의 대가, 출판 업계의 권력자, 관용의 투사이자 "칼라스의 복수자le vengeur de Calas", 그리고 무엇보다도 서한 교환의 제왕이었다. '볼테르의 정치'는 곧 '문인공화국의 정치'였다. 그것은 당대 최고의 장르로 인식되던 서사시에서 일가를 이룬 대문필가가 서한 교환과 출판업의 작동 방식에 통달하여 만들어낸 시의 정치, 소설의 정치, 그리고 편지의 정치였다. 볼테르가 직접 쓰거나 비서가 받아쓴 편지는 지금까지 전해지는 것만 해도 1만 6,000통이 넘는다. 볼테르는 편지에 삽입한 짧은 시 한 편으로 수신인에게 '은총'을 내리고 그 값을 받아낼 줄 아는 사람이었다. 그는 인간의 마음을 읽고 조종하고, 신랄한 풍자와 감동적인 운문으로 허물어지지 않을 성을 쌓았다. 그리고 그 정점에서 비공개성과 공개성 사이의 신묘한 줄타기 능력을 보였다. 그는 어쩌면 서양 최초의 인기인이자 유명 인사가 된, 대중의 사랑과 보호를 등에 업고 탄압과 죽음의 위험에 맞선 작가였다. 볼테르는 편지 서두에 이름이 적힌 수신인보다는 실제로 더 넓은 독자층을 고려해서 편지를 썼다. 그는 자신의 편지가 공개적으로 낭독되고 교환되고 필사될 가능성을 적극적으로 고려했고, 종종 교묘한 방식으로 그런 방식의 유통을 장려하기도 했다. 그리고 무엇보다도 볼테르는 '여론'에 대단히 큰 영향력을 행사했다. 예카테리나는 대시인 볼테르, 풍자가 볼테르, 관용의 투사 볼테르에 매료되었다. 동시에 예카테리나는 유럽 동쪽에 정신적으로 고립되어 있는 자신의 뜻을 펼치는 데 이 재기 넘치는 시인의 막대한 영향력을 활용하기를 희망했다.

예카테리나에게 볼테르가 어떤 의미를 지녔는지 이해하기 위해서는 먼저 그 배경으로서 예카테리나의 서한 교환망을 파악해야 한다. 루이 14세의 통치에서도 드러나듯 17세기부터 이미 서한 교환은 국가 통치에 필수적인 수단이 되었다. 18세기 유럽 군주정의 각 부처는 서한을 통해 대부분의 사무를 처리했으며, 예카테리나의 러시아도 예외가 아니었다. 게다가 그녀에게는 서한에 더 의지할 만한 이유가 있었다. 먼저 유럽 중심부의 다른 군주들, 이를테면 프리드리히 대제와는 달리 예카테리나는 적통을 물려받은 군주가 아닌 데다가 여성이기까지 했으므로 입지가 취약했다. 게다가 그녀가 통치해야 하는 영토는 광활했고 주민들은 문화적으로 다양성을 지니고 있었다. 이 요인들은 예카테리나가 통치를 원활히 하고 권위를 확고히 수립하는 데 어려움을 배가했다. 이런 상황에서 예카테리나는 러시아를 군사적으로나 문화적으로나 유럽 문명의 중심부에 편입시키고 표트르 대제 이후 최고의 황제로 군림하기 위해 절대 군주의 권위와 계몽 군주의 매력을 겸비한 독특한 서한 정치를 시도했다. 그녀의 이런 시도가 러시아의 광개토대왕이라 불릴 만한 황제의 업적에 어느 정도로 기여했는지를 측정할 수는 없지만 그것이 사람들의 마음속에 황위에 대한 존경, 애정, 두려움을 동시에 만들어냈을 것이라고 추측할 수 있다.

예카테리나는 러시아로 오기 전인 어린 시절부터 교사와 어머니에게 편지 쓰는 법을 배웠다. 제위에 오른 뒤부터 예카테리나는 편지에서 이전의 가벼운 문제를 많이 털어냈고, 황제의 위엄과 무게를 더했다. 현재 영국한림원의 지원으로 옥스퍼드대학교에서 제작 중인 〈예카테리나 서신 DB CatCor: The Correspondence of Catherine the Great〉는 황제가 주고받은 편지 중 약 3,700통에 대한 메타 분석을 포함한다. 예카테리나가 받은 편지의 수는 대단히 많았다. 1763년부터 이미 받은 편지를 분류할 비서직을 설치하고 세 명 이상의 비서를 두었다. 1777년부터는 파리에 거주하던 그림을 고용해서, 프랑스에서 예카테리나에게 발송되는 편지를 사전 분류하는 일을 맡겼다.

여기서 주목할 집단은 황제에게서 받은 친필 편지가 남아 있는 사람들인데, 이들은 최소 220명에 이른다. 편지의 친필 여부는 예카테리나가 디드로나 볼테르 같은 평민이 아니고, 귀족도 아니며, 대제국의 황제라는 이유에서 더욱 중요하다. 친필 편지는 황제가 수신인에게 부여하는 은총의 표식이었으며, 종종 편지의 내용이 황제에게 중요하다는 의미를 지녔다. 황제가 불러주는 대로 비서가 편지를 쓰고 황제가 자필로 서명만 한 경우를 포함하면 이 중심 집단의 구성원은 427명으로 늘어난다. 군주가 편지 말미에 자필로 서명하는 행위만 해도 17세기에는 흔하지 않았으며 18세기에 들어서야 '계몽'의 분위기로 더 잦아졌다.

예카테리나는 일차적으로 제국 각지의 행정 사무 지시, 외교 업무 수행, 타국 궁정과의 관계 개선에 편지를 활용했다. 이런 편지들은 대개 비서가 썼고, 황제는 자필 서명을 하기도 했고 하지 않기도 했다. 이것들은 길고 상세한 지시서였으며, 주로 각 지역의 고위 행정관과 외국에 파견된 대사에게 보내졌다. 예카테리나는 이러한 '공적' 업무 외에 '사적'인 이유로도 많은 편지를 썼다. 연애편지 그리고 '철학자들'에게 보낸 편지를 중요한 예로 들 수 있다. 철학자들은 황제에게 받은 편지에 찬사를 더해 되돌려주었다. 요한 고트프리트 헤르더Johann Gottfried Herder(1744~1803)는 예카테리나를 "북부의 빛"이라 부르며 칭송했고, 당시 이와 같은 찬가를 부른 서유럽의 철학자는 셀 수 없이 많았다. 이 편지들은 황제의 감정적이고 지적인 욕구를 충족시켰다. 그러나 그것들이 '공적' 업무와 엄격하게 구분되는 '사적' 편지였다고 볼 수는 없으며, 오히려 둘의 상호 관계는 배제적이

기보다는 교차적이었다. 황제에게는 '가족사'도 정치적이었으며, 철학자들과의 '문화적' 교신 이면에 정치적 선전의 목적이 짙게 깔려 있기도 했다.

〈예카테리나 서신 DB〉에 따르면 예카테리나의 '사적' 편지의 수신처는 소수의 러시아인을 제외하면 파리의 지식인에 집중되었다. 18세기 러시아의 엘리트가 얼마나 열정적으로 프랑스 문물을 받아들이고 유행을 모방했는지에 대해서는 여러 연구자들이 입을 모아 증언하고 있는바, 이 통계는 전혀 놀랍지 않다. 그중에서도 특히 달랑베르, 조프랭, 팔코네, 디드로 등을 중요한 수신자로 들 수 있으며, 단연코 으뜸은 볼테르였다. 황제 즉위 이듬해인 1763년 가을부터 볼테르가 사망한 해인 1778년까지, 둘은 프랑스어로 긴밀하게 편지를 교환하며 서로에게 찬사를 퍼부었다. 시인은 자신의 권위로 예카테리나에게 '계몽 군주'의 표식을 수여했고, 그녀가 수행한 전쟁들을 지지하여 유럽의 여론을 러시아 편으로 기울게 만드는 역할을 수행했다. 그는 이미 《표트르 대제 치하의 러시아 제국사》를 출간했고 침실 벽에 달랑베르, 프리드리히 2세, 마리아 테레지아, 존 밀턴John Milton(1608~1674), 에밀리 뒤 샤틀레Émilie du Châtelet(1706~1749)와 함께 예카테리나의 초상화를 걸어두었다. 황제와 친밀하게 교신하는 볼테르는 전 유럽의 눈앞에서 예카테리나와 러시아의 신용을 보증하는 지식인이었다. 그는 황제가 강력하면서도 계몽되고 관용을 베푸는 군주, 다시 말해 새로이 '문명'의 일원으로 대두하는 제국의 힘을 사용해 적극적으로 계몽과 관용을 전파하는 군주이길 기대했다.

황제는 《교서》를 쓴 군주로서, 볼테르에게 프리드리히 2세보다 더 우호적인 '철학적' 정치의 통로를 제공하면서 계몽 절대군주의 영예를 나누어주었다. 예카테리나 2세가 자신의 명성을 서유럽의 문필가들에게 전적으로 의지하지 않았다는 점은 자명하다. 황제는 표트르 대제로부터 이어지는 성왕의 계보를 상정하고, 자신을 그 거대한 문명화 파도의 절정으로서 제시했다. 개혁 또는 비개혁을 정당화하기 위해서 때로는 옛것의 모범에 의지했고, 때로는 베카리아 같은 원칙과 논증으로서의 계몽사상에 의지했다. 이런 점에서 몽테스키외처럼 역사와 철학 사이에 서 있고 전 유럽에서 존경받는 대가를 추종하는 것은 현명한 일로 보였다. 황제는 자신을 죽은 철학자들과 선제들의 어깨 위에 올려놓았고, 역사에 이름을 새겨 넣을 채비를 했다. 이 여정을 기획하고 준마를 준비해 짐을 싼 것이 황제였다면, 마차를 손질하고 말에게 힘을 불어넣은 것은 볼테르였다. 예카테리나는 볼테르에게 의지하는 만큼이나 그를 향한 우정의 표현, 은총, 하사품을 아끼지 않았다. 볼테르는 유럽의 떠오르는 강대국 황제를 자신의 추종자인 동시에 후원자로서 확보했으며, 이런 명예는 아무나 누릴 수 있는 것이 아니었다.

자신을 "페르네의 늙은 병자"라고 부르며 인사말을 쓰던 볼테르는 예카테리나에게 종종 그 이상의 헌사를 바쳤다. 1777년 8월 1일 편지의 인사는 "저는 오로지 황제 폐하의 발아래에만 자신을 던집니다. 당신의 비둘기가"라는 말로 끝났다. 이것은 마지막 순간까지 이어졌다. 1778년 5월 30일, 볼테르는 파리에서 환영과 찬사를 받으며 긴 생을 마감했다. 그는 5월 13일에 예카테리나에게 보내는 마지막 편지를 이렇게 끝맺었다. "황제 폐하께서 페르네의 옛 종복의 수다를 용서해주시길. 하지만 그는 자신의 영웅[예카테리나]을 이야기할 때는 허튼소리를 하지 않는답니다." 서로를 숭배하고 사랑했던 황제와 철학자의 마지막 서한 교환이었다. 1789년 프랑스 혁명이 일어나기 전에 둘의 서한이 공개되었다. 황제는 반대했지만 소용없었다. 대혁명은 계몽의 적자를 자처했고, 1792년에는 파리에 공화정이 수립되었다. 계몽의 상징 그 자체였던 볼테르가 살아 있었더라면 승인하지 않았을 혁명적 사건들에 계몽의 깃발이 나부꼈다. 계몽사상가들이 연이어 처형되었지만, 혁명이 실로 계몽의 계승자였음은 부인할 수 없는 사실이다. 공화국의 혁명가들은 볼테르가 가장 아꼈던 제자 예카테리나에게 역사의 전진을 가로막는 구체제 전제 군주라는 딱지를 붙였다. 볼테르의 유해는 영웅들의 무덤인 파리 팡테옹에 안장되었고, 그를 숭배한 공화파 역사가 콩스탕탱 프랑수아 드 샤스뵈프, 볼네Constantin François de Chassebœuf, Volney(1757~1820)는 예카테리나가 수여한 훈장을 황제가 프랑스 망명귀족을 보호하고 있다는 이유로 반납했다. 반대로 유럽의 군주들은 죽은 계몽사상가들과 죽은 프랑스 왕족들을 동시에 애도했다. 원래 계몽은 하나가 아니었고, 그 계몽의 자식 또한 하나가 아니었다.

예카테리나는 볼테르의 조국에 세워진 신생 공화정에서 공포정치가 시행되고 자코뱅-지롱드파와 자코뱅-당통파가 처형되는 것을, 열월Thermidor 9일의 반동으로 막시밀리앙 로베스피에르Maximilien Robespierre(1758~1794)를 비롯한 자코뱅-산악파 지도부가 처형되는 것을, 그 자리에 총재정부가 들어서는 것을 모두 본 뒤 1796년에 67세의 나이로 숨을 거두었다. 3년 뒤 군사 쿠데타로 프랑스를 장악한 나폴레옹 보나파르트Napoléon Bonaparte(1769~1821, 1805~1814 재위)는 구체제와 혁명을 모두 쓸어내려 했고, 유럽은 새로운 전쟁의 화염에 휩싸였다. 그러나 나폴레옹을 제지한 것은 영국의 군자금, 그리고 예카테리나가 폴란드와 오스만튀르크를 상대로 벌였던 전쟁이 배출한 러시아의 명장들이었다. 프랑스 제국의 대군은 알렉산드르 바실리예비치 수보로프가 이끄는 러시아 군대를 넘어서지 못했다. 워털루 전투 이후, 혁명의 시대가 저물고 19세기가 왔다. 긴 18세기가 끝난 것이다. 1763년부터 1778년까지 예카테리나가 볼테르에게 보낸 편지들은 저물어간 시대의 정신을 생생하게 보여준다. 현실은 지난했고 정치는 철학보다 어려웠다. 그러나 황제는 최선을 다하려고 노력했다. 위안도 필요했다. 황제의 편지는 최선을 다하는 통치자의 글이면서 위안을 구하는 제자의 글이었다. 페르네의 군주, 늙고 병든 계몽의 시인 볼테르에게 그리고 그와 함께 프랑스의 '계몽의 시대'를 이끈 문인들에게 황제가 건넨 대화 속으로 들어가보자.

연보

예카테리나와 러시아	세계사	볼테르
1613~1645년 로마노프 왕조의 시조 미하일 로마노프 재위		
1645~1676년 알렉세이 1세 재위		
	1648년 베스트팔렌 조약	
1649년 알렉세이 1세 법전 《울로제니예》 공포		
1676~1682년 표도르 3세 재위		
1682~1725년 표트르 1세 재위		
1682~1696년 이반 5세 공동 재위		
	1687년 뉴턴의 《자연철학의 수학적 원리》 출판	
	1688년 영국 명예혁명	

1689년
러시아-청나라
네르친스크 조약 체결

1700년
러시아-스웨덴
대북방 전쟁 발발

1703년
상트페테르부르크
건설 시작

1709년
폴타바 전투

1710년
오스만제국의
대북방 전쟁 참전

1711년
러시아와 오스만 제국의
프루트 조약 체결

1712년
모스크바에서
상트페테르부르크로
수도 이전

1689년
영국 권리장전 공포

1701년
에스파냐
왕위 계승 전쟁 발발

1707년
잉글랜드와
스코틀랜드 합병

1694년
파리에서 미래의
볼테르가 될
프랑수아마리
아루에 출생

1704~1711년
프랑스 예수회의 루이
르 그랑 콜레주에서 수학

1718년
'볼테르'라는 이름 사용.
비극《오이디푸스》
코메디 프랑세즈 상연

1721년
뉘스타드 조약으로
대북방 전쟁 종결.
러시아 제국 출범

1722~1723년
러시아-페르시아 전쟁

1724년
상트페테르부르크학술원
창설

1725~1727년
예카테리나 1세 재위

1727~1730년
표트르 2세 재위

1729년 4월 21일
슈테틴에서 미래의
예카테리나 대제가 될
조피 아우구스테
프레데리케 폰
안할트체르프스트
출생

1730~1740년
안나 이바노브나 재위

1733~1735년
폴란드 왕위 계승 전쟁

1726~1728년
런던 거주.
영어를 배우고
영국 작가들을 만남

1728년
《앙리아드》 출판

1733년
《영국인에 관한 편지》
출판

1734년
에밀리 뒤 샤틀레와
함께 시레 성에 거주

1740~1741년 이반 6세 재위, 비론과 안나 레오폴도브나 섭정	1740년 프리드리히 2세 프로이센 국왕 즉위, 《반反마키아벨리》 출판. 마리아 테레지아 오스트리아 대공, 보헤미아 국왕, 헝가리·크로아티아 국왕 즉위. 오스트리아 왕위 계승 전쟁 발발	
1741~1761년 옐리자베타 재위		
1744년 6월 28일 러시아 황태자 표트르 표도로비치와 결혼(1745년 8월 21일)을 앞두고 러시아 정교 신자로 개종하면서 예카테리나 알렉세예브나 대공비로 새롭게 명명		1743년 영국 왕립학회 회원으로 선출
		1745년 루이 15세 치하 프랑스의 '궁정 사관'으로 임명
		1746년 프랑스한림원 회원으로 선출
	1748년 몽테스키외의 《법의 정신》 출판	1749년 에밀리 뒤 샤틀레 사망. 시레 성을 떠나 파리로 귀환
		1750년 프리드리히 2세의 궁정에 기거
	1751~1772년 디드로와 달랑베르가 편찬한 《백과전서》 출판	1751년 베를린에서 《루이 14세의 세기》 출판
	1753년 그림의 《문학 서간》 창간	1753년 프리드리히 2세와의 논쟁으로 프로이센 궁정을 떠남
1754년 9월 20일 예카테리나의 아들, 미래의 황제 파벨 출생	1754~1761년 흄의 《영국사》 출판	

1755년 모스크바제국대학 창립	**1755년** 루소의《인간 불평등 기원론》출판	**1755년** 제네바 거주
1755~1758년 여름 러시아 주재 영국 대사 찰스 한버리윌리엄스의 서기였던 폴란드 백작 스타니스와프 포니아토프스키와 연애	**1756~1763년** 7년 전쟁	**1756년** 《리스본 재앙에 관한 시》출판.《민족의 습속과 정신에 대한 소론》의 초판 출판
1758년 봄 러시아 외무대신 베스투제프류민이 신임을 잃은 일에 예카테리나 연루. 옐리자베타 황제에게 고향으로 돌아가겠다고 제안하나, 황제는 예카테리나의 결백을 믿고 사면	**1758년** 케네의《경제표》출판	**1759년** 《캉디드》출판. 제네바와 인접한 프랑스의 페르네 성에 기거. 유럽 전역에 "페르네의 군주"로 알려짐
1760/61~1773년 그리고리 오를로프와 연애		
1761년 12월 25일 옐리자베타 황제 사망. 예카테리나의 남편 표트르 3세 즉위. 러시아가 7년 전쟁에서 철수. 러시아 모든 점령 지역 프로이센에 반환		
1762년 6월 28일 예카테리나가 정변을 통해 러시아 제위를 차지하고 황제로 즉위	**1762년** 루소의《에밀》과《사회계약론》출판	**1762년** 개신교도 장 칼라스의 복권 운동

	1763~1783년 매컬리의 《영국사》 출판	1763년 《관용론》 출판
1764년 3월 31일 러시아-프로이센 동맹 체결. 귀족 여성을 위한 스몰니 학원 창설	1764년 베카리아의 《범죄와 형벌》 출판 8월 26일 스타니스와프 포니아토프스키가 예카테리나의 교사로 폴란드 국왕에 선출	1764년 《철학 사전》 출판
1765년 자유경제협회 창설	1765년 요제프 2세 신성로마제국 황제, 오스트리아 대공 즉위	
1766년 러시아-영국 통상 조약 체결		
1766~1768년 러시아의 폴란드 침략이 바르 동맹의 저항에 부딪힘		
1767년 볼가강을 따라 카잔으로 여행. 《새로운 법전 편찬을 위한 교서》 출간. 모스크바에서 선출된 입법위원회 개회		
1768년 샤프 도트로슈의 《시베리아 여행기》 출판10월 1차 러시아-튀르크 전쟁 발발	1769~1776년 튀르고의 《부의 형성과 분배》 출판	

1770년
《앙티도트》 출판
6월 24~26일
러시아 해군이
체슈메에서
오스만 제국에 승전

1771년 6월 3일
러시아 군대가
크림반도 점령. 이 지역은
1774년 공식적으로
러시아의 영향권 아래
놓인 독립 칸국이 됨

1772년
러시아, 오스트리아,
프로이센이 1차 폴란드
분할을 조인
9월 파벨이 성인이 되어
이듬해 그가 어머니의
권좌에 도전할지도
모른다는 궁정 내 위기
상황 조성. 예카테리나는
그에게서 외국 영토이자
잠재적인 권력 기반인
홀슈타인을 빼앗고
그와 헤센다름슈타트의
빌헬미네와의 결혼을
조정하며, 그의 이전
가정 교사이자 잠재적
정치적 협력자인 니키타
파닌으로부터 분리

1773년 가을~1774년 봄
디드로와 그림이
상트페테르부르크 방문

1772년
헤르더의
《언어기원론》 출판.
루소의 《폴란드
정부론》 완성

1770~1772년
《백과사전에 대한
질문들》 출판

1773년 9월~1774년 9월 푸가초프 반란		
1774년 2~3월 그리고리 포툠킨과 연애 7월 퀴취크카이나르자 조약으로 1차 러시아-튀르크 전쟁 종결		
1775년 1월 모스크바에서 푸가초프 처형 1월 25일 예카테리나 수도 귀환 11월 5일 러시아 제국의 군 행정을 위한 법령 공표	**1775년** 와트의 증기기관 개발	
1776년 6월 예카테리나와 포툠킨의 연애가 끝남, 포툠킨은 예카테리나의 가장 중요한 조언자이자 대리인으로 남음	**1776년** 스미스의 《국부론》 출판. 미국 독립선언. 흄 사망	
1776년 9월~1777년 7월 그림의 두 번째 상트페테르부르크 방문	**1776~1788년** 기번의 《로마 제국 쇠망사》 출판	
1777년 스웨덴의 구스타브 3세가 상트페테르부르크 방문. 예카테리나의 첫 손자, 미래의 황제 알렉산드르 1세 출생		

1778년 12월 볼테르의 장서 구매	**1778년** 루소 사망	**1778년** 28년 만에 파리로 귀환. 프랑스한림원의 회의에 참석. 코메디 프랑세즈에서의 환호. **5월 13일** 예카테리나에게 보내는 마지막 편지 작성. **5월 30일** 사망
1779년 5월 2일 러시아가 베스트팔렌 조약의 보증인이 되어 유럽 내 외교적 영향력 각인	**1779년 5월 2일** 테센 조약으로 바바리아 계승 전쟁 종결	
1780년 2월 무장 중립 선언을 통해 중립국이 미국 독립 전쟁 교전국의 방해 없이 해양 무역에 종사할 권리를 주장하고 러시아의 외교적 영향력을 재확인.	**1780년 2월** 마리아 테레지아 사망. 요제프 2세 보헤미아 국왕, 헝가리·크로아티아 국왕 즉위	
1781년 5월 요제프 2세와 비밀 동맹 체결. 러시아 외교 정책이 남쪽으로 향하도록 재조정	**1781년** 칸트의 《순수이성비판》 출판	
1783년 **4월 8일** 러시아의 크림반도 합병 **6월** 예카테리나가 프리드릭샴에서 구스타브 3세와 만나나 그가 기대한 덴마크 공격을 승인해주지 않음. 러시아한림원 창설		

1784년 예카테리나 보론초바다시코바가 러시아한림원 초대 총재직 선출. 예카테리나의 총신 알렉산드르 란스코이 사망. 애도하는 동안 《모든 언어와 방언의 비교 사전》 편찬에 몰두	**1784년** 디드로 사망
1785년 4월 21일 예카테리나의 귀족 헌장과 도시민 헌장 공표	**1785년** 콩도르세의 《다수결 확률 분석 적용론》 출판
1785~1786년 예카테리나가 반反프리메이슨 희곡 3부작 《기만자》, 《홀린자들》, 《시베리아의 샤먼》 집필	
1786년 4월 19일 예카테리나가 처음 쓴 가극 대본에 맞추어 바실리 파슈케비치가 작곡한 희가극 〈페베이〉 초연	**1786년** 프리드리히 2세 사망. 프리드리히 빌헬름 2세 프로이센 국왕 즉위
1787년 1~7월 예카테리나의 크림 여행	**1787년** 미국 필라델피아 제헌 의회
1787~1794년 6부로 구성된 《러시아 역사에 관한 기록》 출판	

1787년 8월
2차 러시아-튀르크 전쟁 발발

1788년 6월
러시아-스웨덴 전쟁 발발. 구스타브 3세가 러시아령 핀란드와 오스만 제국으로부터 취한 땅의 반환을 요구한 최후통첩이 직접적 원인

1788년
영국-프로이센 동맹 체결

1789년 7월 6일
플라톤 주보프가 예카테리나의 마지막 총신이 됨

1789년
프랑스 혁명 발발. 미국 헌법 비준

1790년
라디셰프의 《페테르부르크에서 모스크바로의 여행》 출판. **8월 3일** 바랄라 조약으로 러시아-스웨덴 전쟁이 끝나고 영토를 이전 상태로 복구

1790년
프로이센의 러시아-튀르크 전쟁 참전과 크림 등 러시아가 점령한 오스만 제국 영토의 반환을 규정한 프로이센-튀르크 조약 체결. 버크의 《프랑스 혁명에 관한 성찰》 출판. 애덤 스미스 사망. 요제프 2세 사망. 레오폴트 2세 신성로마제국 황제, 오스트리아 대공, 보헤미아 국왕, 헝가리·크로아티아 국왕 즉위

1791년	1791년	1791년
3월 영국이 러시아의 오차키우 점령을 되돌리지 않으면 발트 해로 함대를 보내겠다고 위협, 교역국으로서 자국의 권력을 인지한 러시아는 단호한 입장을 고수하고 피트 정부가 물러섬 10월 5일 포툠킨 사망 12월 29일 이아시 조약으로 2차 러시아-튀르크 전쟁 종결	볼네의 《폐허》 출판. 폴란드의 새로운 헌법 공표	파리의 팡테옹에 시신 안치
1792년	1792년	
카람진 《가엾은 리자》 출판	프랑스 제1공화국(국민공회) 출범	
1793년	1793년	
봄 다르투아 백작 러시아 방문. 예카테리나는 프랑스 침공을 계획하도록 그를 영국으로 보냈으나 영국이 군사 작전에 자금 지원을 거절하면서 좌초 12월 12일 러시아와 프로이센이 조인한 2차 폴란드 분할	루이 16세와 마리 앙투아네트의 처형. 고드윈의 《정치적 정의에 대한 고찰》 출판	
1794년 3~10월	1794년	
러시아와 프로이센으로 나라가 분할되는 것에 반대한 폴란드의 코시치우슈코 봉기 발발, 러시아의 잔혹한 바르샤바 점령으로 종결	공포 정치와 열월의 반동. 콩도르세 사망. 로베스피에르 사망. 기번 사망	

1795년
2월 7일 프랑스에 맞선 러시아와 영국의 조약 체결
10월 13일 러시아, 프로이센, 오스트리아의 3차 폴란드 분할로 폴란드의 정치적 존재 종결

1796년
9월 11일 스웨덴의 구스타브 4세 아돌프와 예카테리나의 손녀 알렉산드라 파블로브나의 혼인 협상 결렬
11월 6일 뇌졸중으로 예카테리나 사망. 파벨 1세 즉위

1799년
수보로프 장군이 이탈리아에서 프랑스 혁명군 격퇴

1801년
파벨 1세 사망. 알렉산드르 1세 즉위

1805년
아우스터리츠 전투

1795년
프랑스 제1공화국 총재 정부 출범

1797년
베네치아 공화국 멸망. 에드먼드 버크 사망. 프리드리히 빌헬름 2세 사망. 프리드리히 빌헬름 3세 프로이센 국왕 즉위

1798년
제네바 공화국 멸망. 로마 공화국 수립

1799년
나폴레옹 보나파르트의 군사정변으로 프랑스 제1공화국 통령 정부 출범

1806년
신성로마제국 멸망

1807년
러시아와 프랑스,
러시아와 프로이센의
틸지트 조약 체결

1812년
러시아와 오스만 제국의
부쿠레슈티 조약 체결.
조국 전쟁
(나폴레옹 전쟁)

1814~1815년
빈 회의

1815년
러시아, 오스트리아,
프로이센 신성동맹 체결